KB211073

나이 숫자만큼 돌아본

유럽 62 도시 산책

리스본에서 ✈ 모스크바까지

나이 숫자만큼 돌아본

유럽 62 도시 산책

박홍섭 지음

좋은땅

현재까지 65개 나라를 여행했다. 23년 동안 해외에 근무하면서 직접 살았던 나라는 8개 나라이고, 나머지 나라들은 여행으로 다녀 본 나라들이다. 근무한 나라 중에 인도처럼 휴가와 출장, 여행 등으로 많게는 수십 차례 다녀온 나라도 있고, 여행으로 단 한 차례에서부터 여러 차례까지 다녀온 나라들도 있다.

다녀온 나라 중에서 먼저 유럽의 30개 나라, 62개 도시들을 국가나 지역별로 묶어서 가나다순으로 정리해 보았다. 유럽 대륙은 2003년 이탈리아 여행을 시작으로 2024년 발트 3국 여행까지 모두 21차례 여행을 했고, 유럽의 도시로는 나이 숫자만큼인 62개 도시를 여행했다.

유럽 여행을 시작하면서 유럽 문화의 다양성과 풍부한 역사에 매료되었다. 처음 발을 디딘 이탈리아 밀라노에서부터, 그리스 아테네, 스페인 바르셀로나, 에스토니아 탈린까지, 각 도시는 저마다의 이야기와 아름다움을 품고 있었다. 유럽의 도시들은 단순한 관광지가 아니라, 그곳에 사는 사람들의 삶과 문화가 얽혀 있는 살아 있는 공간이었다.

여행의 길 위에서 만난 사람들과의 대화, 현지 음식의 맛, 그리고 거리 곳곳에서 발견한 예술과 역사적 흔적들은 깊은 인상을 남겼다. 각각의 도시는 시간의 흐름 속에서 어떻게 변화하고 성장했는지를 보여주었고, 각각의 도시마다 독특한 매력을 지니고 있었다.

스위스의 루체른에서는 깨끗한 자연과 조화로운 도시 생활을 경험했고, 그리스의 아테네에서는 고대 유적을 통해 인류의 역사를 되짚어 보았으며, 튀르키예 이스탄불에서는 동서양의 문화가 교차하는 독특한 분위기를 만끽했다.

유럽의 각 도시를 여행하며 느꼈던 개인적인 이야기와 생각들을 담아 보았고, 각 도시의 역사와 문화, 그리고 추천할 만한 장소들도 함께 소개했다. 유럽의 도시들을 시간순으로 따라가며, 매혹적인 유럽 대륙을 탐험해 보았다. 이들 유럽 도시 여행은 단순히 눈으로 보는 것이 아니라, 마음으로 느끼고, 영혼으로 함께 체험하는 여정이었다.

유럽 지도

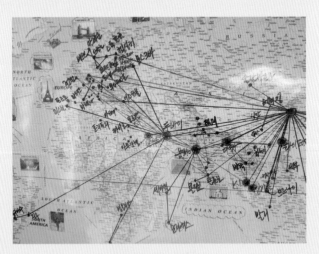

다녀온 유럽 도시 지도

목차(目次)

이탈리아

코카서스 3국

크로아티아

그리스

1. 아테네(12년 4월, 24년 5월)

2012년 4월 인도의 뭄바이에 근무하면서 한국에서 정기 휴가를 보내고 뭄바이로 복귀하면서 아테네를 여행했다.

아테네공항에 도착해서 입국 수속을 마치고, X95번 공항버스를 타고 신타그마 광장까지 간 뒤 신타그마 광장에서 택시를 타고 크라운 프라자 호텔로 이동했다. 이 호텔은 홀리데이인, 인터콘티넨탈 호텔 등과 제휴의 Priority club 호텔이라서 그동안 모아 놓은 마일리지로 이번 여행에 무료로 사용했다.

아테네는 일반 버스, 트램, 지하철, 시티투어 버스, 택시 등 비교적 편리하고, 저렴한 교통 체계를 갖추고 있으나 중요한 명소들이 대부분 도보권 안에 있어서, 도보로도 충분히 다닐 수 있었다. 또한 대부분의 유럽 대도시에서 운영하는 시티투어 버스를 아테네 시내에서도 운영하고 있어서 도보로 걷다가 지칠 때 이 시티투어 버스를 이용해서 아테네 명소를 쉽게 찾아갈 수 있었다. 18유로를 내고 티켓을 사면 24시간 동안 자유로이 타고 내릴 수 있고, 영어를 포함한 여러 나라 언어로 된 안내 방송도 이어폰을 꽂고 들을 수도 있었다. 그리고 4일짜리 통합 입장권을 구입해서 아크로폴리스, 제우스 신전, 고대 아고라 등 관광 명소를 모두 이용했다. 단 아테네 고고학 박물관, 신 아크로폴리스 박물관 입장료는 별도였다.

12년 4월의 그리스는 이미 서머 타임이 적용되고 있었기 때문에 오후 8시가 넘도록 느긋하게 도보 여행을 즐길 수 있었다. 호텔에 체크인한 시간이 오후 4시라서 완전히 해가 질 때까지도 5시간 이상이 남아서 도보로 아테네 시내 중에서 아테네 시내 전망이 좋은 3곳 언덕인 리카비토스 언덕, 아레오스 파고스 언덕, 필로파포스 언덕을 모두 올라가 보면서 먼저 아테네 시내를 큰 틀에서 바라보았다.

아테네 아크로폴리스

아크로폴리스를 중심으로 리카비토스 언덕은 북동 측 콜로나키 지역에 위치하고, 아레오스 파고스 언덕은 아크로폴리스 입구 남서 측

바로 근처에, 필로파포스 언덕은 아크로폴리스 남서 측에 위치했다. 리카비토스 언덕은 아테네에서 가장 높은 곳으로 시내 전망을 한눈에 내려다볼 수 있었고, 아레오스 파고스 언덕은 고대 아고라, 로만 아고라, 아크로폴리스 입구 측 전망을 볼 수 있었으며, 필로파포스 언덕은 아크로폴리스 전체를 가장 가까이서 내려다볼 수 있었을 뿐만 아니라 아테네 남부 해안까지 전망할 수 있었다.

화창하고 청명한 그리스의 맑은 하늘 아래 아름다운 석양빛에 반사되어 우뚝 솟아 있는 아크로폴리스의 모습을 직접 보는 순간 먼 여정의 노고가 하나도 아깝지 않았다.

호텔로 돌아가는 길에 플라카 거리를 들렀다. 플라카 거리는 반들반들 닳은 돌로 포장된 좁은 길을 따라 수많은 선물 가게, 귀금속, 기념품 가게, 장신구, 공예품 가게들과 갤러리들이 늘어서 있어서 관광객들이 넘쳐나고 있었다. 노천카페와 음식점들에서 한가로이 대화를 즐기고 있는 고대 그리스인들의 후예 아테네 시민들의 여유도 느껴졌다.

아테네에서의 첫날은 파르테논 신전이 보이는 아크로폴리스를 직접 눈으로 확인하는 기쁨을 간직한 채 하루 일정을 마무리했다.

여행 둘째 날은 이른 아침에 호텔에서 도보로 신타그마 쪽으로 이동했다. 걸어가다가 잠시 샛길로 빠져서 근대 올림픽 경기장 쪽에 도착했다. 아테네 중심인 신타그마 광장 뒤편에 있는 근대 올림픽 경기장은 플라카에서 좀 떨어진 리오포로스 올가스 거리에서 바실리스 콘스탄티누스 거리로 빠지는 막다른 곳에 있었다.

현재의 경기장은 1896년 제1회 근대 올림픽이 열리기 전에 알렉산드리아의 부호 '아베로프'의 후원을 힘입어 고대경기장에 가까운 형태로 복원된 것이다. 스타디움 앞에 그의 동상이 서 있었다. 좌석은 대리석으로 50,000명이 들어갈 수 있는데 독특한 것은 트랙이 요즈음 것들과 달리 말굽형으로 되어 있었다.

근대 올림픽 경기장을 둘러보고, 아테네 도심에 위치한 국립정원으로 발걸음을 옮겼다. 아테네 국립정원의 규모는 아주 큰 편은 아니었으나 도심에 아름다운 숲속의 산책로와 휴게 공간을 잘 가꾸어 놓았다.

아테네 정원이나 주택가, 그리고 도심의 가로수 중에 오렌지 나무가 많이 있었는데 오렌지가 주렁주렁 달려 있었고, 바닥에도 수북이 그냥 떨어져 있는 모습이 인상적이었다.

국립정원 안에 자피온을 거쳐 제우스 신전으로 발걸음을 옮겼다. 원래는 16개 기둥이 남아 있었는데 강풍으로 넘어져 그나마 15개만 남아 있었고, 넘어진 한 개의 기둥은 이 위대한 신전의 기둥들을 어떻게 만들었는지 단면을 잘 보여 주고 있었다.

제우스 신전의 입구인 하드리아누스 개선문을 거쳐 드디어 파르테논 신전이 있는 아크로폴리스에 도착했다. 사진으로만 보아 왔던 파르테논 신전은 세계문화유산 1호답게 당당하고 웅장하였다. 물론 몇 년째 복원 작업을 하느라 크레인과 비계에 가려져 있어서 원래 남아 있는 모습도 완전히 다 볼 수는 없었지만 전 세계 수많은 공공건물의 외관에 모델이 될 정도의 완벽하고 균형미를 갖춘 아름다운 파르테논 신전을 직접 눈앞에서 마주한 순간 벅찬 감동이 밀려왔다. 건축을 전공한 엔지니어로서 아테네 여행의 주목적이 파르테논 신전을 직접 눈으로 보기 위해서였기 때문에 아크로폴리스에서 2시간 이상을 머물러 있었다.

아크로폴리스를 빠져나와 고대 아고라로 향했다. 이른 아침부터 몇 시간째 계속 걷고, 또 아크로폴리스에서 오랫동안 서 있었더니 체력이 급속히 고갈되는 느낌이 들었다. 고대 아고라에서 옛 고대 그리스 사람들의 생활 모습을 상상해 보면서 아고라를 뒤로하고 허기와 고갈된 체력을 만회하기 위해 플라카 거리에서 도넛과 오렌지 주스를 사서 아테네 시티투어 버스에 올랐다. 아테네 시내의 주요 명소는 가까운 거리에 밀집해 있어서 어느 곳이든 걸어서 도착할 수 있으나 하루 종일 걸을 수가 없으므로 편안히 시티투어 버스 위에서 아테네 시내를 내려다볼 수 있는 또 다른 즐거움을 찾을 수 있었다. 시티투어 버스는 시내를 이동하면서 둘러볼 수도 있고, 들르고 싶은 곳에 하차하여 둘러본 뒤 다음에 오는 다른 버스에 탑승하여 다시 이동하면 되므로 매우 편리했다.

오후에는 다시 시티투어 버스를 타고 아테네 고고학 박물관으로 향하였다. 기원전 20세기~5세기에 찬란한 문화를 꽃피웠던 옛 그리스의 유적들을 눈으로 보는 순간, 이집트 피라미드를 눈으로 직접 확인할 때의 느낌 이상으로 내심 충격을 받았다. 대만의 고궁 박물관에서 보았던 중국의 각종 도기, 자기류보다 훨씬 이전에 만들어진 수많은 종류의 도기류와 정교한 세공품들, 그리고 아름다운 조각상들은 모양과 무늬도 너무 다양하고 아름다워서 마치 현대 미술관에 전시된 작품들을 보고 있는 착각이 들 정도였다.

아테네 고고학 박물관에서 역시 3시간 정도를 보내고 나니 너무 다리가 아파서 남은 시간은 다시 시티투어 버스에 올라 시내를 한 바퀴 돌아보고, 신타그마 광장으로 돌아왔다. 신타그마 광장에는 아테네 근교 해변으로 가는 트램 종착역이 있어서 편도 4유로 요금을 내고 아테네 근교의 지중해 해변을 다녀왔다. 트램을 타고 30분 정도 시내를 빠져나가니 곧바로 아테네 근교의 지중해 해변에 도착할 수 있었다. 왕복 2시간의 트램 여행을 끝으로 둘째 날 일정을 마쳤다.

아테네 셋째 날은 새벽부터 지하철을 이용하여 하루 일정을 시작하였다. 아테네 지하철은 3개 노선으로 매우 간단해서, 편하게 이용할 수가 있었다. 특히 아테네는 버스와 지하철을 1일 동안 자유로이 사용할 수 있는 4유로짜리 통합 티켓이 있어서 매우 편리했다. 3일째 날은 거의 복습하듯이 아테네 시내를 돌아다녔다. 버스, 지하철, 트램, 택시 등 대중교통도 모두 이용해 보았고, 시티투어 버스로 다시 한 바퀴 정리하면서 3일간의 아테네 자유여행을 마무리하고, 지하철을 이용하여 아테네공항에 도착 후 근무지인 인도 뭄바이로 복귀했다.

2012년 아테네 여행 이후 2024년 5월에는 아테네, 코린트, 산토리니, 메테오라 등을 포함하는 두 번째 그리스 여행을 하였다. 2012년 아테네 여행 때는 혼자였지만 2024년에는 아내와 함께하는 여행이라서 마음이 편하고 느긋한 마음이 들었다.

인천을 출발해서 9시간 30분 동안의 긴 비행 끝에 아부다비에 도착하였다. 2007년부터 2011년까지 4년 동안 UAE 두바이에 근무하면서 자주 들렀던 아부다비공항은 오랜만에 반가웠고, 현대적이고 세련된 분위기로, 환승 시간이 지루하지 않았다. 다시 비행기에 탑승해 5시간을 날아 드디어 두 번째로 아테네에 도착했다.

2024년 5월 9일 아침, 아테네공항을 빠져나와 첫 번째 여행지인 수니온곶으로 이동하였다. 약 1시간 반 정도의 이동 후, 에게해의 푸른 물결이 넘실거리는 수니온곶에 도착하였다. 먼저 수니온곶의 가장 높은 곳에 있는 포세이돈 신전으로 올라갔다. 신전으로 가는 길은 가파른 언덕길이었지만, 바다의 아름다운 풍경이 펼쳐져 발걸음이 가벼웠다. 신전 앞에 서자, 바다를 배경으로 한 포세이돈 신전의 위엄에 감탄하지 않을 수 없었다. 수천 년의 세월을 견뎌온 대리석 기둥들은 여전히 그 아름다움을 잃지 않고 있었고, 에게해의 푸른 물결과 하늘을 배경으로 더욱 빛나고 있었다.

신전을 둘러보고 내려와서 수니온곶의 또 다른 야트막한 언덕에 올라 다시 반대편으로 멀리 보이는 포세이돈 신전과 에게해 바다가 어우러진 경관을 감상했다. 에게해의 맑고 푸른 바닷물은 햇빛에 반사되어 반짝였다. 수니온곶에서의 특별한 경험은 그리스 여행의 첫날을 완벽하게 장식해 주었다.

포세이돈 신전을 뒤로하고 다시 아테네로 돌아왔다. 아테네에 도착

해 신타그마 광장을 산책한 뒤 국회의사당 앞에서 벌어지고 있는 근위
병 교대식을 감상했다.

국회의사당 근위병 교대식

근위병들의 독특한 의상과 동작이 약간은 우스꽝스러웠지만 그들의
매우 엄숙하고 진지한 표정은 모든 이들의 시선을 사로잡았다. 발을
높이 들어 올리면서 느릿느릿한 동작으로 임무를 교대하는 모습은 마
치 하나의 예술 공연을 보는 듯한 인상을 주었다.

또한 교대식이 벌어지는 국회의사당 벽면에 새겨진 "그들은 그들의
나라를 넘어 자유와 평화를 위해 싸웠다."는 문구는 어디인지도 잘 모
르는 극동의 나라 대한민국을 위해 참전해서 목숨을 잃은 그리스 용사
들의 넋을 기리고 있었다. 희생하신 그리스 참전용사들께 깊은 감사를

표하며 숙연한 마음으로 참배를 드렸다.

아테네 국회의사당은 19세기 중반에 건축된 신고전주의 양식의 건물로, 거대한 기둥들과 정교한 조각들은 고대 그리스의 건축 양식을 계승하고 있었다.

국회의사당 앞에 펼쳐진 신타그마 광장은 시민들이 모여들어 토론하고 시위를 벌이는 장소로, 그리스 민주주의의 정신을 잘 보여 주고 있었다. 아테네의 현지 식당에서 저녁 식사로 수블라키와 신선한 샐러드, 그리고 그리스 와인을 마신 뒤 아테네 호텔에 체크인을 마치고, 아테네에서의 첫날을 마무리했다.

2. 코린트(24년 5월)

5월 10일 금요일, 그리스 여행 둘째 날 아침 호텔에서 조식을 마친 후, 아테네에서 코린트로 이동하기 위해 버스에 올랐다. 약 2시간을 이동해서 코린트에 도착했다. 코린트 운하를 연결하는 다리 위에서 운하를 배경으로 사진을 찍었다. 그리고 이곳에서 직접 배를 다고 운하를 왕복하는 유람선 체험을 했다.

코린트 운하

코린트 운하는 에게해와 이오니아해를 연결하는 인공 수로로, 그 규모와 기술력에 감탄하지 않을 수 없었다. 운하를 처음 마주했을 때, 그 깊이와 길이, 그리고 양쪽에 깎아지른 듯한 절벽이 인상적이었다. 코린트 운하는 두 바다 사이의 중요한 교통로로 사용되었으며, 현재는 주로 관광용 유람선들이 왕래하고 있었다.

코린트 운하를 둘러본 뒤 근처에 있는 코린트 고대 유적지들을 둘러보았다. 먼저 방문한 곳은 미케네 유적지였다. 미케네는 기원전 1600년경부터 기원전 1100년경까지 번영했던 고대 그리스의 주요 도시 중 하나로, 미케네 문명이라는 이름을 낳게 한 유적지였다. 미케네 사자문은 거대한 돌로 만들어진 성문으로, 두 마리의 사자가 서로 마주 보고 있는 형태의 부조가 인상적이었다.

다음으로 방문한 코린트 고고학 박물관에서는 코린트 지역에서 발굴된 다양한 유물들이 전시되어 있었다. 박물관에는 고대 그리스의 생활과 문화를 엿볼 수 있는 도자기, 조각상, 그리고 금속 공예품들이 가득했다.

이어 고대 코린트 고고학 유적지를 천천히 산책하며 둘러보았다. 고대 코린트는 해상 교통의 요지이면서 그리스와 로마 시대의 중요한 상업 중심지였기 때문에 다양한 문화가 융합된 도시였다. 유적지 뒤편의 산 높은 곳에는 아프로디테 신전이 아득하게 멀리 보였다. 이 신전은 사랑과 아름다움의 여신 아프로디테를 기리기 위해 세워진 곳으로, 신전이 위치한 높은 산은 신비로운 분위기를 자아냈다.

고대 코린트 고고학 유적지는 대부분 로마 시대의 유적들로 이루어져 있었지만, 그중에서도 아폴론 신전은 그리스 시대의 중요한 유적으로 남아 있었다. 아폴론 신전은 수니온곶의 포세이돈 신전처럼 기둥 몇 개만 남아 있었지만, 그 웅장함과 신성함은 여전히 느낄 수 있었다.

코린트 지명은 대학교 서양 건축사 시간에 배운 그리스 신전의 주두 모양과도 관련이 있었다. 도리아식 주두는 가장 단순하고 중후한 형태로, 파르테논 신전이 대표적이고, 이오니아식 주두는 좀 더 장식적인 형태로, 나선형의 볼륨과 부드러운 곡선이 특징인데, 에렉테이온 신전이 대표적이다. 코린트식 주두는 가장 화려하고 상식직인 형테로, 아칸서스 잎사귀와 같은 복잡한 조각이 특징이다.

코린트에서 다시 아테네로 돌아왔다. 아테네의 현지 식당에서 저녁 식사를 마치고, 호텔로 돌아와서 하루 여정을 마무리했다.

5월 11일, 아테네 항구에서 아침 7시 30분, 산토리니로 향하는 페리에 탑승하였다. 8시간 동안의 항해가 시작되었고, 페리의 갑판에 올라서니, 푸른 에게해가 끝없이 펼쳐져 있었다.

페리 내부의 레스토랑에서 식사와 커피를 주문해서 먹고, 선실과 갑판을 오가며 여유로운 8시간의 항해 끝에, 드디어 산토리니에 도착했다.

산토리니의 항구에 내려서 작은 버스를 타고 호텔이 있는 카마리 비치 마을까지 굽이굽이 산길을 올라가다 보니 페리가 도착했던 항구와 에게해가 한눈에 들어왔다. 호텔에 도착해서 체크인을 하고 짐을 풀은 뒤 간편한 차림으로 셔틀버스를 타고 이아 마을로 이동하였다. 늘 사진으로 보았던 하얀 건물과 파란 돔 지붕이 있는 이아 마을의 모습을 직접 눈으로 보게 되어 황홀한 기분이 들었다.

이아 마을은 산토리니에서 석양이 아름답기로 유명한 장소라서 마을을 천천히 걸어서 기념품 가게와 카페를 둘러보면서 여유 있게 해가 저물기를 기다렸다.

서서히 하늘이 붉게 물들며 바다와 어우러지는 이아 마을의 일몰 풍경은 정말 환상적이었다. 이아 마을에서 좀 더 시간을 보낸 뒤 다시 호텔로 돌아와서 산토리니에서의 첫날 여정을 마무리했다.

　5월 12일 아침, 조식 뷔페를 먹고, 산토리니에서의 둘째 날을 시작했다. 호텔에서 버스를 타고 피라 마을로 향했다. 산토리니의 중심지인 피라 마을은 좁은 골목길과 전통적인 건축물들로 가득 차 있었다. 마을을 산책하며 여러 기념품 가게와 카페를 둘러보았다. 산토리니 여행 기념으로 수제 가죽 신발가게에서 가죽 샌들과 가죽 신발을 각각 1개씩 구입했다.

　피라 마을의 아름다운 풍경을 사진으로 담으며, 여유로운 시간을 보내다가 점심때가 되어 푸른 에게해가 내려다보이는 레스도랑을 골라서 문어 등의 해산물 요리를 시킨 뒤 에게해를 배경으로 기념사진을 남겼다.

산토리니

오후에는 택시를 타고 피라 마을과 호텔 사이에 있는 산토리니의 대표적인 와이너리를 찾아가서 와이너리 투어를 했다. 산토리니는 독특한 화산 토양 덕분에 와인 생산지로도 유명했다. 산토리니의 포도 재배법은 포도나무의 줄기를 둥글게 말아 바구니 모양으로 키우는 것이 특징이다. 이 재배법은 포도나무의 수확량을 줄이는 대신, 포도의 품질을 높이는 데 중점을 두었으며, 낮은 수확량은 포도에 더 높은 농도의 당분과 풍부한 향을 부여할 수 있다. 이 재배법은 수 세기 동안 전해 내려온 전통적인 방법으로, 현대적인 기계화 농업 방식과 달라서 산토리니 와인만의 독특한 맛과 품질을 유지하게 된다.

와이너리 투어를 마친 후, 호텔로 돌아와 옷을 갈아입고 호텔 근처의 카마리 비치로 향했다. 카마리 비치는 산토리니의 대표적인 해변 중 하나로, 검은 모래와 푸른 바다가 인상적이었다. 해수욕을 해 보려 했으나 아직 수온이 차가워서 물에 들어가 다리만 담가보는 걸로 만족했다. 해변에서 여유롭게 시간을 보내며 평화로운 시간을 즐겼다.

저녁에는 카마리 비치에 있는 맛집에서 바다의 풍미를 가득 담은 문어와 오징어 요리로 저녁 식사를 한 뒤, 호텔로 돌아와 산토리니에서의 두 번째 날 여정을 마무리했다.

5월 13일은 새벽에 일어나서 산토리니의 카마리 비치에서 떠오르는 일출을 보기 위해 해변으로 나갔다. 산토리니에서의 일출 광경은 예상대로 장관이었다. 일출을 감상한 뒤 해변 마을을 천천히 한 바퀴 산책하고 돌아와서 호텔의 조식 뷔페로 아침 식사를 했다.

식사 후 산토리니의 다양한 매력을 다시 한번 더 느끼기 위해 피라 마을을 다시 찾아갔다. 피라 마을에서의 여유로운 시간을 보낸 뒤 호텔로 돌아와 체크아웃을 하고 오후 3시 30분, 산토리니를 떠나 아테네로 향하는 페리에 탑승했다.

8시간의 항해 끝에, 밤 11시 30분 아테네에 도착해서 곧바로 호텔로 이동했다.

5월 14일 호텔에서 조식과 체크아웃을 마치고, 아테네를 떠나 약 3시간을 버스로 이동해서 고대 그리스의 신탁소로 유명한 델피 유적지에 도착했다. 아폴론 신전과 델피 극장, 그리고 델피 박물관을 둘러보며 고대 그리스의 역사와 문화를 체험했다.

델피를 둘러본 뒤 영화 〈300〉에서 보았던 테르모필레로 이동했다. 테르모필레는 고대 그리스의 역사적인 전투가 벌어졌던 장소로, 레오니다스 청동상이 그곳을 지키고 있었다. 레오니다스 청동상 앞에서 사진을 찍으며, 그리스 역사를 되새겨 보았다. 이어서 근처에 있는 야외 노천 온천 계곡으로 이동해서 따뜻한 온천물에 발을 담그고, 주변의 아름다운 자연을 감상하며 피로를 풀었다.

테르모필레에서의 일정을 마치고, 다시 버스로 3시간 30분을 이동해서 메테오라에 도착했다.

4. 메테오라(24년 5월)

    테르모필레를 떠나 메테오라 마을에 도착해서 호텔에 체크인하고 짐을 푼 뒤 호텔 레스토랑에서 저녁 식사를 마치고 마을을 한 바퀴 둘러보면서 산꼭대기에 아득히 보이는 메테오라 수도원을 감상했다.

    산책을 마치고 호텔로 돌아와 장거리 이동으로 피곤한 하루 일정을 마무리하고 휴식을 취했다.

    5월 15일 아침 메테오라의 조식 뷔페로 아침 식사를 한 뒤 버스를 타고 메테오라 수도원을 향해 본격적으로 구불구불한 산길을 더 올라갔다.

    메테오라는 하늘에 떠 있는 듯한 거대한 바위 위에 세워진 수도원들로 유명하며, 그중의 한 곳인 메타몰포시스 수도원을 선택하였다. 메타몰포시스 수도원은 메테오라에서 가장 큰 수도원으로, 그 웅장함과 아름다움에 감탄하지 않을 수 없었다. 수도원 내부를 둘러보며 고대 그리스의 종교와 문화를 체험했다. 수도원에서 바라보는 메테오라의 풍경은 정말 환상적이었다. 하늘과 맞닿은 듯한 바위 위에 세워진 수도원들은 마치 다른 세상처럼 보였다.

    메테오라에서의 일정을 마치고, 아테네로 돌아가는 버스에 올라, 약 4시간 동안 창밖으로 펼쳐지는 그리스의 풍경을 감상했다. 오후 늦게

메테오라

아테네에 도착해서 호텔에 체크인하고, 한식당으로 가서 오랜만에 김치찌개, 불고기, 그리고 다양한 반찬들이 준비된 저녁 식사로 장거리 버스 여행의 피로를 풀었다.

5월 16일 호텔에서 조식을 먹고, 공항으로 이동하기 전 아테네에서의 마지막 여정으로 아크로폴리스를 찾았다. 먼저 마주한 것은 프로필레아로, 아크로폴리스로 들어가는 웅장한 관문이었다. 이 관문을 지나면서, 고대 그리스의 거대한 문명 속으로 들어가는 듯한 기분이 들었다. 입구를 지나 아크로폴리스의 중심부로 다가가자, 아테나 여신을 기리기 위해 지어진 에렉테이온 신전이 눈에 들어왔다. 에렉테이온 신전은 독특한 구조와 아름다움으로 유명한데, 특히 신전을 받치고 있는 여인상들, 즉 카리아티드가 매우 인상적이었다. 하지만 지금의 카리아티드 여인상들은 모두 복제품이고, 그중 하나는 런던의 대영박물관에, 나머지 여인상들은 아테네의 아크로폴리스 박물관에 보관되어 있다.

그리고 드디어, 아크로폴리스의 하이라이트인 파르테논 신전을 2012년에 이어 두 번째로 마주하게 되었다. 파르테논 신전은 아테네의 상징이자, 고대 그리스 건축의 정수를 보여주는 대표적인 건축물이다. 아크로폴리스 언덕 위에 있는 파르테논 신전은 도시 전체를 굽어보고 있었고, 그 웅장함은 감탄을 자아내게 했다. 2012년에 이곳을 처음 찾았을 때는 보수 작업을 위해 비계가 대부분을 가리고 있었는데 지금은 거의 보수 작업이 끝나서 파르테논 신전 대부분의 모습을 볼 수 있었다.

파르테논 신전에서 바라본 아테네 전경은 여전히 장관이었다. 하늘 아래 펼쳐진 도시와 멀리 보이는 산들은 마치 신화 속 한 장면처럼 느껴졌다.

아테네 시내 관광을 마친 후, 공항으로 이동했다. 아테네공항에 도착해 출국 수속을 마치고, 오후 2시 25분에 아테네를 떠나 아부다비를 경유한 뒤 다음 날 아침에 인천에 도착하면서 두 번째 그리스 여행을 모두 마쳤다.

노르웨이

2019년 6월 삼성물산 인도 뭄바이 현장에 근무하면서 장기근속 보너스로 받은 휴가를 이용해서 10박 11일 동안 노르웨이를 여행했다. 아내와 처형, 그리고 처형의 여고 동창 등 남녀 4명이 함께한 자유여행이었다. 그 뒤로 노르웨이는 22년 7월에 한 번 더 여행했다.

2019년 노르웨이 자유여행을 준비하면서 현지의 교통편, 숙박 관련 창구 담당자들에게 일일이 전화를 해서 예약을 확인했었는데 전화를 받는 담당자들은 한결같이 친절하게 안내해 주어서 여행 전부터 노르웨이 사람들이 매우 친절하다는 인상을 받았다.

노르웨이는 6월부터 8월까지 눈과 추위가 없는 기간이라서 현지 사람들은 가는 곳마다, 아름다운 녹지가 있는 야외에서 한적하게 캠핑을 즐기는 모습들을 볼 수가 있었다.

밤 12시가 넘어서야 어두워지기 시작해서 새벽 2시 정도면 이미 동이 트기 시작하는 백야현상은 여행 중에 여유와 느긋함을 선사했다.

국토 전체가 빙하가 녹은 천연 일급수로 넘쳐흐르고, 협곡 사이로는 만년설과 함께 빙하가 녹아 흘러 떨어지는 크고 작은 폭포들이 즐비하고, 예전에는 뱃길에만 의존했겠지만, 현재는 수없이 많은 터널이 협곡 안자락에 자리한 작은 마을들을 서로 연결해 주고 있었다.

6월 17일, 서울에서 출발한 세 사람과는 두바이공항에서 만나서 오슬로로 향했다. 오슬로공항의 입국 수속 대기 줄은 두 부류로 나뉘어서 자국민 줄은 한산했으나 나머지 줄은 엄청 많은 인파가 기다리고 있었다. 대한민국 국민은 무비자라서 노르웨이 자국민 줄에 함께 서라고 해서 곧바로 입국 수속을 마칠 수 있어서 대한민국 여권의 위력을 실감할 수 있었다.

오슬로공항에서 오슬로 중앙역까지 20분 정도 기차로 이동했고, 중앙역에서 다시 도보로 10분 정도 이동해서 예약한 호텔에 잘 도착했다. 호텔 체크인 후 오슬로항을 산책하면서 둘러본 뒤 저녁에는 오슬로 오페라 하우스에서 오페라 공연을 관람했다.

해변가에 위치한 오슬로 오페라 하우스는 바다에 떠다니는 거대한 빙산이 육지에 얹혀 포개진 모습처럼 보였는데, 스뇌헤타의 설계로, 순백의 이탈리아 대리석 카라라를 사용해서 노르웨이 대자연의 아이콘인 빙산의 형상을 재현했다. 마침 인도 뭄바이 다이섹 현장에서 주로 사용했던 대리석과 같은 종류라서 더욱 반가웠고, 이 이탈리아 대리석은 매우 고가인데도 불구하고 외부 바닥 전체에 사용한 설계자의 시도가 놀라웠다. 완만한 경사의 외부 공간이 아래로는 바다로, 위로는 건물 지붕으로 계속 이어지면서 주변 가로에서 바로 연결되는 넓고 긴 경사면을 따라 걷다 보면 자연스럽게 건물 꼭대기로 올라갈 수 있었다. 자연스레 오페라 하우스의 정상에 오르면 낭만적인 도심 경관과

오슬로 오페라 하우스

피오르 풍경을 한눈에 내려다볼 수 있었다.

　오페라 하우스 내부 디자인도 목재를 사용해서 따뜻한 느낌과 함께 자연과의 조화를 강조했다. 목재는 음향적 특성도 우수하여 공연장 내부의 음향 효과를 극대화하는 데 기여하고 있었다. 로비에서 대공연장으로 이어지는 나선형 램프 역시 일반적인 오페라 하우스와는 전혀 다른 이미지로 우아하게 휘어진 곡면 형태 디자인이 매우 독특했다. 오페라 관람을 마치고 호텔로 돌아와서 오슬로에서의 첫 번째 밤을 보냈다.

　6월 18일, 오슬로 여행 둘째 날은 오전 8시, 오슬로의 상쾌한 아침 공기를 마시며 Anker Hotel에서 여유 있게 조식을 즐겼다. 패키지여행은 늘 가이드의 정해진 시간까지 아침 식사를 마쳐야 하지만 자유여행의 장점은 모든 시간을 스스로 결정해서 움직이기 때문에 여행의 여유로움을 만끽할 수 있는 장점이 있었다. 조식을 마친 후, 칼 요한스 거리로 산책을 나섰다.

　이 거리는 오슬로의 중심부에 위치한 번화가로, 노르웨이 왕궁에서

나이 숫자만큼 돌아본
유럽 62 도시 산책

시작하여 오슬로 중앙역까지 이어졌다. 거리를 따라 조금 더 걸어가니 국립극장이 나타났다. 아름다운 건축물과 함께 다양한 공연 포스터들이 눈길을 끌었다. 특히 거리의 중간쯤에 위치한 대성당은 웅장한 외관과 아름다운 스테인드글라스로 장식된 창문이 인상적이었다.

오전 10시 30분쯤, 호텔로 돌아와 체크아웃을 하고, 약 10분 정도 걸어서 오슬로 중앙역으로 향했다. 기차 출발 시간까지 여유가 있어 중앙역 내의 카페에서 커피 타임을 가졌다. 플랫폼으로 이동하여 탑승한 기차는 12시 3분 정시에 오슬로에서 베르겐을 향해 출발했다.

창밖으로 펼쳐지는 노르웨이의 아름다운 자연경관을 감상하며 오슬로와 베르겐 사이의 낭만이 넘치는 열차 여정을 시작했다. 푸른 호수와 울창한 숲, 드문드문 나타나는 작은 마을들이 마치 그림엽서처럼 펼쳐졌다. 6월인데도 산 아래는 초록의 풍경인데 높은 지역의 산과 호수에는 아직도 눈이 덮여 있어서 더욱 다양한 풍경들이 조화를 이루고 있었다. 7시간 동안의 행복한 열차 여행을 마치고 오후 6시 55분, 베르겐역에 도착했다.

노르웨이 여행 9일째 날 올레순 여행을 마치고 국내선 항공편으로 다시 오슬로공항에 도착했다. 공항에서 오슬로 시내에 위치한 뭉크 호텔로 이동한 뒤 하루의 여정을 마무리했다.

노르웨이 여행 10일째 날인 6월 26일은 오슬로에서의 다양한 문화적 명소를 탐방하는 하루였다.

오전에는 칼 요한스 거리를 시작으로 오슬로 시내를 둘러보았다. 칼 요한스 거리는 여전히 도시의 활기를 느낄 수 있었다. 오슬로 시청사 내부에는 다양한 예술 작품과 벽화가 전시되어 있어, 오슬로의 역사와 문화를 깊이 있게 이해할 수 있었다. 이어서 노벨 평화상의 역사와 수상자들의 이야기를 전시하고 있는 노벨 평화센터를 찾았다. 노벨 평화상 수상자인 김대중 대통령 소개를 하는 곳에서는 반갑고 자랑스러운 마음에 한참 동안 시간을 보냈다.

다음으로 향한 곳은 비겔란 공원이었다. 이 공원은 세계 최대의 조각 공원으로, 구스타브 비겔란의 200여 점의 조각 작품들이 전시되어 있었다. 비겔란 공원에 들어서자마자 광활한 녹지와 함께 조각 작품들이 어우러져 있었다. 공원 입구를 지나 메인 브리지(Main Bridge)의 청동 조각상들을 감상했다. 각각의 조각상은 다양한 인간의 감정을 표현하고 있었다. 아이들과 어른, 남녀의 다양한 모습들이 생동감 있게 묘사되어 있어, 작품들을 하나하나 감상하는 재미가 있다. 특히, 아이와 아버지가 장난치는 모습, 연인이 포옹하는 모습 등은 일상에서 쉽게 접할 수 있는 장면들을 아름답게 재현하고 있었다.

공원의 중심에 위치한 모노리트의 거대한 조각은 17미터 높이의 화강암 기둥으로, 121명의 인물들이 서로 얽히고설킨 모습으로 조각되어 있었다. 모노리트 주변에는 여러 개의 계단이 있어, 다양한 각도에서 작품을 감상할 수 있었다. 모노리트를 지나 〈생의 윤회〉라는 작품은 다섯 명의 인물이 원을 이루며 서로를 감싸고 있는 모습을 형상화한 것으로, 인간의 삶과 죽음, 재생의 순환을 상징한다고 했다.

오슬로 비겔란 공원

이 공원은 잘 가꾸어진 잔디밭과 나무들로 둘러싸여 있어, 오슬로 시민들이 휴식을 취하고 있었고, 조각 작품을 감상하며 산책을 즐기기에 최적의 장소였다.

비겔란 공원에 이어 버스를 타고 찾아간 오슬로 바이킹호 박물관은 오슬로 피오르의 통로에서 발견된 바이킹 시대의 보트와 유물들을 집중적으로 전시하고 있었다. 특히 세계적으로 유명한 바이킹호와 고코스타드호는 바이킹의 후예다운 옛 선박의 놀라운 모습을 보여 주고 있었다.

인근의 오슬로 민속 박물관은 노르웨이의 전통적인 생활과 문화를 소개하는 중요한 장소로 전통 건물들을 복원하여 방문객들에게 노르웨이의 다양한 지역적 특징을 알리는 역할을 하고 있었다.

다음으로는 유명한 노르웨이 화가 에드바르드 뭉크의 작품을 전시하는 뭉크 미술관을 찾았다. 뭉크의 그림들은 그의 내면의 갈등과 감정을 직접 체험할 수 있는 특별한 기회를 제공했다.

저녁 7시 30분에 뭉크 호텔로 돌아와 휴식을 취하면서 오슬로에서의 하루 일정을 돌아보면서 오슬로에서의 마지막 밤을 보냈다.

노르웨이 여행 11일째 날인 6월 27일, 오슬로공항을 출발, 두바이를 경유해서 12일째인 6월 28일 오후 4시 55분에 인천에 도착하면서 12일간의 노르웨이 여행을 마무리했다.

6. 베르겐(19년 6월)

노르웨이 여행 둘째 날인 2019년 6월 18일 오슬로역에서 기차를 타고 베르겐역에 도착한 뒤 역에서 도보로 5분 거리 있는 젠더k 호텔로 향했다. 호텔 체크인을 하고 잠시 휴식을 취한 뒤 저녁 8시쯤 저녁 식사를 위해 뷔르겐 거리로 나섰다. 베르겐의 구시가지인 뷔르겐 거리는 유네스코 세계문화유산으로 지정된 곳으로, 알록달록한 목조 건물들이 인상적이었다. 현지 레스토랑에서 신선한 해산물과 노르웨이 전통 음식을 맛보았다. 고즈넉한 밤거리를 거닐다 보니 베르겐의 매력에 흠뻑 빠져드는 기분이었다. 이렇게 6월 18일, 화요일, 자연과 도시의 조화를 느끼면서 노르웨이의 두 번째 날을 마무리했다.

노르웨이 여행 셋째 날인 6월 19일은 다시 베르겐 시내와 베르겐항, 어시장, 뷔르겐, 플뢰엔산 전망대 등을 천천히 둘러보면서 베르겐에서의 느긋한 하루를 보냈다. 베르겐은 서부 해안에 위치한 노르웨이에서 두 번째로 큰 도시로 대서양에 바로 면하고 있어서 노르웨이 서부의 관문 역할을 하는 도시이다. 6월의 녹음이 우거진 베르겐의 시내는 목가적인 풍경이 무척이나 여유로워 보였다. 녹지를 따라 조각물들이 전시되어 있었고 여러 박물관과 미술관이 있어 노르웨이의 역사와 문화를 더욱 깊이 이해할 수 있었다. 대표적인 곳으로는 베르겐 미술관, 한자 박물관, 트롤하우겐 등이 있었다. 베르겐 미술관은 〈절규〉로 유명한 화가 뭉크를 비롯해서 피카소, 스타엘 등 세계적인 화가들의 작품을 전시하고 있었다. 노르웨이의 유명 작곡가 에드바르드 그리그의 출생지인 베르겐은 그의 집이자 박물관으로, 그의 삶과 음악을 기리는 장소인 트롤하우겐이 있고, 시내 여러 곳에서 그의 조각상들을 만날 수 있었다.

베르겐항은 활기찬 분위기와 다채로운 색상의 목조 건물들로 아름다운 풍경을 선사했다. 이 건물들은 베르겐의 역사와 문화가 고스란히 담겨 있었다. 항구 주변을 산책하며 신선한 바닷바람과 함께 수많은 요트와 배들이 정박해 있는 모습은 마치 그림 같은 풍경을 만들어 냈다.

베르겐 구시가지

또한 한자 동맹 유적지로서의 '뷔르겐'은 베르겐의 구시가지로 유네스코 세계문화유산으로 등재되어 있으면서 알록달록한 목조 건물들이 늘어서 있어 마치 동화 속 마을에 온 듯한 느낌을 주었다. 거리 곳곳에는 기념품 가게와 카페들이 있었고, 좁은 골목길을 따라 중세 무역 시대의 흔적을 잘 보여 주고 있었다.

　베르겐의 어시장 풍경도 생기가 넘쳐났다. 어시장에서 각종 생선, 조개류, 새우 등을 구입할 수 있었고 해물 리조트도 팔고 있었는데 노르웨이는 연어와 대구가 유명했다.

　저녁 무렵에는 플뢰엔산 정상으로 올라갔다. 정상에서 보니 푸른 바다와 항구, 그리고 알록달록한 집들이 어우러진 베르겐의 전경이 한눈에 들어왔다. 전망대에서 사진을 찍고, 산책로를 따라 호텔까지 걸으며 베르겐의 자연을 만끽했다.

　베르겐의 마지막 날인 6월 20일에는 미리 예약해 두었던 렌터카를 인수하고, 드디어 노르웨이에서의 렌트카 여행을 시작했다. 9시 정각에 호텔을 출발해서 첫 번째 목적지인 Steinsdals 폭포로 향하며 피오르 물길을 따라 나 있는 국도를 따라 차창 밖으로 펼쳐지는 노르웨이의 아름다운 풍경을 감상하면서 드라이브를 즐겼다. 10시 30분쯤 도착한 Steinsdals 폭포는 물줄기 뒤로 걸을 수 있는 독특한 경험을 제공했다. 폭포 아래에서 물줄기를 맞으며 시원한 공기를 마시니, 자연의 웅장함이 느껴졌다. 11시경 Steinsdals 폭포를 떠나 12시 30분쯤 Skjervsfossen 폭포에 도착했다. 이 폭포는 두 갈래로 나뉘어져 흘러내리는 독특한 모습이 특징이었다. 폭포 근처에서 물안개를 맞으며 휴식을 취하고, 폭포를 감상했다. 아름다운 자연 경관 속에서 머물다가 오후 1시경 Skjervsfossen 폭포를 떠나 2시 30분에 플롬의 주차장에 도착했다.

플롬은 아름다운 피오르와 철도로 유명한 작은 마을이다. 마을을 둘러보면서 꿈에 그리던 대망의 플롬~뮈르달 간의 기차 여행을 준비했다.

플롬~뮈르달 간의 기차 여행은 전 세계 기차 여행자들의 로망으로, 세계에서 가장 아름다운 철도 중 하나로 꼽힌다. 오후 4시 5분, 플롬에서 출발하는 기차에 올랐다. 이 기차는 플롬에서 뮈르달까지 이어지는 구간으로, 약 20km의 거리를 1시간 동안 운행하는데, 피오르의 깊은 골짜기와 높이 솟은 산들을 지나가며, 곳곳에 멋진 폭포와 푸른 계곡의 풍광들을 선사했다.

플롬~뮈르달 열차

창밖으로 보이는 풍경은 마치 그림처럼 아름다웠고, 기차가 천천히 오르막길을 오르며, 협곡의 절벽과 푸른 강이 어우러진 경치를 감상할 수 있었다. 특히, 키요스 폭포에서는 기차가 잠시 멈춰서 승객들이 폭포를 배경으로 사진을 찍을 수 있도록 배려해 주고 있었다. 기차에서 내려 폭포의 웅장함을 온몸으로 느끼며 기념사진을 찍었다. 때마침 폭포 위의 언덕에서 갑자기 요정이 나타나서 노래를 불러 주는 모습도 매우 인상적이었다.

플롬을 출발한 기차는 오후 5시 2분에 뮈르달역에 도착했다. 뮈르달역은 해발 866m에 위치한 작은 역으로, 수변의 산과 세곡이 어우러져 아름다운 경치를 자랑하고 있었다. 오슬로에서 베르겐으로 가는 기차도 이 역을 경유해서 가는데 뮈르달역은 해발 고도가 높은 지역이라서 맑은 공기와 함께 산의 정취를 느낄 수 있었다. 5시 15분에 다시 플롬으로 돌아가는 기차를 탔다. 돌아가는 길에도 역시 아름다운 자연 풍경을 만끽할 수 있었다.

6시 10분에 플롬에 도착한 뒤 다시 렌터카를 이용해서 송내 피오르의 선착장이 있는 구드방겐의 버짓 호텔에 도착했다. 호텔에 체크인하고, 하루 동안의 여정을 마무리했다. 이날 하루는 노르웨이의 아름다운 폭포와 피오르, 그리고 플롬과 뮈르달 간의 왕복 철도 여행으로 즐거운 하루를 보냈다. 저녁에는 아내와 처형이 한국에서 가져온 음식들로 만든 식사를 하면서 하루의 여정을 마무리했다.

다섯째 날인 6월 21일은 송네 피오르와 노르웨이 18대 명문 도로로

송네 피오르

지정된 '아울란 도로'의 아름다움을 만끽하면서 자연의 품에 안겨 본 특별한 하루였다.

구드방겐의 호텔을 떠나며 피오르 깊숙한 고요한 아침 분위기를 마음에 깊이 간직하면서 차가운 공기와 함께 시작된 여정은 송네 피오르로 향했다. '아울란 도로'의 고난도 구간을 지나며 높은 절벽을 따라 지그재그로 곡예 운전을 한 뒤 Stegastein 전망대에 올랐다.

Stegastein 전망대에서의 송네 피오르가 펼쳐지는 숨 막힐 듯한 아름다움 앞에 시간을 멈추고 그 순간을 영원히 기억에 담았다.

오후 2시, 구드방겐 선착장에서 출발한 송네 피오르 크루즈 여행은 또 다른 감동을 안겨 주었다. 송네 피오르의 끝없는 푸른 물은 자연이 주는 선물임을 새삼 느끼게 했다.

저녁 5시 30분, 카우팡거 선착장 도착 후, 송네 피오르 호텔로 이동하는 길은 하루를 마무리하기보다는 오히려 노르웨이 자연의 새로운 여행의 시작에 대한 약속처럼 느껴졌다. 노르웨이 자연과 함께하는 시간이 우리에게 준 선물들을 생각하며, 즐거웠던 감동을 함께 나누며 하루를 마무리했다.

노르웨이 여행 여섯째 날인 6월 22일은 호텔에서의 조식과 체크아웃을 마치고 느긋한 마음으로 9시에 호텔을 출발해서 근처의 빙하 박물관으로 향했다. 이 박물관은 놀라운 피오르 경관 속에 자리 잡고 있으며, 빙하의 세계와 기후 변화의 깊은 영향을 살펴볼 수 있는 흥미로운 장소였다. 건물 자체가 주변의 산과 빙하를 배경으로 한 멋진 경관을 잘 담아내고 있었다.

빙하 박물관에서 나와서 보야브레엔 빙하가 있는 곳으로 이동했다. 이동하는 동안 노르웨이의 방목하는 소 떼들을 만나서 잠시 차를 멈추고 기다렸다가 빙하가 있는 곳으로 향했다. 보야브레엔 빙하는 빙하의 푸른빛과 주변의 초록색 숲이 어우러져 마치 그림 속에 들어온 듯한 기분이 들었다. 빙하가 천천히 녹아내리면서 형성된 작은 강과 폭포들도 가까이서 감상할 수 있었다.

빙하 탐험을 마치고 이동하는 중에 휴게소 근처에서 있는 푸드트럭에서 태국 음식을 팔고 있었다. 노르웨이의 한가운데서 태국 요리를 맛볼 수 있다는 것도 매우 신선한 경험이었다.

점심 식사를 마치고, 브릭스달 빙하로 향했다. 이곳은 노르웨이에서 가장 유명한 빙하 중 하나로, 그 장엄함으로 많은 여행객들이 찾는 명소이었다. 하이킹 코스를 따라 빙하에 가까이 다가갈 수 있었는데, 길을 따라 펼쳐진 풍경은 그야말로 압도적이었다. 빙하 체험을 마치고,

노르웨이 여행 중에 가장 멋진 숙소가 되어 준 '폴벤 어드벤처 캠프'에 저녁 7시쯤에 도착했다.

　방갈로같이 생긴 에쁘고 작은 목조 집 안에는 간단한 주방 시설과 화장실을 겸비하고 있었다. 천연 잔디밭 속에 자리 잡은 이 캠프는 가장 노르웨이다운 모습으로 자연을 가까이하기에 최고의 장소였다. 이 캠프에서의 식사와 숙박은 마치 캠핑장에 야영을 나온 기분을 느끼게 하는 최고의 장소가 되었다. 하루의 긴 여정을 마무리하며, 캠프에서의 휴식은 여행의 피로를 풀어 주기에 완벽했고 자연 속에서의 모험과 탐험을 마친 후, 편안한 휴식을 취하며 하루를 정리할 수 있었다.

　여행 일곱째 날인 6월 23일에는 아침 식사를 마치고 캠프를 출발해서 달스니바 전망대로 향했다. 고요한 자연 속에서의 천혜의 경관을 감상하면서 언덕길을 올라 오전 10시 40분, 달스니바 전망대에 도착해서 저 멀리 '게이랑에르 피오르'가 보이는 장관을 감상했다. 이 전망대까지는 계속 오르막길이었다면 다시 게이랑에르 피오르까지는 반대편으로 가는 내리막길이었다.

　오전 11시에 전망대를 출발해서 게이랑에르 피오르를 향해 굽이굽이 고갯길을 운전해서 게이랑에르 선착장 주차장에 도착하였다. 게이랑에르 마을에 다다르기 전에 게이랑에르가 가장 잘 보이는 전망대에서 기념사진 촬영을 했다.

　오전 11시 30분 게이랑에르 선착장을 출발해서 오후 1시까지, 게이랑에르 피오르를 횡단하는 크루즈 여행을 했다. 피오르의 푸른 물을

게이랑에르 피오르

가르며 절벽의 폭포들이 어우러진 풍경들은 말로 表現하기 어려운 감
동을 안겨 주었다. 송내 피오르 크루즈 여행에 이은 노르웨이에서의
두 번째 피오르 체험이었다. 게이랑에르 마을로 돌아와서 피오르가 내
려다보이는 식당에서 피자를 시켜 점심 식사를 했다.

　오후 2시쯤 게이랑에르 마을을 떠나 다시 달스니바 전망대를 거쳐
저녁 5시 30분경에 오전에 왔던 길을 되돌아서서 캠프에 도착했다. 캠
프에서 달스니바 전망대를 넘어가서 게이랑에르를 다녀오는 왕복의
여정을 운전하는 일이 쉽지는 않았지만 천천히 여유를 갖고 움직이다
보니 오히려 큰 힐링의 시간이 되었고, 소중한 경험이 되었다.

　여행 8일째 날인 6월 24일에는 폴벤 어드벤쳐 캠프를 출발하여, 전
날 다녀온 게이랑에르 마을을 다시 한번 더 지나 올레순으로 향하는
도중에 Eidsdal Ferry 선착장에 도착했다. 이곳은 렌트카를 페리에 싣
고 함께 피오르를 건너가는 특별한 경험이었다. 페리를 타고 Eidsdal

에서 Linge까지 이동한 뒤 정오에 Linge 선착장을 출발해 Trollstigen
으로 향했다. 이 도로는 역시 노르웨이가 자랑하는 18대 유명 도로 중
의 하나로 6월부터 여름에만 잠깐 열리고 나머지 기간에는 눈이 쌓여
폐쇄하는 도로였다. 구불구불한 길을 따라 산을 오르며, 아름다운 경
치가 이어졌다. 1시경 Trollstigen 카페에 도착해서 카페에서 점심을
먹으며 주변의 장엄한 풍경을 감상했다.

6월 24일 오후에 트롤스티겐 카페를 출발해서 트롤스티겐 도로를 따라 올레순으로 이동했다. 트롤스티겐 도로는 높은 산과 깊은 계곡을 지나며, 곳곳에 아름다운 폭포가 있어서 여러 곳에서 차를 세우고 사진을 찍었다. 특히 트롤스티겐 도로는 가파른 경사와 급커브가 많아서 운전이 아슬아슬하게 느껴졌다. 또한 차선이 하나밖에 없어서 마주 오는 차량이 있으면 미리 포켓에서 대기하다가 오는 차량을 보낸 뒤 운전을 계속해야 하는 스릴 만점의 도로였다.

오후 4시에 올레순에 도착해 Quality Hotel에 주차를 하고 체크인을 한 뒤 짐을 풀고 호텔에서 휴식을 취했다.

호텔을 나와 렌터카 반환을 위해 정해진 차량 사무소로 가서 차량을 반납했다. 5시가 반납 약속 시간이었는데 사무실에는 직원들이 이미 퇴근하고 문은 잠겨 있어서 처음엔 난감하였는데 자세히 보니 차량키 수거함이 매달려 있어서 사무실 앞에 주차를 하고, 차량키를 수거함에 반납했다. 렌터카를 반납한 사무실 주변에는 택시가 없어서 몇 차례 히치하이킹을 시도한 끝에, 착하게 생긴 노르웨이 총각이 차를 세우고, 호텔까지 태워다 주었다.

저녁에 다시 호텔을 빠져나와 천천히 올레순 시내를 산책했다. 해안가를 따라 걷다 보니, 운하와 어우러진 도시의 풍경이 아름다웠다. 도시 중심부에는 다양한 상점과 레스토랑이 있어서 기념품 쇼핑과 저녁식사를 했다.

호텔로 돌아와서 잠자리에 들었다가 다음 날 새벽 2시에 일어나 호텔 로비 앞 해변에서 바로 일출을 감상했다. 수평선 너머로 떠오르는 태양은 주변을 온통 신비로운 붉은색으로 순식간에 물들였다. 이 황홀한 광경을 바라보는 순간은 무어라 설명이 어려울 정도로 색다른 체험

이었다. 북유럽에서의 황홀한 일출을 감상하고, 잠시 눈을 붙인 뒤 잠에서 깨어 호텔에서 아침 식사를 했다.

오전에 호텔에서 나와 올레순의 아르누보 뮤지엄과 올레순 시내를 다시 둘러보았다.

화재 이후 재건된 올레순은 아르누보 스타일의 건축물이 가득하여, 도시 전체가 하나의 큰 예술 작품처럼 느껴졌다. 올레순 여정을 모두 마무리하고, 올레순공항을 출발해서 국내선 항공편으로 오슬로로 이동했다.

올레순

#독일

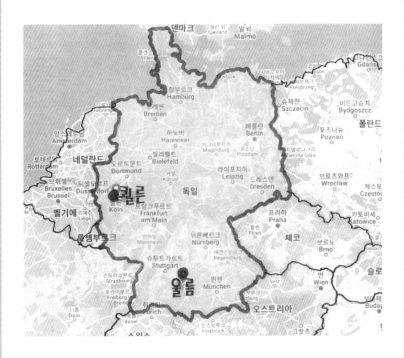

8. 울름(08년 7월)

　독일은 2008년 7월에 울름과 프랑크푸르트를 여행했고, 2017년 4월에는 쾰른을 여행했다.

　울름은 독일 남서부에 있는 도시로, 다뉴브강이 흐르는 아름다운 풍경과 함께 다양한 명소들이 어우러져 여행의 매력을 더하였다. 도시를 다뉴브강이 가로지르며 중심을 이루고 있었고, 강변을 따라 산책로와 자전거 도로가 잘 정비되어 있어, 여유롭게 산책하거나 자전거를 타고 경치를 즐기는 시민들을 쉽게 만날 수 있었다.

울름

유럽 여행의 깊이는 유럽의 역사, 건축, 미술, 성경, 그리스-로마신화 등에 의존하게 되는 경우가 많았고, 유럽의 큰 도시들은 대부분 그 도시의 랜드마크가 되는 오래된 성당을 하나쯤을 유지 보존하고 있었다. 유럽의 성당 건축 양식들은 고대 그리스, 로마로부터 초기 기독교, 비잔틴, 로마네스크, 고딕, 르네상스, 바로크, 로코코, 신고전주의, 근대 건축으로 이어져 오고 있었다. 독일의 울름이나 퀼른 역시 성당과 도시 이름이 함께 따라다니고 있는 도시 중의 하나였다.

　독일의 울름 성당은 현재까지도 유럽에서 가장 높은 성당으로 남아 있다. 성당 내부는 화려한 스테인드글라스와 섬세한 조각들로 장식되어 있었다.

　울름 성당을 둘러본 뒤 어부 마을로 향했다. 목재 골조가 돋보이는 집들과 예쁜 징검다리가 있는 어부 마을은 크로아티아의 라스토케 마을처럼 아담하고 예쁜 집들 사이로 맑은 강물이 흐르고 있어서 정겨운 풍경을 담고 있었다. 이 어부 마을은 도나우강에서 물고기를 잡아 생활하는 어부들이 많아서 지어진 이름이었고, 어부들이 살던 당시에는 가난한 어부들의 집이었지만 지금은 부유층들이 사는 동네가 되었다고 현지 가이드가 설명해 주었다. 어부의 마을에서 유명한 기울어진 집은 지금은 '쉐페스 하우스'라는 호텔로 사용하고 있었는데 기초공사 부실로 건물이 개울가 쪽으로 기울어져 있어서 오히려 일반 호텔보다 숙박비가 더 비싸다고 했다.

　이어서 찾은 울름 시청사는 14세기에 지어진 건물로, 화려한 외관과 정교한 벽화가 인상적이었다. 시청사 앞 광장에서는 종종 다양한 행사와 시장이 열리고 있어서 현지인들의 문화를 체험할 수 있었고 울름 박물관은 울름의 역사와 문화를 깊이 있게 이해할 수 있는 곳이었다. 선사시대부터 현대에 이르기까지 다양한 유물과 예술 작품들이 전시되어 있었다. 다뉴브강을 중심으로 자연경관과 함께 풍부한 역사와 문화를 자랑하는 울름 여행은 과거와 현재가 조화롭게 어우러진 독일의 매력을 깊이 느낄 수 있는 특별한 경험이 되었다.

17년 4월에 베네룩스 3국을 여행하면서 암스테르담에서 기차를 타고 룩셈부르크를 가는 도중에 독일의 쾰른을 함께 여행했다.

쾰른은 독일의 뮤화 수도이자 라인강의 진주로 불리며, 고딕 양식의 웅장한 쾰른 대성당과 초콜릿 박물관 등이 유명하다.

쾰른 대성당

울름 대성당에 이어 유럽에서 두 번째로 높은 성당이면서 고딕 건축물의 걸작인 쾰른 대성당은 쾰른 중앙역 부근과 라인강에서도 보일 만큼 독일의 대표적인 랜드마크로 빼놓을 수 없는 건축물이다.

쾰른 대성당은 1248년에 착공하여 1880년에 완공되었고, 세계 문화유산으로 지정되었다. 대성당 내부에는 황금과 보석으로 장식된 동방박사 유물함과 16세기의 스테인드글라스 창문, 검은 대리석으로 조각된 14세기의 제단 등이 있었다.

쾰른 성당을 둘러보고 라인강의 다리를 건너서 강 건너로 보이는 성당과 마을을 멀리서 조망해 보았고 다시 쾰른 성당과 연결되어 라인강을 가로지르는 호헨촐레른 다리를 건너서 쾰른 성당으로 돌아왔다. 쾰른 성당은 쾰른역 앞에 있어서 열차를 타기도 편리했다.

특히 호헨촐레른 다리는 커플들이 이 다리에 와서 이름의 머리글자를 적은 자물쇠를 길옆의 레일에 걸어 잠가서 영원한 사랑을 표현하는 곳으로 다리 난간이 꽉 찰 정도로 온갖 종류의 자물쇠들이 채워져 있었다. 이 다리는 쾰른 대성당과 쾰른 트라이앵글의 현대적인 사무 단지 사이의 400m 가까운 길이를 이어 주어 보행자와 열차가 라인강을 건널 수 있게 해 주는 아치형 다리였다.

쾰른 성당을 지나 쾰른의 중심부에 있는 구시가지는 좁은 길과 다양한 색깔로 알록달록한 집들이 매력적이었다. 구시가지에서는 쾰른의 역사와 문화를 느낄 수 있는 다양한 장소들로 이루어진 '알테 마르크트 광장'의 카페와 레스토랑이 자리하고 있었다. 구시가지에서 인기 있는 '호이마르크트 광장'에는 쾰른의 전통 맥주인 쾰슈를 즐길 수 있는 술집들이 즐비했다. 쾰른의 구시가지에서 라인강을 따라 걸으면서 다양한 분수대와 기념비도 볼 수 있었는데, 로마 시대의 북문인 '로머 투름', 19세기의 황제 '프리드리히 빌헬름 3세의 기마상' 등이 있었다. '로머 투름'은 로마 시대의 북문으로, 당시의 방어 체계의 일부였으며, 4세기경에 건설된 것으로 추정되었다. 이 탑은 로마 제국의 북부 국경을 방어하는 중요한 역할을 했으며, 현재는 중세와 근대에 걸친 여러 개축과 보수 작업을 거쳐 그 당시의 건축 양식을 엿볼 수 있는 중요한 유적지로 남아 있었다. 황제 '프리드리히 빌헬름 3세의 기마상'은 19세기에 세워진 것으로, 프로이센의 황제 프리드리히 빌헬름 3세를 기념하기 위해 만들어졌다. 이 외에도 구시가지와 라인강 주변에는 다양한 분수대와 기념비들이 있어 각 시대의 역사와 문화를 느낄 수 있는 풍부한 볼거리를 제공했다.

대학교 서양 건축사 시간에 배웠던 쾰른 고딕 성당으로 유명한 쾰른을 둘러보고 쾰른역에서 다시 룩셈부르크로 향하는 기차에 오르면서 쾰른에서의 짧은 여정을 마무리했다.

#동유럽3국

14년 7월, 유럽 배낭여행을 하고 있던 아이들과 아내를 체코의 프라하 구시가지 광장에서 만나서 동유럽 3개 도시를 함께 여행했다.

사우디아라비아 리야드에서 근무 중이었기 때문에 에어 프랑스 항공을 이용해서 리야드를 출발해서 파리 드골공항을 경유해서 체코의 프라하로 들어갔다. 리야드에서 파리까지는 6시간 30분, 파리에서 프라하까지는 1시간 45분이 소요되었다. 뭄바이나 두바이에서 근무할 때도 그랬듯이 리야드에서 유럽으로 가는 길은 한국에서 출발할 때에 비해 절반 정도의 거리라서 유럽 쪽 여행하기에는 유리했다.

사람들이 체코의 프라하를 좋아하는 이유는 다른 유럽 도시에 비해 물가가 저렴하고, 음식도 맛있고, 프라하성과 카를교로 대표되는 로맨틱한 풍경 때문이다. 프라하는 체코의 수도로, 동유럽의 파리라고 불릴 정도로 도시 전체가 유네스코 세계유산으로 선정되어 있었고, 유럽에서 중세 유럽의 느낌이 가장 잘 보존된 보석 같은 도시이다.

유럽 여행을 하면서 그냥 건너기보다는 왠지 한동안 머물면서 그곳에서의 풍경을 즐기고 싶어지는 다리들이 있다. 프라하에 있는 카를교가 그런 다리이다.

카를교는 30개의 성인상이 볼거리이기도 하지만, 다리라기보다는 화가들을 위한 갤러리로, 수많은 여행객들과 눈웃음을 나누며 금방이라도 연인이 될 것 같고, 다리에서 떠나고 싶지 않았던, 기분 좋은 그런 곳이다. 카를교는 체코에서 가장 오래된 다리로, 블타바 강 서쪽의 왕성과 동쪽의 상인 거주지를 잇는 최초의 다리로 보헤미아 왕 카를 4세 때에 건설되었기 때문에 이 이름이 생겼다. 후에 양쪽 난간부에 성인들의 동상을 세웠고, 다리 양쪽에는 탑이 있고 양쪽 탑 사이의 다리 길이는 약 500m 정도 되는데 동상을 만지면 행운이 온다는 속설이 있어 언제나 북적이는 프라하의 명소이다. 특히 카를교에서 바라다보는 프라하성의 야경은 포르투갈 포르투의 빌라노바드가이아와 도루강변

프라하성

야경이나 헝가리 부다페스트 언덕에서 바라다본 야경 못지않게 매우 아름다웠다.

해가 있을 때 걷는 프라하가 신기하고 재미난 볼거리를 찾아 움직이는 것이었다면, 밤에 걸어 본 프라하는 인생과 예술을 생각하게 만들었다. 멀리 조명을 받아 빛나는 프라하성의 야경은 여행의 잊지 못할 한 페이지가 되었고, 젊거나 혹은 나이든 예술가들이 그림을 그리고 노래를 부르며 낭만을 이야기하는 카를교의 밤 풍경은 다음에 꼭 다시 찾을 것만 같은 느낌이 들었다.

프라하 구시가지는 카를교 탑에서 화약탑까지 이어지는 지역으로 체코 역사 그대로를 간직한 구시가 광장, 천문 시계 탑으로 유명한 구시청사, 아담과 이브를 상징하는 첨탑을 가진 틴성당, 구시가와 신시가의 경계가 되는 화약탑, 바츨라프 광장, 그리고 프라하성까지 모두 도보로 다니기에 알맞은 규모였다.

구시청사 외벽에 걸린 천문 시계는 매시 정각마다 20초 정도 신기하고 놀라운 움직임을 보여 주었다. 이곳은 마치 벨기에 브뤼셀의 '오줌 누는 소년상' 앞처럼 관광객들의 발걸음을 잡아 두는 명소였다.

프라하를 나타내는 사진에는 빠짐없이 등장하는, 프라하의 상징인 프라하성은 1918년부터 대통령 관저로 쓰기 시작하였으며, 성의 일부는 지금도 대통령 집무실과 영빈관으로 사용하고 있다. 프라하성은 하나의 성이라기보다는 여러 부속 건물들이 모여 이루어진 왕궁 지구라고 볼 수 있다. 프라하성 내에는 짧고 좁은 길에 인형의 집처럼 알록달록하고 작은 집들이 늘어서 있는 거리인 황금 소로가 있다. 처음 이곳은 금박 장인들이 거주하던 판잣집들이 있던 곳이지만 16세기에 들어와 성을 지키는 포병의 숙소로 바뀌면서 성벽에 붙박이로 지어졌다. 1세기가 지난 17세기 루돌프 2세 때 금을 만들려는 연금술사와 과학자들이 살았다고 해서 지금의 이름인 황금소로라는 이름을 갖게 되었다. 1950년까지 이곳엔 시민들이 살았지만 그들이 모두 떠나고 난 뒤에는 과거의 모습을 복원하여 현재의 모습을 갖추었다. 지금은 집집마다 기념품을 파는 상점이 들어서 있었고, 집과 붙어 있는 성벽에는 갑옷과 무기 박물관이 들어서 있었다.

트램을 타고 다니다가 독특한 건물이 있어 찾아가 보았다. '댄싱 하우스'라 불리는 건물이었다. 이 건물은 프랑크 게리가 설계한 건물로 독특한 비대칭 디자인으로 유명하며, 두 개의 주요 타워로 구성되어 있다. 하나는 '프레드 아스테어'를 상징하는 직립된 형태이고, 다른 하나는 '진저 로저스'를 상징하는 유연한 곡선 형태를 가지고 있다. 이 독특한 디자인은 두 사람이 춤추는 모습을 연상시켜 '댄싱 하우스'라는 이름이 붙여졌다.

프라하의 바츨라프 광장은 프라하의 중심이 되는 곳으로 60미터의 폭에 길이가 자그마치 750미터나 되기 때문에 광장이라기보다는 파리 샹젤리제와 같은 번화한 대로의 느낌이 들었다. 가운데 녹지를 경계로 차도와 인도가 나뉘어 있는 우리나라 광화문 광장과 비슷한 모습을 하고 있었다. 대부분의 도시 중앙 광장이 그렇듯, 이곳도 프라하의 역사를 가득 담고 있었다.

점심 식사 후 산책하듯이 포도밭이 있는 언덕길을 따라 카를교를 포함한 프라하의 빨간 지붕들이 한눈에 내려다보이는 페트리진 언덕에 올랐다. 도시의 중심에서 가까운 곳에 있고 포도 넝쿨을 볼 수 있는 낭만적인 언덕길은 관광객들로 북적이는 구시가지의 모습을 먼발치에서 내려다보는 한적한 산책과 멋진 낭만을 선사하는 색다른 느낌이 들었다.

크로아티아의 드부로브니크와 같은 빨간색의 집들이 옹기종기 모여 있지만, 프라하는 카를교와 프라하성이 어우러져 훨씬 조화로운 모습으로 보였다.

프라하 시내 전경

프라하에서의 여정을 모두 마치고 프라하역에서 오스트리아 비엔나로 향하면서 아쉬운 프라하 여행을 마무리했다.

체코의 프라하 여행을 마치고 프라하역에서 열차를 타고, 4시간 30분 걸려 오스트리아의 비엔나 중앙역에 도착했다.

오스트리아를 지도에서 찾아보면 바다가 없는 산악 내륙 국가로 독일, 체코, 슬로바키아, 헝가리, 슬로베니아, 이탈리아, 스위스, 리히텐슈타인 등 8개나 되는 나라들과 국경을 마주하고 있다. 지형적으로는 알프스산맥이 감싸고 있으면서 중앙으로는 다뉴브강이 흐르는 천혜의 자연유산을 지닌 축복의 나라이다. 볼프강 아마데우스 모차르트, 요한 슈트라우스, 루트비히 판 베토벤, 프란츠 페터 슈베르트, 요하네스 브람스 같은 세계적인 음악가를 낳은 음악의 나라이기도 하다.

오스트리아의 수도 비엔나는 음악의 도시이면서 유럽의 가장 오래된 고도로서 한때 신성로마제국의 수도로 번영을 누렸던 도시이다. 1440년 합스부르크 왕가가 이곳을 도읍으로 정하면서 정치와 예술, 문화의 중심지로서 도시의 유구한 역사만큼 화려하고 웅장한 건축물들이 여행자들의 눈길과 마음을 잡아끄는 곳이다.

찾아가 보고 싶은 명소들은 크게 링과 링 밖의 외곽 지역으로 구분되지만, 링 안의 지역은 대부분 걸어서 찾아가 볼 수 있었고, 그 외의 명소들도 링을 따라 트램을 타고 다니면서 쉽게 찾아볼 수 있었다.

비엔나에서 '링'은 도시의 중심부를 경계 짓는 도로로 원래는 성벽이었는데 프란츠 요제프 1세의 주도로 성벽을 허물고 순환도로를 만들었다. 링의 총길이는 5.2km이고, 합스부르크 제국의 수도에 걸맞은 역사적인 장소들이 링 안에 남아 있어서 유네스코 세계유산 역사 지구로 지정되었다. 도시 전체로 보면 23개 구로 나뉘지만, 구시가지인 1구에 중세 도시의 명소 대부분이 위치하고 있었다. 먼저 비엔나의 랜드마크처럼 버티고 있는 성 쉬테판 성당의 내부를 둘러보았고, 남쪽 첨탑에 올라가서 비엔나 시내를 내려다보았다.

성 쉬테판 성당은 화려한 모자이크 문양의 지붕과 고딕식 첨탑이 우뚝 솟아 있어서 도시의 상징이면서 이방인 여행자들에게는 이정표 같은 역할을 하고 있었다.

비엔나 그라벤 거리

성 쉬테판 성당 광장에서 서쪽으로 이어지는 비엔나의 번화가인 그라벤 거리를 걷다 보니 길 한가운데에 흑사병으로 사망한 10만 명의 넋을 달래는 페스트 탑이 있었다.

그라벤 거리와 직각으로 만나 남쪽 방향으로 약 600m 정도의 케른트너 거리 역시 비엔나의 중심 거리이다. 보행자 전용도로인 이곳에는 유럽의 유명 상표 전문 매장과 기념품을 판매하는 상점, 낭만적이고 고풍스러운 카페와 레스토랑이 줄지어 있었다. 이 거리의 남쪽 끝에는 국립 오페라 극장이 자리 잡고 있었다. 이 국립 오페라 극장은 비엔나에서 음악과 예술의 심장부로서 파리의 오페라 극장, 밀라노의 스칼라 극장과 함께 유럽의 3대 오페라 극장에 꼽히고 있다. 이러한 명성에 걸맞게 오스트리아는 비엔나 소년합창단, 비엔나 필하모닉 등 세계적으로 유명한 오케스트라를 보유하고 있다.

그라벤 거리에서 가까운 거리에 드넓은 영웅 광장 잔디밭 앞에 비엔나 합스부르크 왕가의 궁정이 두 팔을 벌리듯 버티고 서 있었다. 이 궁전은 20세기 초까지 합스부르크 왕족들이 사용하던 거처로 2천 6백 개나 되는 방이 있고, 신 고딕, 르네상스, 바로크 양식 등이 혼재된 형태로 완성되었다.

영웅 광장을 빠져나오면 남쪽으로 마리아 테레지아 광장을 사이에 두고 자연사 박물관과 미술사 박물관이 있었다. 특히 비엔나의 미술사 박물관은 파리의 루브르 박물관과 스페인의 프라도 미술관과 함께 유럽의 3대 미술관으로 꼽힐 정도로 세계 미술사에서 유명한 작품들을 전시하고 있었다.

　미술관을 나와서 트램을 타고 시청 광장으로 이동해서 시청사 건물과 왕궁 극장을 둘러보았다. 시청사 앞 광장에는 여름에 벌어지는 영화 페스티벌 중이라서 대형 전자스크린과 간이 의자들이 배치되어 있었다. 영화 페스티벌 동안은 클래식 영화, 오페라, 발레, 콘서트 실황 등 다양한 장르의 작품들을 무료로 상영하고 있었다.

　저녁에는 도나우 강변에 있는 맛집 레스토랑을 찾아가서 맥주와 슈니첼, 바비큐 소스를 발라 구운 립 요리 등으로 온 가족이 식사를 했다.

　저녁 식사를 마치고 도나우 강변을 따라 요한 슈트라우스의 왈츠 〈아름답고 푸른 도나우〉를 떠올리며 온 가족이 한가로이 산책을 하면서 하루 여정을 마무리했다.

　비엔나에서의 마지막 날은, 비엔나 근교에 위치한 쉔브룬 궁전을 방문했다. 쉔브룬 궁전은 오스트리아 합스부르크 왕가의 여름 별궁으로, 비엔나에서 약 8km 떨어진 곳에 위치해 있다. 궁전은 1,400여 개의 방과 광대한 정원으로 구성되어 있으며, 18세기 바로크 양식의 대표적인 건축물 중 하나로 손꼽힌다. 특히, 마리아 테레지아 황후의 거처로 유명하며, 이곳에서 황후는 많은 시간을 보내며 유럽의 정치와 문화를 주도했다.

　궁전으로 향하는 길목에서 비엔나의 고풍스러운 거리를 지나며 도시의 역사적인 아름다움을 다시 한번 느낄 수 있었다. 쉔브룬 궁전에 도착하자, 궁전의 웅장한 모습에 감탄을 금치 못했다. 넓은 정원은 예술 작품처럼 잘 가꿔져 있었고, 방문객들을 맞이하는 궁전의 입구는 고대 왕궁의 위엄을 그대로 보여 주고 있었다.

궁전의 내부의 화려하게 장식된 황제의 침실, 궁정 예배당, 그리고 거대한 연회장 등은 당시의 왕실 생활을 엿볼 수 있게 해 주었다. 특히, '거울의 방'에 들어섰을 때는 그 공간의 아름다움에 감탄하였다. 이 방은 모차르트가 여덟 살에 첫 공연을 했던 장소로도 유명하다.

궁전 내부를 둘러본 뒤 정원으로 나가 산책을 즐겼다. 끝없이 펼쳐진 정원은 아름다운 꽃과 나무들로 가득했으며, 곳곳에 놓여 있는 조각상들은 그 고전미를 더해 주었다. 정원 한쪽에는 인공적으로 조성된 거대한 분수가 있었고, 그 앞에서 사진을 찍으며 여행의 추억을 남겼다.

쉔브룬 궁전 방문을 끝으로 비엔나 여정을 마무리했다.

체코의 프라하와 오스트리아 비엔나 여행을 마치고, 열차로 비엔나를 출발해서 헝가리 부다페스트에 도착했다.

다뉴브강을 중심으로 야경으로 유명한 부다페스트가 수도인 헝가리는 대부분이 평원 지대이고 특히 온천이 많기로 유명한 나라이다.

수도인 부다페스트는 다뉴브강을 사이에 두고 서쪽의 언덕인 부다 지구와 동쪽의 평지인 페스트 지역으로 나뉜다. 부다 지구에는 부다 왕궁, 어부의 요새, 마차시 성당과 겔레르트 언덕이 있다.

페스트 지구에는 다뉴브 강변에 위치한 국회의사당과 유럽에서 영국에 이어 두 번째로 오래된 메트로 1호선으로 에르제베트 광장에서 세체니 온천을 거쳐 영웅 광장까지 도착할 수 있었다.

부다페스트 여행 첫날은 천천히 걸어서 다뉴브강을 따라 페스트 지구에 있는 바치 거리와 국회의사당을 둘러보았다.

오후에는 세체니 다리를 건너 푸니쿨라를 타고 부다 언덕에 올라가 마차시 성당을 둘러보고 다뉴브 강과 세체니 다리, 국회의사당 등이 한눈에 내려다보이는 어부의 요새 근처 카페에 좋은 자리를 차지하고 온 가족이 모처럼 모여 앉아 황홀한 부다페스트의 야경을 감상했다.

부다 지구를 대표하는 건물이 부다 왕궁이라면 페스트 지구를 대표하는 건물은 국회의사당이다. 헝가리에서 가장 큰 규모의 건물로 고딕 양식의 첨탑과 짙은 갈색의 돔이 어우러져 압도적인 위엄을 자랑하고 있다. 특히 겔레르트 언덕이나 부다 언덕에서 내려다보는 야경은 유럽의 3대 야경에 들 정도로 아름다웠다.

부다페스트 야경

마차시 성당은 컬러플한 모자이크 지붕이 아름다운 고딕 양식의 성당이다. 13세기에 처음 세워졌으나 2차 세계대전 때 피해를 입어서 그 이후 새로 복구된 성당이다. 헝가리 왕가는 물론 합스부르크 왕가의 대관식이나 결혼식으로 사용되었다.

그리고 마차시 성당과 나란히 있는 어부의 요새는 다뉴브 강을 따라 180m 길이의 성채와 7개의 석회암 탑이 도열해 있다. 이 요새는 부다 지구에 있던 어시장으로 가는 길목이어서 어부들이 자발적으로 요새를 방어하면서 어부의 요새로 불리게 되었다. 이곳은 뒤쪽으로 마차시 성당과 앞쪽으로 다뉴브강과 국회의사당을 포함한 페스트의 절경이 어울리면서 최고의 명소로 자리 잡고 있었다.

부다페스트의 둘째 날은 아침 일찍 중앙 시장을 둘러보고, 걸어서 자유의 다리를 건너 겔레르트 언덕까지 산책길을 따라 올라갔다. 겔레르트 언덕에는 자유의 여신상이 서 있는 치타델라 요새가 있었다. 겔레르트 언덕은 220m의 높이로 부다 지구의 부다 왕궁과 다뉴브강과 페스트 지구를 한눈에 내려다볼 수 있었다.

겔레르트 언덕에서 내려와서 에르제베트 광장에서 영웅 광장까지는 유럽 대륙에서 가장 먼저 설치된 메트로 1호선을 타고 이동했다. 메트로 1호선이 지하로 다니는 선로 위가 부다페스트의 샹젤리제라 불리는 언드라시 거리로 이 거리에는 대한민국 대사관을 비롯한 각국 대사관저들과 명품 부티크 매장들이 들어서 있었고, 덩치 큰 가로수들이 늘어서 있었다. 부다페스트에는 모두 4개의 메트로 노선이 있었는데 특히 메트로 1호선은 오래된 역사만큼이나 내부의 역이나 전동차량도 고풍스러웠다.

영웅 광장에서부터 에르제베트 광장까지 언드라시 거리를 천천히 걸어오면서 중간에 세체니 온천과 국립 오페라 하우스, 성 이슈트반 대성당 등을 둘러보았다. 세체니 온천이 있는 시민 공원은 조용하고도 평온해 보였다. 작은 호수와 잔디밭이 있는 공원의 나무숲 사이를 한가롭게 산책했다.

세체니 온천은 유럽에서 가장 큰 온천이자 페스트 지구에 생긴 첫 번째 온천으로 시민 공원 안에 있었다. 이 온천은 네오 바로크 양식의 건물 외관과 노천탕 2개, 수영장, 15개의 실내 탕을 갖춘 대형 온천인데 외부로 보이는 노천탕 주변 바닥에는 마치 비치에서처럼 일광욕을 즐기는 시민들의 모습을 볼 수 있었다.

특별히 언드라시 거리 중간쯤에서 만난 헤렌드 매장이 너무 반가웠다. 사진으로만 보았던 유럽 도자기의 명가 헤렌드 제품들을 직접 눈으로 볼 수 있었다. 수작업으로 그린 섬세한 터치와 표현하기 어려울 정도로 아름다운 색상의 여러 도자기들이 감탄을 하게 만들었다. 이곳에서 한국의 도자기 모양과 비슷한 헤렌드 도자기 1점을 구입했다.

부다페스트에서의 기억나는 음식은 어부의 요새에 있는 카페에서 다뉴브강과 페스트 지구의 야경을 즐기면서 먹었던 굴라쉬이다. 굴라쉬는 부다페스트의 거의 모든 식당에 있는 헝가리 대표 메뉴로 고기와 콩, 감자 등을 넣고 끓인 수프에 파프리카 가루를 넣어 만드는 한국의 육개장과 비슷한 맛이 났다.

부다페스트의 셋째 날에는 오전에 부다 언덕의 부다 왕궁을 돌아보고 부다페스트공항을 출발해서 암스테르담공항에서 아빠는 리야드로, 아내와 아이들은 인천행 비행기로 각각 출발하면서 동유럽에서의 아쉬운 가족 여행을 모두 마무리했다.

러시아

18년 10월, 러시아 모스크바를 여행했다. 모스크바 여행을 가기 전에 러시아의 치안에 대해 걱정해 주는 사람들이 많았으나 막상 모스크바에서의 치안은 별 문제가 없었다.

모스크바 여행은 인터넷으로 알게 된 현지 한국인 가이드가 직접 본인 차량으로 운전하면서 공항~호텔 픽업 및 샌딩, 모스크바 시내 투어, 야경 투어, 지하철 투어 등을 함께했다.

원래 러시아 여행의 목적은 당시 인도 뭄바이 다이섹 현장에서 건설하고 있는 2천 석 규모 극장을 시공하는 현장 소장으로서 개인적으로 해외 유명 오페라 하우스를 직접 찾아가 보는 것이었다. 이런 목적으로 모스크바 볼쇼이 극장 공연을 예약하고, 발레 공연을 관람했다.

볼쇼이 극장 오페라 관람 외에 모스크바에서 인상적이었던 것은 지하철 역사 투어였다. 지하철의 역사마다 실내 장식이 마음에 들어서 하루 동안 지하철 역사 투어를 하고도, 다음날 따로 시간을 내서 혼자 여기저기 지하철 역사들을 돌아다녀 보았다.

모스크바 지하철은 1935년 5월 15일에 개통되었으며, 지하철의 길이는 총 447km에 달하며, 15개 노선에 265개 역을 가지고 있었다. 지하철은 오전 5시 30분에 개장, 다음 날 오전 1시까지 운행을 한다. 열차는 보통 약 2분 간격이나 출퇴근 시간에는 90초마다 한 대꼴이었다. 일일 이용자는 평균 2천 4백만 명에 달하며, 모스크바의 대중교통 중 가장 높은 이용률을 자랑한다고 했다.

모스크바 지하철 역사 내부

모스크바 지하철은 전 세계에서 도쿄 지하철 다음으로 가장 이용객이 많은 지하철이면서 땅속 깊이 위치해 에스컬레이터가 매우 길어서 100m가 넘는 곳이 흔했다.

가장 깊은 '파르크포베디'역은 평균 깊이가 지하 84m, 최대 깊이는 97m나 되었고, 에스컬레이터 길이는 126m에 무려 740개의 계단이 있었다. 에스컬레이터를 타고 지면까지는 약 3분이나 걸릴 정도였다.

대부분 승차장은 1면 2선식의 섬식 승차장이기 때문에 반대편으로 갈아타야 할 경우 맞은편 열차를 타면 되었고, 우리와는 달리 승차장에 스크린 도어는 없었으나, 지하철 문 닫히는 속도도 매우 빠른 편이었다.

승강장은 바닥과 벽면이 대리석으로 만들어져 유럽 궁궐에서 볼 수 있는 고풍스러운 분위기를 풍기고 있었고, 플랫폼의 의자도 대리석으로 되어 있고, 그 위의 조명 장식도 사치스러울 정도로 고급스러우며, 원형의 천장은 높고 시원한 느낌을 주었다. 특기할 만한 지하철역으로는 마야콥스카야역, 콤소몰스카야역, 플로샤드 레볼류치역, 파르크포베디역, 벨로루스카야역, 도스토옙스카야역 등이 있었다.

저녁 시간에 찾아간 볼쇼이 극장의 발레 공연은 3시간 동안의 공연이 전혀 지루하지 않았고, 내부의 시설들도 잘 둘러볼 수 있어서 극장시설 견학의 목적을 충분히 달성했다.

극장에 입장하기 전 외투는 과연 잘 맡길 수 있을지, 좌석은 잘 찾을 수 있을 지 등을 걱정했으나 막상 극장에 들어가니 모든 게 기우였다. 출입구를 지나면 왼쪽으로 널찍하고 매우 긴 카운터가 여러 개 있으면서 외투를 맡기는 데 전혀 시간이 걸리지 않았고, 좌석도 매 층마다 안내인이 있어서 자세히 안내해 주었고, 안내인이 없더라도 매 층마다 양 측면 복도로 들어가 자리를 쉽게 찾을 수 있었다. 단지 통로가 좁아서 안쪽 사람들이 들어올 때마다 일어서서 통로를 내줘야 하는 불편함은 있었지만 처음으로 접해 본 러시아 정통의 발레 공연은 매우 감동적이었고, 전혀 지루하지도 않았다. 공연이 끝나고 밤 시간에 호텔까

지는 혼자서 모스크바 거리를 걸어서 이동하였지만 별 문제가 없었나.

다음 날은 새벽부터 크렘린궁을 찾았다. 크렘린궁은 모스크바의 심장부에 위치해 있었으며, 러시아의 정치와 역사의 중심지로서 그 웅장함과 아름다움에 감탄하지 않을 수 없었다. 붉은 벽돌로 지어진 성벽과 그 안에 자리한 여러 궁전과 성당들은 마치 중세 시대로 돌아간 듯한 느낌을 주었다. 특히, 성 바실리 대성당의 화려한 색채와 독특한 양식은 시선을 사로잡았다. 크렘린궁 내부를 둘러보며 러시아의 역사와 문화를 깊이 이해할 수 있었고, 그곳에서의 시간은 정말 소중한 기억으로 남았다.

크렘린궁을 둘러본 후, 굼 백화점으로 향했다. 굼 백화점은 붉은 광장에 위치한 대형 백화점으로, 그 화려한 외관과 내부의 고급스러운 분위기는 러시아에 대한 선입견을 완전히 바꿔 놓았다. 백화점 내부는 유리 천장과 대리석 바닥으로 장식되어 있었고, 각종 명품 브랜드와 고급 상점들이 즐비했다. 여러 상점을 구경하며 다양한 상품들을 살펴보았고, 특히 러시아 전통 기념품과 공예품들이 인상적이었다. 모스크바를 여행하면서 제국식 스타일의 건물들도 많이 볼 수 있었다.

러시아 모스크바의 역사적 중심지에서 약 1킬로미터 떨어진 보행자 거리인 '아르바트 거리'도 인상적이었다. 러시아의 위대한 작가인 푸시킨, 레르몬토프, 투르게네프 등이 어린 시절을 보낸 곳이기도 한 아르바트 거리는 마치 대한민국의 대학로처럼 현재 모스크바에서 젊은이들이 가장 많이 붐비는 곳이었다.

1970년대에 새로 생긴 신 아르바트 거리는 모스크바의 가장 번화한 곳 중 하나인 반면, 구 아르바트는 소규모 악단이 연주를 하고 있는가 하면 무명 화가들이 그림을 그려 주기도 하는 등 러시아의 문화적인 면들을 흠뻑 느낄 수 있었다. 1990년대 초 사망한 러시아 젊은이들의 우상, '빅토르 최'를 기념하는 낙서 벽도 구 아르바트 거리의 한 부분을 차지하고 있었다. 또한 아르바트 거리에는 푸시킨의 생가가 있고, 푸시킨 탄생 200주년을 기념하여 그의 생가 앞에 푸시킨과 그의 아내 나탈리아 곤차로바의 동상이 세워져 있었다.

짧은 일정이었지만 모스크바에서의 볼쇼이 극장 공연 관람, 지하철 투어, 모스크바 야경 투어, 크렘린궁과 굼 백화점 주변 관람, 아르바트 거리 투어 등을 알차게 보내고 아쉬운 여정을 마무리했다.

발트 3국

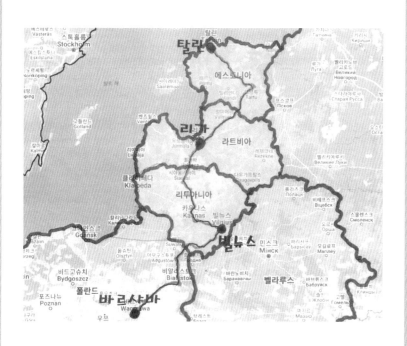

14. 리투아니아 빌뉴스(24년 8월)

24년 8월 폴란드 여행을 마치고, 버스를 타고 육로를 통해 폴란드 국경을 넘어 발트 3국의 중의 한 나라인 리투아니아의 수도 빌뉴스에 도착했다.

빌뉴스의 거리에는 현대적인 건물들이 줄지어 서 있는 모습이 뜻밖이었다. 강가에 조성된 공원과 초원에는 시민들이 여가를 즐기는 모습이 평화로워 보였고, 자전거를 타는 사람들, 강가에서 개와 산책을 하는 사람들까지, 여유로운 분위기가 느껴졌다.

도심으로 들어서자, 또 다른 활기찬 분위기가 눈앞에 펼쳐지고 있었다. 도심에는 젊은이들로 넘쳐나고, 거리 곳곳에서 들려오는 웃음소리와 음악 소리가 도시의 에너지를 그대로 전달해 주었다. 카페와 바에서는 사람들끼리 소통하며 즐거운 시간을 보내고 있었다. 그 활기와 생동감 넘치는 분위기는 마치 도시 전체가 살아 꿈틀거리는 듯한 느낌을 주었다.

리투아니아의 수도인 빌뉴스는 나라의 정치, 경제, 문화의 중심지로, 약 57만 명의 인구가 거주하고 있다. 빌뉴스는 네리스강과 빌니아강이 만나는 지점에 위치해 있으며, 그 풍부한 역사와 다채로운 문화

로 1994년에 유네스코 세계문화유산으로 지정되었다. 도시의 중심에
는 구시가지가 자리하고 있으며, 좁고 구불구불한 거리와 고딕, 르네
상스, 바로크 양식의 건축물들이 조화를 이루고 있었다.

빌뉴스 도심의 현지 식당에서 야채스튜와 메인 요리인 소금기가 가
시지 않은 생선튀김과 감자요리 그리고 케이크를 디저트로 저녁 식사
마친 뒤, 도심을 벗어나 빌뉴스 근교의 골프 리조트 호텔에서 여장을
풀었다.

다음 날인 8월 14일 아침 일찍 리조트 주변의 호수를 따라 산책하면
서 하루를 시작했다. 물안개가 피어오르면서 환상적인 모습을 연출하
고 있던 호숫가의 이른 아침은 여름철인데도 서늘한 냉기가 느껴졌다.
리조트에서의 조식을 마친 뒤 빌뉴스 구시가지로 이동했다.

구시가지 '새벽의 문'에서 도보 여행을 시작했다. 새벽의 문 위에는
작은 예배당이 있었다. 이곳은 성모 마리아 성화를 모시고 있는 신성
한 장소로 현지인들의 기도드리는 모습을 보면서 함께 기도를 올렸다.
다음으로 '성 테레사 교회'를 들어가 보았다. 이 교회는 17세기에 건축
된 바로크 양식의 걸작으로, 화려한 내부 장식과 웅장한 건축미가 인
상적이었다.

다음으로 '구시청사 광장'으로 이동했다. 이곳은 빌뉴스의 역사적 중
심지로, 과거 리투아니아 대공국 시절부터 중요한 역할을 해 온 장소
다. 광장에는 우아한 구시청사가 자리하고 있었고, 주변의 다양한 카
페와 상점들이 활기찬 분위기를 자아냈다. 광장을 천천히 거닐며, 과

거와 현재가 어우러진 이곳의 매력을 느낄 수 있었다.

이후, '우주피스 공화국'으로 향했다. 1997년에 예술가들이 모여 만든 이 독립적인 마을은 빌뉴스 내에서 독특한 분위기를 자아내고 있었다.

우주피스 공화국의 입구 다리에서는 다리에서 매달은 그네에 현지인 모녀가 그네를 타고 있었다. 또한 다리 난간에는 다양한 색상의 자물통들이 걸려 있어, 독특한 분위기를 자아내며 로맨틱한 느낌이 들게 했다.

거리 곳곳에는 자유롭고 창의적인 분위기가 감도는 다양한 예술 작품들이 전시되어 있었다. 특히 한 골목의 벽에는 우주피스의 헌법으로 "모든 사람은 실수를 할 권리가 있다.", "모든 사람은 행복할 권리가 있다."와 같은 독특한 조항들이 적혀 있었다. 우주피스 공화국의 거리와 예술 작품을 탐방하면서, 그곳의 창의적이고 자유로운 분위기를 만끽했다.

우주피스 공화국을 나와서 '대성당 광장'으로 향했다. 이 광장은 빌뉴스의 중심지로, 현지인들과 관광객들이 어우러져 활기찬 분위기를 자아내고 있었다. 광장 중앙에는 '빌뉴스 대성당'이 우뚝 서 있었으며, 이 성당은 고딕 양식과 르네상스 양식이 조화를 이루어 웅장함과 신성함을 자아냈다. 대성당 내부를 둘러보며 그 장엄함에 압도되었고, 성당의 고요하고 경건한 분위기 속에서 리투아니아 신앙의 깊이를 느낄 수 있었다.

대성당 광장을 지나 빌뉴스 대학교의 탑이 있는 건물로 향했다. 이 건물에 5유로 입장료를 낸 뒤 엘리베이터를 타고 올라가니, 빌뉴스의 전경이 한눈에 내려다보였다. 탑에서 바라본 빌뉴스의 모습은 정말 장

리투아니아 빌뉴스 전경

관이었다. 걸어 다니며 방문했던 건물들과 거리들이 아래로 펼쳐져 있었고, 특히 게디미나스성, 대성당, 대통령 궁, 그리고 구시청사 광장 등의 명소들이 한눈에 보였다. 이러한 전경은 빌뉴스의 역사와 아름다움을 시각적으로 확인할 수 있었다.

골목길에 있는 기념품 가게에서 기념품 쇼핑을 마친 후, 점심 식사를 위해 들른 피자집은 아담하고 아늑한 분위기였으며, 메뉴를 앱으로 주문하는 시스템이 인상적이었다.

점심 식사 후, 대성당 광장으로 돌아와 기다리던 버스에 올라 트라카이 호수로 이동했다. 트라카이에 도착하자, 넓고 맑은 호수와 그 중심에 자리한 트라카이성이 모습을 드러냈다. 트라카이성은 호수 위의 작은 섬에 위치한 중세의 요새이다. 요트에 탑승하여, 호수를 유유히 가로지르며 섬 주위를 돌아갈 때, 트라카이성의 웅장한 모습을 가까이서 감상할 수 있었다. 트라카이성은 14세기 리투아니아 대공국 시절에 지어진 요새로, 리투아니아의 국방과 정치의 중요한 중심지였다. 성이 있는 섬은 호수로 둘러싸여 있어 천연의 방어벽을 제공했으며, 이는 적들의 침입을 효과적으로 막아냈다.

물 위에서 바라본 트라카이성은 그 자체로도 아름다웠지만, 요트에서 즐기는 순간은 그 매력을 더욱 극대화시켰다.

트라카이 호수에서의 요트 투어를 마친 후, 버스를 타고 카우나스에 도착해서 먼저 카우나스 대성당으로 향했다.

바로크 양식의 대성당 내부는 매우 화려하면서도 경건한 분위기로 가득 차 있었다. 스테인드글라스 창을 통해 들어오는 햇빛이 성당 내부를 은은하게 밝혔고, 때마침 미사를 드리면서 울려 퍼지는 파이프오르간 연주와 성가대 찬송 소리를 경청하였다.

대성당을 둘러본 후, 구시청사 광장으로 이동했다. 광장은 카우나스의 중심부에 있으며, 다양한 역사적 건축물들로 둘러싸여 있어 도시의 풍부한 역사를 느낄 수 있는 장소였다.

광장에서 사진 촬영을 마친 후, 강변 쪽으로 이동했다. 강변을 따라 걸으며, 카우나스의 자연과 도시가 조화를 이루는 모습을 감상하였다. 건물에 표시된 수위는 과거 카우나스가 겪었던 홍수의 흔적을 보여 주었고, 도시의 역사와 자연이 함께 어우러진 이곳에서 또 다른 카우나스의 매력을 발견할 수 있었다.

강변에서의 산책을 마치고 돌아오는 길에 페르쿠노 하우스 앞에 잠시 멈춰 섰다. 페르쿠노 하우스는 카우나스에서 가장 오래된 고딕 양식의 건물로, 중세 시대의 상업 중심지였던 이곳의 역사를 그대로 간직하고 있었다.

다시 구시청사 광장을 지나 카우나스 요새 앞에 도착하니 서녘 하늘에서 쏟아지는 밝은 햇빛 아래 붉게 빛나는 요새의 모습이 더욱 돋보였다. 카우나스 요새는 도시의 방어와 관련된 중요한 역할을 했던 건축물로, 그 웅장함이 돋보였다.

요새 뒤편에는 카우나스 요새와 강변을 배경으로 'KAUNAS'라고 크게 쓰인 표지판이 세워져 있었다. 도시 표지판 앞에서 기념사진을 찍은 뒤 버스 주차장으로 이동하여 호텔로 가는 버스에 올랐다. 카우나스의 BEST WESTERN SANTAKOS 호텔에 체크인 후 하루 일정을 마무리했다.

카우나스 호텔에서 조식을 마치고 체크아웃을 한 후, 버스를 타고 약 2시간 동안 리투아니아의 아름다운 자연을 감상하며 샤울라이 십자가의 언덕에 도착했다. 입구에는 다양한 크기와 모양의 십자가를 판매하는 상점들이 있었다. 이곳에서 사람들은 자신만의 십자가를 구매해 언덕에 세우며 소원을 빈다고 했다. 입구에서부터 언덕까지는 수백 미터에 이르는 들판 길이 이어져 있었고, 그 길을 걸으며 이미 수많은 발걸음이 지나간 흔적을 느낄 수 있었다. 십자가의 언덕은 단순한 언덕이

아니라, 리투아니아의 독립과 신앙을 상징하는 성지였다. 언덕에 도착하자 크고 작은 십자가들이 빽빽하게 세워져 있는 광경이 펼쳐졌다.

샤울라이 십자가 언덕

각 십자가마다 사람들의 기도와 소망이 깃들어 있어, 이곳은 마치 하나의 거대한 기도처럼 느껴졌다. 수많은 사람들이 이 언덕을 찾으며 자신만의 십자가를 세우고 기도를 올렸을 테고, 그 덕분에 이 언덕은 시간이 지남에 따라 점점 더 많은 십자가들로 가득 차게 되었다. 앞으로 시간이 지날수록, 언덕의 경계는 점차 들판으로 확장되면서, 기도와 소망도 함께 이 언덕 위에 쌓여 가게 될 것 같았다.

샤울라이에서의 감동적인 시간을 가슴에 새기고, 발트 3국 중 두 번째 나라인 라트비아의 룬달레로 향했다.

　8월 15일, 리투아니아의 샤울레이에서 육로로 국경을 넘어 약 1시간을 이동한 후, 라트비아의 첫 번째 도시 룬달레에 도착했다. 룬달레는 18세기 화려한 바로크 양식의 궁전, '룬달레궁'으로 유명한 곳이었다. 이 궁전은 당시 쿠를란트 공국의 여름 별궁으로 사용되었으며, 이탈리아 출신의 건축가 바르톨로메오 라스트렐리가 설계한 걸작이었다.

　먼저 궁전 내부의 지하에 위치한 궁정 스타일의 레스토랑으로 향했다. 이곳에서 라트비아의 전통 요리를 맛보며 점심 식사를 했다. 메뉴로는 진한 맛이 일품인 이 나라의 전통 수프, 부드럽게 삶은 돼지고기 목살 요리, 그리고 고소한 삶은 감자 요리 등이었다. 여기에 라트비아산 맥주를 곁들여, 한층 더 풍미 있는 식사를 즐길 수 있었다. 궁정 스타일의 화려한 분위기 속에서 맛본 이 점심 식사는 단순히 한 끼 식사이상의 특별한 경험이었다.

　식사를 마친 후, 1층에 있는 매표소에서 표를 구입한 뒤 궁전 투어를 위해 2층으로 올라갔다. 2층은 '룬달레궁'의 진정한 매력을 느낄 수 있는 공간으로, 웅장한 대리석 계단을 따라 올라가니 금빛으로 장식된 대리석 홀과 화려한 벽화, 그리고 정교한 가구들이 우리를 맞이했다.

약 1시간 동안 2층의 각 방을 둘러보며, 당시 쿠를란트 공국 귀족들의 사치스럽고 우아한 생활을 엿볼 수 있었다. 특히 2층에서 바라본 외부 조경 광장은 프랑스 베르사유 궁정의 정원에 버금가는 풍경이었다. 창밖으로 펼쳐진 광장은 정교하게 다듬어진 정원과 멀리 펼쳐진 푸른 들판이 어우러져 마치 그림 같은 장관을 연출했다.

'룬달레궁'에서의 여정을 마치고 라트비아의 수도인 리가로 이동하기 위해 다시 버스에 올랐다. 약 1시간 10분을 이동해서 드디어 라트비아의 수도 리가에 도착했다.

먼저 소총 동상 앞에서 현지 가이드를 만나 리가 구시가지 투어를 시작했다. 투어는 소총 동상에서 시작하여 구시가지 쪽으로 이동하면서, 리가의 역사와 문화를 느낄 수 있는 주요 명소들을 둘러보았다.

첫 번째로 들른 곳은 리가의 상징적인 장소인 시청 광장이었다. 시청 광장 중앙에는 롤란드 석상이 중앙에 있었다. 롤란드가 들고 있는 칼의 끝 부분을 라트비아의 거리 원표로 삼아서 수도 리가에서부터 전국 모든 지역 도시까지의 거리를 재는 기준으로 삼는다고 했다. 시청 광장 주변으로는 검은머리 전당, 시청사, 성 베드로 성당, 점령 기념관이 둘러싸고 있었다.

특히 이곳에는 검은 머리 전당 건물이 유명했다. 이 건물은 중세 시대 활발하게 활동했던 검은 머리 길드가 사용한 건물로 이 건물의 앞벽에는 현재의 에스토니아 사람들과는 전혀 다른 검은 얼굴의 인물이 장식되어 있어 검은 머리 전당으로 불리고 있었다. 이 건물은 14세기에 지어진 고딕 양식의 건축물로, 후에 르네상스 양식으로 개조되어 더욱 화려한 모습을 갖추었다. 건물의 정면에 장식된 화려한 조각과 시계탑은 당시 형제 단의 부와 권위를 상징한다고 했다. 검은 머리 전당 앞 바닥에는 최초의 크리스마스트리가 세워졌던 곳을 표시하는 팔각형의 기념 명판이 있었다.

리가 시청 광장과 검은 머리 전당

 리가 시청사 건물을 지나면서 골목길 사이로 성 베드로 성당의 첨탑이 우뚝 솟은 모습이 인상적으로 다가왔다. 성 베드로 성당은 리가 구시가지의 중심에 자리 잡고 있으며, 13세기 중반에 처음 건설된 고딕 양식의 성당이다. 성당의 첨탑은 약 123미터 높이로, 리가 시내에서 이정표 역할을 해 주고 있었다.

골목을 지나 '브레멘 동물들' 동상 앞에서 기념사진을 찍었다. 이 동상은 독일의 유명한 동화인 『브레멘 음악대』에서 영감을 받아 만들어진 조각상이다. 동화 속에서 브레멘 음악대의 동물들이 함께 모여 여행을 떠나는 이야기를 담고 있으며, 동상에는 그 동물들인 당나귀, 개, 고양이, 닭이 유쾌하게 표현되어 있었다.

리가 돔 성당을 지나 리가성을 방문했다. 리가성은 현재 대통령 관저이자 역사 박물관으로 사용되고 있으며, 13세기에 건설된 이래로 리가의 정치적, 군사적 중심지로서 중요한 역할을 해 왔다. 고딕과 르네상스 양식이 혼합된 성의 외관은 리가의 역사적 변화를 잘 보여 주며, 도시의 중요한 역사적 사건들과 관련된 건축적 요소들이 돋보였다.

다음으로 삼 형제 건물 앞을 지나면서 중세 시대 리가의 건축 양식을 감상했다. 삼 형제 건물은 리가에서 가장 오래된 주택 건물로, 15세기부터 17세기까지의 건축 양식을 보여 주고 있었다. 각각의 건물은 서로 다른 시대와 스타일을 반영하고 있으며, 고딕에서 바로크 양식까지 다양한 건축적 요소가 혼합되어 있다. 이 건물들은 리가의 역사적 변화를 상징하며, 당시 상인들의 생활과 도시의 발전상을 이해하는 데 도움을 주었다.

이어서 한때 화약을 보관하던 장소로, 현재는 역사 박물관으로 활용되고 있는 화약탑의 외부를 둘러보았다. 화약탑은 17세기에 건설된 방어탑으로, 리가의 군사적 역사와 관련된 다양한 유물들이 전시되어 있는 곳이다.

화약탑을 지나 스웨덴 문을 통과했다. 스웨덴 문은 리가 구시가지의 주요 출입문 중 하나로, 1698년에 스웨덴 왕국의 군사적 방어를 위해 건설되었다. 이 문은 당시 스웨덴 지배하에 있었던 리가의 역사적 상징으로, 지금은 관광객들에게 리가의 역사적인 길을 안내하는 중요한 랜드마크로 자리 잡고 있었다.

구시가지를 둘러본 뒤 리가 각 도시의 문장들이 벽에 그려진 건물을 관람한 후, 천천히 걸어서 자유 기념탑이 위치한 광장으로 이동했다. 자유 기념탑은 리가 시민들의 독립과 자유를 기념하기 위해 1935년에 세워진 기념비로, 탑의 정상에는 세 개의 별이 우뚝 솟아 있으며, 이는 리투아니아, 라트비아, 에스토니아의 세 나라를 상징하는 기념물이다.

구시가지를 한 번 더 천천히 둘러본 뒤 저녁 무렵에는 국립 도서관 지하 방공호를 개조한 동굴 레스토랑에서 맥주를 곁들인 식사를 했다. 이 독특한 레스토랑은 원래 제2차 세계대전 당시 방공호로 사용되었던 공간을 멋지게 개조하여, 현대적이면서도 신비로운 분위기를 자아내고 있었다. 방공호의 원형을 유지하면서 아늑한 조명과 분위기로 변모된 이곳은 식사와 동시에 역사적인 분위기를 느낄 수 있는 특별한 장소였다. 이곳에서 항아리 맥주와 흑밀빵을 포함한 안주류를 맛보면서 여유 있는 시간을 보냈다.

동굴 식당을 나와서 천천히 걷다가 격납고 건물로 사용되던 중앙 시장의 노점에 들러, 신선한 블루베리와 체리를 구입해 먹으면서 현지의 재래시장 풍경을 체험해 보았다.

이어서 일몰 시간에 맞춰 스탈린 건축 양식의 전망대 건물로 이동했다. 이 건물은 소련 시대의 대표적인 스탈린 건축 양식을 보여 주는 건물로, 고전적인 소련의 대규모 건축 스타일을 특징으로 하며, 장대한 규모와 강렬한 직선미를 자랑하고 있었다. 외부의 붉은 벽돌로 치장한 모습이 매우 인상적이었다. 이 건물은 리가의 도시 전경을 넓게 조망할 수 있는 위치에 자리 잡고 있었다. 환상적으로 붉게 물든 하늘과 함께 리가의 전경을 바라보며 하루의 피로를 잊을 수 있었다. 이후, 호텔로 돌아와 체크인하며 리가에서의 하루 여정을 마무리했다.

여행 6일째인 8월 16일 아침에는 리가에서의 여정을 모두 마치고 리가에서 약 53km 떨어진 시굴다로 이동해서 아름다운 전설이 전해지는 구트마니스 동굴을 방문했다. 동굴 안으로 들어가 벽면에 새겨진 오래된 낙서들을 보며, 당시 사람들의 사랑과 희망을 상상해 보았다. 이어서 시굴다에서 가장 아름다운 건축물로 손꼽히는 투라이다성으로 향했다. '투라이다'는 '신의 정원'이라는 뜻이다. 언덕 위에 위치한 이 성은 주변의 숲과 어우러져 신비로운 분위기를 자아냈다.

시굴다 투라이다성을 끝으로 리투아니아의 여정을 모두 마쳤다.

8월 16일 라트비아의 시굴다에서 육로를 통해 2시간 30분을 이동해서 라트비아의 국경을 넘어 에스토니아의 첫 번째 도시인 타르투로 이동했다.

타르투는 에스토니아의 문화와 역사의 중심지로, 이곳에서는 가상 먼저 에스토니아에서 가장 오래된 타르투대학교를 방문했다. 고풍스러운 건물들과 학문과 자유의 상징과도 같은 캠퍼스의 분위기는 지적 호기심을 자극했다.

이어 18세기에 지어진 바로크와 로코코 양식이 혼합된 타르투시청을 구경했다. 우아한 외관이 인상적이었고, 시청 앞 광장에서 여유롭게 산책을 즐기는 사람들의 모습이 이곳의 평온한 일상을 잘 보여 주었다.

또 한편으로는 타르투는 2024년 개최될 '타르투 2024' 행사를 준비하는 모습을 엿볼 수 있었다. 타르투는 2024년 유럽 문화 수도(European Capital of Culture)로 선정되어서, 이를 기념하기 위해 시청 앞 광장에서는 설치 예술 작품과 홍보 부스들이 세워져 있어, 방문객들에게 타르투의 풍부한 문화유산과 현대적 창의성을 보여 주고 있었다. 타르투에서의 여정을 마치고 다시 에스토니아의 수도 탈린으로 이동해서 시내에 있는 현지 식당에서 닭고기와 감자 빵으로 저녁 식사를 마치고 근처 호텔에 체크인 후 하루 여정을 마무리했다.

8월 17일부터 본격적인 탈린 여행을 시작했다.

먼저 카드리오르그 궁전이 있는 공원을 산책했다. 카드리오르그 지역은 구시가지에서 동쪽으로 약 2km 정도 떨어져 있다. '카드리오르그'는 '예카 테리나의 계곡'이라는 뜻이다. 러시아 점령기에 표트르 대제가 에스토니아를 점령한 후 아내 예카테리나를 위해 바로크 양식의 궁정과 공원을 만들었다. 후에는 러시아 귀족들이 살던 곳으로 뒤편에는 대통령 궁으로 사용하고 있었다.

이어서 구시가지 투어를 하였다. 비루문에서 시작해서 구시청사 광장을 중심으로 주요 성곽과 건물들을 차례로 방문하면서 도보 투어를 했다. 톰페아 언덕으로 올라가니 발트해와 성곽 밖의 풍경들이 한눈에 들어왔다.

이곳은 덴마크가 최초로 요새를 건설하면서 탈린의 도시화가 시작된 지점이다. 언덕 위에 자리한 톰페아성은 에스토니아의 정치적 중심지로, 오랜 세월 동안 이곳을 지켜온 고풍스러운 모습이 인상적이었다. 성의 견고한 성벽과 웅장한 탑을 둘러보며 탈린의 중세 역사를 몸소 느낄 수 있었다.

탈린에서 가장 큰 규모를 자랑하는 넵스키 대성당, 뚱뚱한 마가렛 성탑, 뱃사람의 수호신을 기리는 니굴리스테 교회, 돔교회, 길드 앞 거리 등은 라에코야 광장을 중심으로 포진하고 있었다.

탈린 시가지 전경

TV에서 보았던 광장 근처의 아몬드 가게에서 낱개로 포장해서 1개에 5유로하는 아몬드를 여러 봉지 사서 선물로 가져왔다. 그리고 역시 국내 TV에 소개되었던 올데한사 레스토랑은 자리가 없어서 구경만 하고 내부 사진을 남겼다.

점심 식사를 마친 후 오후에도 성곽 주변의 안과 바깥을 돌아보면서 여러 명소들을 둘러보았다. 오전부터 너무 많이 걸어서 다리에 피로감이 몰려올 즈음 탈린의 라에코야 광장 야외 카페에서 맥주를 마시면서 휴식을 취했다.

라에코야 광장은 탈린의 구시가지에 위치한 역사적인 광장으로, 중세 시대부터 도시의 중심 역할을 해 왔다. 광장 이름은 '시청'을 뜻하는 에스토니아어에서 유래되었으며, 탈린의 구시청사가 자리 잡고 있었다. 광장은 다양한 상점, 레스토랑, 카페로 둘러싸여 있으며, 특히 여름철에는 야외 테라스가 설치되어 관광객과 현지인들에게 인기 있는 장소가 되고, 겨울에는 크리스마스 마켓이 열리는 탈린의 대표적인 관광 명소임이 분명해 보였다.

저녁 무렵에는 미리 예약한 시청사 근처 맛집인 BEER HOUSE에서 슈바인스학세 요리와 맥주로 저녁 식사를 했다. 슈바인스학세 요리는 독일식 조리법으로 만든 것으로, 돼지 앞다리를 오랜 시간 동안 구워 겉은 바삭하고 속은 부드럽게 만들어진 요리이다. 절인 양배추와 함께 제공되었고, 맥주와 함께 즐기기 좋은 메뉴였다.

탈린에서의 하루 일정을 마치고 호텔로 돌아오자마자 지난 일주일 동안 청명했던 날씨가 믿어지지 않을 정도로 갑자기 소나기가 내리기 시작했다. 폴란드와 발트 3국 여행을 하는 동안 내내 날씨가 청명한 덕분에 여행이 훨씬 수월했다.

8월 18일 일요일 너무 이른 시간이라 호텔에서 준비해 준 도시락으로 아침 식사를 하고, 체크아웃 후 탈린공항으로 이동했다. 오전 8시 55분 폴란드 항공 LO790편에 탑승해 약 1시간 40분의 비행 끝에 오전 9시 35분 폴란드의 바르샤바에 도착했다. 바르샤바공항에서 대기 시간을 보낸 뒤 오후 3시 10분 역시 폴란드 항공 LO099편으로 바르샤바를 출발해서 약 11시간 10분 동안 날아서 8월 19일 월요일, 아침 09:20에 인천국제공항 제1터미널에 도착하면서 폴란드와 발트 3국 여행을 모두 마쳤다.

#베네룩스 3국

17년 4월, 스페인 교환학생으로 나가 있던 딸을 만나본 뒤, 바르셀로나에서 암스테르담으로 향하는 비행기에 올랐다. 암스테르담으로 가면서 네덜란드라는 나라에 대해 머릿속으로 떠오르거나 해 보고 싶은 것들을 요약해 보았다. 아주 어려서는 아버님이 집에 사 놓으신 『김찬삼의 세계여행』 중에 풍차와 튤립 사진이 떠올랐다. 그리고 학창 시절 읽었던 동화 중에 집으로 돌아가다 댐에서 물이 새는 걸 보고 댐의 구멍을 손으로 막아서 마을을 지켰다던 용감한 네덜란드 소년의 이야기가 생각났다. 남프랑스를 여행하면서 아를 지방을 다녀오지 못한 미련 때문에 암스테르담에 가면 고흐 박물관을 꼭 찾아가 보리라 마음먹고, 인터넷으로 예약을 해 두었다.

또한 유럽의 명품 도자기에 관심을 가지면서 조용준 기자가 쓴 세 권짜리 유럽 도자기 책을 모두 사서 읽은 적이 있다. 북유럽 편에서는 베르메르의 〈진주 귀걸이를 한 소녀〉, 〈우유 따르는 여인〉 등의 그림에서 청금석 안료 소개를 하면서 네덜란드의 델프트라는 소도시의 도공들이 만들어 낸 델프트 웨어를 알게 되었다.

4월 초에 도착한 암스테르담에는 계속해서 비가 내려서 날씨가 몹

시 쌀쌀하게 느껴졌다. 공항에서 기차를 타고 중앙역 한 정거장 전 역인 슬로테르딕역에서 하차해서 미리 예약해 둔 홀리데이 인 익스프레스 슬로테르딕역 호텔에 체크인했다.

중앙역과 기차로 한 정거장 떨어진 역 옆에 호텔이 있어서 시내로 이동하기가 매우 편리했다. 또한 이 역은 중앙역으로 들어오거나 나가는 모든 기차가 무조건 정차하는 역이라서 두 정거장 사이를 수시로 지하철처럼 이용할 수 있었다.

암스테르담 중앙역 광장 부근에는 엄청난 자전거가 빽빽하게 주차되어 있었고, 거리에도 자전거를 타고 다니는 시민들의 자전거 행렬이 차량만큼 많아 보였다. 암스테르담은 자전거 타기 좋은 도시로 유명하다. 자전거 이용을 위한 인프라가 잘 마련되어 있고 주민들의 자전거 이용률 또한 매우 높다고 했다. 거리 신호등 역시 자전거 전용 신호등이 있을 정도였다. 다만 일부 운하 구간은 자전거 도로와 인도의 구분이 애매하기 때문에 자전거를 타기 좋은 도시라는 말은 반대로 걸어 다니는 여행자들에게는 차보다도 자전거를 조심해야 한다는 의미가 될 수 있었다.

또한 암스테르담은 '운하의 도시'라는 별명답게 도시 전체가 부채꼴 모양의 운하로 이루어져 있었다. 운하 중심 구역은 유네스코 세계문화유산에 등재되어 있었다.

암스테르담은 크게 운하 내부와 외부로 나눌 수 있는데 흔히 생각하는 암스테르담의 이미지는 대부분 내부에 밀집되어 있었다. 중앙역과 중앙 도로를 중심으로 서편은 사무 지구라 깨끗해도 트램으로 이동하기 불편하고 동편은 대체로 낡은 편이라 굳이 벗어난다면 남쪽이 무난했다.

암스테르담 중앙역 앞에 내려서 다리를 건너면 다수의 운하 관광선 업체들이 영업을 하고 있었다. 시간과 가격이 다른 프로그램이 다양해서 짧은 것은 약 1시간 만에 시내를 일주하고, 시간이 없을 경우 역 앞에서 운하선을 타고 시내를 관광한 뒤 다시 역으로 돌아오는 것도 가능했다. 운하의 모습은 아름다웠지만 실제의 운하 물은 더러운 편이었다.

호텔에서 중앙역을 시작으로 담 광장까지 이어지는 도로 주변으로 안네프랑크 집, 성 박물관, 상업 꽃시장, 고흐 미술관, 암스테르담 국립 미술관, 하이네켄 체험관 등이 도보권에 몰려 있어서 도보로 자유여행

암스테르담

에 불편하지 않았고, 운하 크루즈 여행을 하면서도 암스테르담 시내를 둘러보았다.

야간에는 담 광장 주변과 홍등가로 불리는 '드 발렌'을 둘러보았다. 아내와 둘이서 자유여행을 하면서 홍등가를 찾기는 좀 불안하고 멋쩍은 생각이 들었지만 막상 둘러보니 이곳을 둘러보는 관광객들이 많아서 천천히 둘러볼 수 있었고, 심지어는 성인용품을 파는 숍까지 구경할 수 있었다. 그리고 이 거리를 지나다 보면 묘한 냄새가 났는데 대마초를 거리에서 피우고 있는 냄새였다. 네덜란드는 마약과 대마초에 대해 제재를 하지 않는 나라로 유명하다. 홍등가는 방마다 주요 부위만 가린 여성이 미소를 짓고 있었다. 세계에서 가장 유명한 성매매 거리로 알려진 이곳은 약 250개의 창문형 성매매 업소가 모여 있었다.

성 박물관은 입장료에 비해 안에 있는 전시물의 내용들은 별로 볼게 없어서 괜히 돈만 날렸다는 생각이 들었다.

암스테르담에서 가장 의미 있던 시간은 반 고흐 미술관에서의 700여 작품들과의 만남이었다. 이 미술관에서는 고흐를 이해하기 쉽도록 시기별로 그리고 작품별로 전시하고 있었다. 그리고 그의 가족사와 일대기, 동생 테오에게 쓴 편지 등도 함께 전시하고 있었고, 입구의 커다란 스크린에는 고흐의 대표적인 그림들을 보여 주고 있었다.

반 고흐 미술관의 작품들 중에서, 1885년 누에넨 시절 수많은 습작 끝에 완성하였고, 반 고흐 자신이 인정하는 최초의 작품인 〈감자 먹는 사람들〉 외에 〈성경이 있는 정물〉, 1987년 파리에서 그린 〈거리 풍경〉, 1887년 〈펠트 모자를 쓴 자화상〉, 1888년 아를에서 그린 〈추수 풍경〉, 1888년 아를에서 그린 〈론강의 별빛〉, 〈노란집〉, 그리고 프랑스 남부 아를에서 빈센트 반 고흐가 살던 집의 방을 그린 〈빈센트의 방〉, 빈센트의 대표작 〈해바라기〉, 〈고갱의 의자〉, 고흐가 직접 바닷가에서 그린 〈바다 풍경〉 그림은 그림을 확대하면 실제로 모래 바람을 맞으며 그렸던 모습을 상상할 수 있는 모래알을 볼 수 있는 작품들이 인상적이었다.

암스테르담에서 독일의 퀼른을 거쳐 룩셈브르크로 가는 기차와 벨기에의 브뤼셀에서 다시 암스테르담으로 돌아오는 기차 안에서 바라다본 네덜란드의 좁은 운하와 들판 위에서 한가로이 풀을 뜯는 양 떼가 가득한 그림 같은 전원 풍경은 참으로 평화롭고도 아름다웠다. 네덜란드에는 "신이 세상을 창조했으나 네덜란드는 네덜란드인이 만들었다."라는 말이 있다. 국토의 4분의 1 이상이 해수면보다 낮아 홍수와 해일이 반복되는 악조건 속에서 끊임없이 물길을 다스려 삶의 터전을 일궈온 그들 선조들의 노력의 결실들이 이 풍요로움으로 변해 있었다.

17년 4월, 베네룩스 3국을 여행하면서 네덜란드 암스테르담을 기점으로 룩셈부르크와 벨기에 브뤼셀과 브뤼헤를 여행했다.

세계에서 1인당 국민소득이 가장 높은 나라 중 하나인 룩셈부르크는 얼마나 잘 사는지 궁금해서 실제로 한 번 가 보고 싶다는 생각이 들었있다. 암스테르담에서 베네룩스 3국 열차 패스를 이용해 열차 편으로 룩셈부르크 중앙역에 도착해서 룩셈부르크 노보텔 호텔에서 2박을 했다.

룩셈부르크의 2023년의 통계를 보면 인구는 63만 명, 면적은 2,586㎢, 1인당 국민소득은 13만 불을 넘기고 있으니 현재의 우리나라와 단순 비교해도 4배는 더 잘 사는 나라이다. 룩셈부르크는 국제금융산업 중심지이면서 유럽에서 금융기관들이 가장 집중된 국가로 철강산업으로 부흥하기 시작해서 현재는 금융과 우주 산업에 중점을 두고 있다.

지리적으로 독일과 벨기에, 프랑스 등 강대국에 둘러싸인 내륙국으로 해양 진출이 어려운 불리한 조건을 역이용해서 70년대 오일 쇼크 이후 금융업 중심의 산업구조 개편으로 다국적 대기업들을 유치하기 시작했다. 현재 룩셈부르크 산업의 86%가 서비스업이고, GDP의 약 30%를 금융업이 차지하고 있다.

룩셈부르크는 유럽연합 설립 이후 국경 이동이 자유로워지면서 절반의 인구가 외국인이 됐고 다국어로 의사소통이 가능한 환경이 조성되면서 대거 해외 인력 유입을 유도했다.

　실제 룩셈부르크에 도착해서 구시가지에서 받은 느낌은 중세 시대부터 건축된 성벽과 요새가 잘 보존되어 있는 전원도시처럼 느껴졌다. 일부로 호텔에서 아침 일찍 빠져나와 그들의 출근하는 모습도 살펴보았지만 북유럽의 선진국 노르웨이에서도 그랬듯이 역시 우리의 출근 모습과 크게 다르지는 않게 보였다. 그러나 도시 전반적인 느낌은 왠지 유럽의 다른 대도시들에 비해 오히려 한적한 모습이 느껴졌다.

　나폴레옹이 룩셈부르크를 '유럽의 골동품'이라고 했던 말은 오래된 성곽과 요새 주변을 둘러보면서 공감할 수 있었다. 룩셈부르크 천년의 시간을 엿볼 수 있었고, 유네스코 세계문화유산에 등재되었다. 룩셈부르크의 도심 중앙부는 크지 않아서 도보로 돌아다니면서 둘러볼 수 있었다.

　특히 아치형의 아돌프 다리 아래의 공원과 페트뤼세 계곡의 풍경이 한 폭의 풍경화 같은 모습이었고 디 다리를 경계로 구시가지와 신시가지가 나뉘어 있었다.

　구시가지의 보크 지하 요새는 17세기에 스페인 공병대가 건설한 요새로, 23km에 달하는 지하 터널과 방어 시설로 이루어져 있었다. 보크 요새에서 내려다보이는 룩셈부르크 구시가지의 모습은 달력 사진에서 보던 모습처럼 아름답고 평화로워 보였다.

알제트 강변에 위치한 그룬트 지역은 중세 건축물과 아기자기한 골목길이 매력적이고, 강가를 따라 걷기에 좋은 장소였다. 현대적인 레스토랑과 카페, 바가 많아 저녁 시간에는 사람들이 많았다.

룩셈부르크

구시가지에서 룩셈부르크역, 아름 광장, 대공 궁전, 노트르담 대성당, 역사박물관, 국립 역사 예술 박물관, 보크 포대, 성곽 등을 걸어서 산책하였고, 보크 정류장에서 출발하는 미니 열차를 타고 구시가지 전반을 둘러보는 것도 재미있었다.

사실 룩셈부르크의 구시가지는 반나절이면 돌아볼 수 있을 정도로 작은 규모였지만 이곳에서 2박을 하면서 세계 제일의 부자 나라 면모를 잠시 느껴 보았다.

17년 4월 베네룩스 3국을 여행하면서 룩셈부르크 중앙역에서 열차를 타고 벨기에의 브뤼셀역으로 가서 브뤼셀 홀리데이인 슈만 호텔에서 묵으면서 3일 동안 벨기에의 브뤼셀, 브뤼헤, 켄트를 둘러보았다.

벨기에 브뤼셀은 벨기에의 수도이자 EU의 수도로 유럽연합의 본부 건물이 위치하고 있었다. 또한 영국 런던과 해저 터널로 프랑스 파리와 벨기에 브뤼셀 남역까지 연결되는 유로스타의 종점도 브뤼셀에 있다.

벨기에는 면적이 3만㎢로 대한민국 면적의 1/3밖에 안 되는데도 프랑스어를 주로 쓰는 남쪽의 왈롱 지방과 네덜란드어를 주로 쓰는 북쪽의 플랑드르는 사이가 좋지 않을뿐더러 언어적 분할을 이루고 있었다. 또한 무역항이 있는 북쪽의 플랑드르 지방이 남쪽의 왈롱 지방보다 국민소득이 훨씬 높은 편이다.

여행하면서 각 나라별로 소문난 먹거리에 대해 미리 알고 가면 현지에서 그 음식을 찾아 먹는 색다른 묘미가 더해진다. 요즘 예능 방송 프로그램 중에 온갖 여행 프로그램이 대세인 가운데 세계적으로 소문난 먹거리들이 많이 소개되었다. 오스트리아의 쉬니첼, 포르투갈의 문어 요리, 헝가리 굴라쉬, 스페인의 파에야, 프랑스 마카롱, 스위스 뽕뒤,

이탈리아의 피자, 튀르키예 케밥과 로쿰처럼 벨기에는 초콜릿과 홍합탕, 와플 등이 유명하다.

또한 음식뿐만 아니라 작은 청동 조각상도 그 지역의 랜드마크 역할을 하거나 상징물이 되어 여행객들의 인증샷 포인트가 돼 주곤 한다. 덴마크 코펜하겐의 인어 청동상이 있다면 벨기에 브뤼셀에는 '오줌 누는 소년상'이 있었다.

오줌 누는 소년상

한국에는 '오줌싸개 동상'으로 소개되고 있다. 이 작은 동상은 각국의 의상들을 선물 받아 760벌이 넘는 의상을 갖고 있으면서 매일 다른 의상으로 갈아입히고 있었다. 첫날 갔을 때는 청소부 옷을 입고 청소하는 솔을 들고 있었으나 둘째 날은 포르투갈 국기가 새겨진 의상으로 갈아입은 모습이었다.

벨기에의 유명한 간식으로 초콜릿과 감자튀김, 와플이 있었다. 갓 튀긴 감자튀김에 마요네즈를 얹어 파는 가게에서 감자튀김을 사 먹었다. 와플에 생크림이나 초콜렛, 아이스크림 등을 발라서 먹기도 하였다. 금방 튀긴 감자의 맛도 일품이고, 향긋한 빵 냄새가 나는 와플도 맛이 있었다. 갈르리 생튀베르의 쇼핑몰 안에는 튀르키예 이스티그라랄 거리에 있는 '튀르키예 로쿰'처럼 왕실에 납품하는 초콜릿 전문점들이 많이 있었다.

그랑플라스 광장 북쪽의 '일로 사크레' 지구는 유럽 제일의 레스토랑들이 몰려 있는 지구로 '브뤼셀의 위장'으로 불리고 있었다. 이곳은 일류 세프가 요리하는 전문 요리점은 물론이고, 포장마차 같은 느낌의 가게에서 홍합 요리, 감자튀김, 와플 등도 쉽게 만날 수 있었다. 브뤼셀과 브뤼헤를 여행하는 동안 홍합탕은 입맛에도 딱 맞아서 식당에 들를 때마다 계속해서 시켜 먹었다.

벨기에는 맥주의 종류가 많기로도 유명하였고, 벨기에의 맥주 브랜드는 800개가 넘는다고 하였다. 이웃 나라 독일은 순수한 맥주를 주로 생산하고 있지만, 벨기에 맥주는 이것저것 많이 섞어서 만드는 맥주가 오히려 많은 편이었다. 벨기에 맥주 박물관에는 맥주 제조에 관한 전시를 하고, 맥주들을 시음할 수 있었다. 벨기에 맥주의 칵테일 같은 독특한 붉은 색깔과 체리 향이 모두 마음에 들었다.

또한 벨기에는 오랜 역사와 전통을 가진 레이스 제작으로 널리 알려져 있으며, 이곳의 레이스는 그 정교함과 아름다움으로 세계적인 명성을 얻고 있었다. 브뤼셀, 브뤼헤, 겐트 등 주요 도시에는 레이스의 우아함과 섬세함을 한눈에 감상할 수 있는 특별한 레이스숍들이 도심의 골목골목에 자리하고 있었다.

벨기에는 19세기에서 20세기로 넘어가는 시기에 아르누보 건축이 탄생한 나라로 브뤼셀을 아르누보의 수도로 부르고 있었다. 아르누보 건축은 유리를 이용해서 빛이 퍼지는 효과로 공간을 더욱 넓어 보이게 했고, 철의 유연성을 이용해서 자라나는 식물을 모티브로 한 디자인은 자유로운 이미지를 부여했다.

벨기에의 수도 브뤼셀은 프랑스어와 네덜란드어를 공용어로 사용하고 있었지만 여행하면서 영어로 물어보아도 대부분의 시민들이 대답을 잘해 주어서 전혀 불편하지 않았다.

브뤼셀에는 밀라노의 아케이드나 모스크바 굼 백화점처럼 유럽에서 가장 오래되고 화려한 아케이드인 '갈르리 생튀베르 쇼핑 갤러리'가 있었는데 18m 높이에 천장이 유리로 덮여 있고, 총길이는 213m에 달했다.

4월의 왕궁과 국회의사당 사이의 브뤼셀 공원은 마치 네덜란드의 정원처럼 튤립꽃들이 만개해 있어서 장관을 이루고 있었다.

브뤼셀의 중심 광장인 그랑플라스는 스페인의 이사벨 여왕, 빅토르 위고 등이 칭찬한 유럽의 대표적인 광장으로 이 광장은 시청사, 길드 하우스들, 왕의 집 등으로 둘러싸여져 있는 직사각형의 넓은 광장으로 매일 아침 꽃시장이 열리고 있었다.

특히 유명한 오페라 극장인 모네 극장은 우아한 네오클래식 양식으로 정면의 기둥들과 삼각형의 맞배지붕의 부조가 돋보였다.

그랑플라스 광장

브뤼셀의 악기 박물관 방문은 감동적인 색다른 경험이었다. 전 세계에서 모은 7천여 점의 악기들 중에서 1,200점을 전시하고 있었는데 각 시대와 지역의 음악적 유산을 생생하게 소개하고 있었다. 중세부터 현대에 이르는 다양한 악기들은 그 자체로 음악의 진수를 보여 주었다. 바로크 시대의 하프시코드, 고전 시대의 프랑스 호른, 그리고 민속 악기들의 다채로운 구성은 음악의 새로운 세계에 대해 각인시켰으며, 악기들이 지닌 개성과 감동을 더욱 깊이 이해할 수 있었다.

20. 벨기에 브뤼헤(17년 4월)

2017년 4월, 브뤼셀에 이어 운하 도시 브뤼헤에 도착하자마자 마치 시간여행을 하는 듯한 기분이 들었다. 중세의 벽돌집들이 늘어선 거리는 역사 속에서 튀어나온 것처럼 보였고, 거리 곳곳에서 느껴지는 고풍스러운 분위기는 이 도시의 매력을 한층 더해 주었다.

브뤼헤는 서플랑드르주의 주도로 많은 운하가 시내까지 흘러 들어와서 물의 도시 또는 북부의 베니스라 불리고 있었다. 두 번의 세계 대전에서도 거의 피해를 입지 않아서 중세 건축물들의 원형을 그대로 유지하고 있었다. 브뤼헤는 도시 전체가 세계문화유산으로 지정되어 있다.

브뤼헤의 중심 광장인 '마르크트'는 이 도시의 하이라이트였다. 이 광장은 네오고딕 양식의 '서플랑드르'주 청사, 종루 건물, 그리고 계단 모양의 맞배지붕이 아름다운 길드 하우스들로 둘러싸여 있어 아기자기하고 예쁜 모습을 자랑하고 있었다.

광장에 들어서자마자 가장 먼저 눈에 띈 것은 높이 솟은 종루 건물이었다. 이 종루 건물은 브뤼헤의 상징 중 하나로, 꼭대기에 올라가면 도시 전체를 한눈에 내려다볼 수 있었다. 종루 건물에 올라가는 길은 꽤 가팔랐지만, 정상에서 바라본 브뤼헤의 전경은 참으로 장관이었다.

붉은 벽돌 지붕이 빼곡히 늘어선 거리와 그 사이로 유유히 흐르는 운하가 어우러져 그림 같은 풍경을 만들어 냈다.

브뤼헤의 운하 투어도 빼놓을 수 없는 즐거움이었다. 작은 보트를 타고 운하를 따라 도시를 둘러보며, 브뤼헤의 또 다른 매력을 발견할 수 있었다. 운하를 따라 이어지는 작은 다리들과 양쪽에 늘어선 고풍스러운 집들은 이 도시가 왜 '북유럽의 베네치아'라 불리는지 실감이 났다. 중세의 매력이 물씬 풍기는 브뤼헤는 걸어 다닐수록 새로운 매력을 발견할 수 있는 곳이었다. 골목길을 따라 산책하며, 작고 아기자기한 상점들과 전통 공예품 가게들을 둘러보는 것도 큰 즐거움이었다.

브뤼헤 운하

3일 동안의 브뤼셀, 브뤼헤 여행을 모두 마치고, 브뤼셀역에서 초고속 열차인 '탈리스'를 타고 암스테르담으로 향했다.

보스니아 헤르체고비나

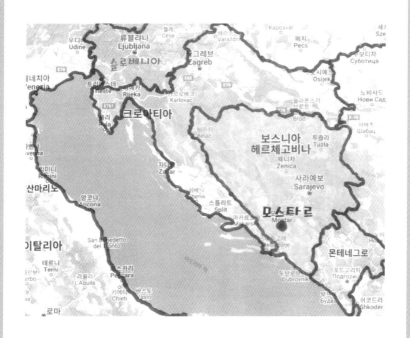

인터넷에서 세계에서 가장 아름다운 다리로 소개된 보스니아 헤르체고비나의 '스타리 모스트' 다리 사진을 보고 무조건 이곳을 찾아가 보기로 마음먹고, 18년 6월 보스니아 헤르체고비나의 모스타르를 여행했다.

'모스타르'는 보스니아 헤르체고비나의 지역 이름이고, '스타리 모스트'는 보스니아어로 '오래된 다리'라는 의미이다.

모스타르의 스타리 모스트

'스타리 모스트'는 길이 29m, 폭 4m, 높이 24m로 모스타르 시내를 흐르는 네레트바강에 설치된 다리로 보스니아 헤르체고비나가 오스만 제국의 지배를 받던 시기에 건립되었다. 모스타르의 상징으로 여겨지는 다리로서 유네스코 세계유산에 등재되었다.

모스타르에서는 청년들이 '스타리 모스트'에서 네레트바강에 뛰어드는 것을 전통으로 여기고 있다. 1664년에 작성된 문헌에서 스타리 모스트에서 뛰어내린 최초의 기록이 전해져 오고 있으며, 1968년부터 모스타르에서는 매년 여름에 공식적인 다이빙 대회가 열린다고 한다. 이곳을 찾았을 때도 때마침 어느 청년이 난간을 넘어 뛰어내리는 모습을 직접 볼 수 있었다.

세계 해외여행을 다니면서 만났던 유명한 다리들이 있었다. 헝가리 부다페스트 '체체니 다리', 독일 쾰른 '호엔촐레른 다리' 등은 도보로 천천히 걸으면서 연인들의 약속의 상징인 자물쇠의 사연들을 상상해 보았다.

르네상스의 출발지 이탈리아 피렌체에 있는 '베키오 다리'는 단테와 베아트리체가 처음 만났던 낭만의 다리였고, 이탈리아 베네치아 '리알토 다리'는 셰익스피어 희곡 『베니스의 상인』의 주요 무대가 되었다. 프랑스 파리 '퐁네프 다리'는 영화 〈퐁네프의 연인들〉의 무대로 유명해졌고, 그 이후 '연인들의 다리'로 별칭을 얻게 되었다.

체코 프라하 '카를교'는 30개의 성인상이 볼거리이기도 하지만, 다리라기보다는 화가들을 위한 갤러리였고, 다리에서 떠나고 싶지 않은 기분 좋은 그런 곳이라서 아내와 아이들과 많은 시간을 보냈던 특별한 다리였다.

'스타리 모스트 다리가 있는 보스니아 헤르체고비나 모스타르는 헤르체고비나 지역의 가장 큰 도시로, 크로아티아의 두브로브니크를 통해서 접근했다.

모스타르는 보스니아 헤르체고비나 남부 지역의 중심지이며, 시가지가 다리를 중심으로 점차 형성되었다. 버스 터미널이 위치한 신시가지는 상당히 현대적인 모습을 하고 있었지만, 조금 걸어서 구시가지로 넘어오면 분위기가 완전히 옛 모습으로 달라진다.

모스타르 여행 중심지는 강을 경계로 무슬림 지구와 크로아티아 지구로 나뉘어 있었으며, 여행객들이 주로 찾는 지역은 구도심인 무슬림 지구로 볼거리가 더 훨씬 많았다. 짧은 일정이었지만 튀르키예 이스탄불과 유사한 분위기의 모스타르 구시가지와 스타리 모스트 다리를 직접 볼 수 있었던 보스니아 헤르체고비나 여행은 오래도록 추억으로 남은 여행지이다.

북유럽 3국

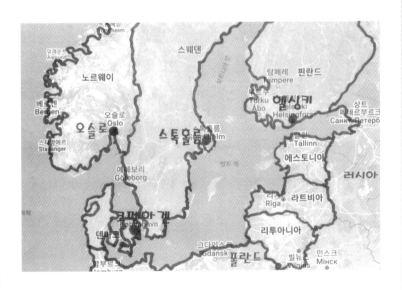

22. 덴마크 코펜하겐(22년 7월)

22년 7월 북유럽 4개국을 여행하면서 제일 먼저 찾은 도시가 덴마크의 코펜하겐이다.

덴마크는 북유럽에 있는 스칸디나비아 국가 중 하나로, 주로 유틀란트반도와 443개의 크고 작은 섬으로 이루어져 있고, 북해와 발트해에 접해 있으며, 독일과 국경을 접하고 있다. 덴마크는 9세기부터 11세기 사이에 강력한 바이킹 왕국으로 성장하였고, 이후 중세 시기를 거쳐 현재의 입헌군주국 형태로 발전했다.

덴마크는 높은 생활 수준과 안정된 경제를 자랑하는 국가로 특히 해상 운송과 에너지 분야에서 강세를 보이며, 풍력 에너지 분야에서는 세계를 선도하는 위치에 있다. 또한, 복지 시스템이 잘 갖추어져 있어 국민들의 삶의 질이 매우 높다고 알려져 있다.

덴마크의 영토는 4만 2천㎢로 남한의 절반 크기에 불과하지만 그린란드를 합치면 216만㎢가 되어 세계에서 12번째로 넓은 나라가 된다. 덴마크는 덴마크 본토를, 덴마크 왕국은 덴마크 본토와 그린란드, 페로 제도를 포함한 개념을 가리킨다.

페로 제도와 그린란드는 고도의 자치권을 누리는 거의 독립국인 지역들로, 지리적으로도 덴마크 본토 지역과 떨어져 있어서 서로 구분하는 경우가 많다. 본토와의 연결고리라고는 고작해야 각종 스포츠 대회에서 본토를 응원하는 정도이지만, 그나마 축구 한정으로 페로 제도는 FIFA 월드컵에 단독으로 출전한다. 왕국 면적의 98%는 그린란드가 차지하며, 반대로 인구의 98% 이상은 덴마크 본토에 살고 있다.

22년 7월 11일, 저녁 21시 40분, 인천공항에서 핀에어 AY042편 비행기에 탑승했다. 다음 날 헬싱키 환승을 거쳐 아침 8시 5분에 드디어 덴마크의 코펜하겐에 도착했다.

코펜하겐공항을 빠져나와 버스로 갈아탄 뒤 시내 투어를 시작했다. 덴마크 코펜하겐에서의 첫 여행지는 아말리엔보르 궁전 광장이었다. 이곳은 덴마크 왕실의 겨울 궁전으로, 네 개의 궁전 건물이 광장을 둘러싸고 있었으며, 광장 중앙에는 프레데리크 5세의 청동 기마상이 우뚝 서 있었다.

광장에서 덴마크 왕실의 역사를 느끼고, 웅장한 건축물을 감상한 후 운하 크루즈를 타기 위해 니하운 항구로 이동하였다. 니하운은 다채로운 색상의 건물들과 운하가 어우러진 아름다운 장소로, 많은 관광객들이 모여 있었다. 크루즈에 탑승하여 코펜하겐의 주요 명소들을 물 위에서 감상하는 시간을 가졌다.

운하 크루즈는 코펜하겐의 역사적인 건물들과 현대적인 건축물들을 모두 지나쳤는데, 아름다운 교각들과 잘 보존된 건축물들이 인상적이었다. 특히, 크루즈를 타고 본 크리스티안스보르성, 오페라 하우스, 그

코펜하겐 운하 크루즈

리고 현대적인 디자인의 블랙 다이아몬드 도서관이 눈길을 끌었다. 선상의 가이드 설명을 들으며 코펜하겐의 역사와 문화에 대해 더 깊이 이해할 수 있었다. 크루즈는 약 1시간 동안 진행되었으며, 운하를 연결하는 다리와 크루즈 사이의 높이 차가 거의 없어서 지나갈 때마다 머리를 숙여 가면서 간신히 통과할 정도였고, 일부 구간은 운하 폭이 좁아서 묘기에 가까운 회전을 해서 지나가기도 하였지만 운하 크루즈에서 바라본 코펜하겐의 전경은 잊을 수 없는 추억으로 남았다.

운하 크루즈를 마친 후, 코펜하겐 시청사로 향했다. 시청사는 웅장한 건축물로, 내부에는 다양한 역사적 유물과 예술 작품이 전시되어 있었다. 건물의 세부적인 장식과 웅장함에 감탄하며 한참을 둘러보았다.

시청사를 둘러본 후, 게피온 분수로 향했다. 분수는 북유럽 신화에 등장하는 여신 게피온을 기리며 만들어진 것으로, 물줄기가 뿜어져 나오는 모습이 인상적이었고, 주변 풍경과 어우러져 아름다운 사진을 찍기에 좋은 장소였다.

이어서 코펜하겐의 상징인 인어공주상을 보러 갔다. 인어공주상은 코펜하겐을 대표하는 상징물 중 하나로, 덴마크의 유명한 동화 작가 한스 크리스티안 안데르센의 『인어공주』에서 영감을 받아 설치되었다. 인어공주는 바다에 살면서 인간 세계를 동경하던 인어공주가 한 인간 왕자를 사랑하게 되면서 벌어지는 이야기를 다루고 있다. 인어공주는 왕자를 만나기 위해 자신의 목소리를 마녀에게 주고 두 다리를 얻지만, 왕자의 사랑을 얻지 못해 비극적으로 끝나는 이야기다.

코펜하겐 인어공주상

카를 야콥센은 이 이야기에 깊이 감명받아 인어공주상을 기념비로 만들기로 결정했고, 조각가 에드바르드 에릭센에게 의뢰하여 인어공주의 섬세하고 우아한 모습을 바위 위에 앉아 있는 형태로 조각하게 했다. 인어공주상의 얼굴은 당시 덴마크 발레단의 발레리나였던 엘렌 프라이스를 모델로 했으며, 몸은 에릭센의 아내 엘리네를 모델로 삼았다고 했다.

이 인어공주상은 1913년에 완성되어 코펜하겐 항구에 설치되었고, 코펜하겐의 상징이자 덴마크 문화의 중요한 부분으로 자리 잡았다.

저녁 식사를 마친 후, 코펜하겐을 출발해서 밤 시간 동안 노르웨이의 오슬로로 가는 DFDS 페리에 탑승하면서 짧은 여정을 마무리했다.

23. 스웨덴 스톡홀름(22년 7월)

북유럽 4개국 여행을 하면서 덴마크와 노르웨이를 거쳐 3번째로 도착한 곳이 스웨덴의 스톡홀름이었다. 노르웨이 오슬로에서 육로로 국경을 넘어서 스톡홀름까지 이동했다.

스톡홀름에 도착하자마자 버스에 탑승해서 스톡홀름 시청사로 향했다. 스톡홀름 시청사는 매년 12월 10일, 노벨상 시상식이 열리는데 이날은 알프레드 노벨의 기일로, 물리학, 화학, 생리학 또는 의학, 문학 분야의 노벨상 수상자들이 이곳에서 시상식을 갖는다고 했다. 스톡홀름 시청사는 1923년에 완공된 건축물로, 라그나르 외스트베리가 설계했다. 고딕과 르네상스 양식이 조화를 이루는 이 건물은 섬세한 세부 장식과 웅장한 규모로 스톡홀름의 랜드마크 중 하나였다. 건물 외관은 붉은 벽돌로 지어졌으며, 106미터 높이의 탑이 인상적이었고, 탑의 꼭대기에는 세 개의 황금 왕관이 얹혀 있어 스웨덴의 국가 상징을 나타내고 있었다.

시청사의 중심에는 '블루홀'이라 불리는 넓은 홀이 있었는데 이곳은 노벨상 만찬이 열리는 장소로, 약 1,300명의 손님이 참석한다. '블루홀'이라는 이름과는 달리, 벽돌은 붉은색으로 남아 있었다. 설계 단계에서는 파란색으로 칠할 계획이었으나, 붉은 벽돌의 아름다움이 돋보여 그대로 두기로 결정하였다고 한다. 홀의 높은 천장과 웅장한 계단은 만찬장의 장엄함을 더해 주고 있었다.

노벨상 만찬이 끝난 후, 수상자와 손님들은 시청사 내의 '황금홀'로 이동해 춤을 추는 이 홀은 약 1,800만 개의 유리와 금박 모자이크 타일로 장식되어 있어서 매우 화려해 보였다. 모자이크 벽화는 스웨덴 역사와 신화를 주제로 한 장면들을 묘사하고 있어서 화려함과 역사적 깊이를 동시에 느낄 수 있었다. 특히, 홀의 북쪽 벽에는 〈멜라렌 호수의 여왕〉이라는 작품이 있었는데, 이는 스톡홀름이 멜라렌 호수와 발트해 사이에 위치한 사실을 상징적으로 표현한 것이라고 했다.

스톡홀름 구시가지

시청사를 둘러본 후, 감라스탄 구시가지로 발걸음을 옮겼다. 감라스탄은 스톡홀름의 심장부로, 중세 유럽의 분위기를 고스란히 간직한 곳이었다. 좁고 구불구불한 골목길을 걸으면서 마치 시간여행을 하는 듯한 기분이 들었다. 돌로 포장된 길과 양옆으로 늘어선 고풍스러운 건물들은 중세의 정취를 물씬 풍겼다. 이곳에는 각종 기념품 가게와 카페, 레스토랑들이 즐비해 있어, 걷는 내내 다양한 볼거리를 즐길 수 있었다.

골목길을 따라 스톡홀름 왕궁에 도착했다. 왕궁은 스웨덴 왕실의 공식 거처로, 그 웅장함과 화려함은 감탄을 자아냈다.

왕궁을 둘러본 후, 대성당으로 향했다. 스톡홀름 대성당은 스웨덴에서 가장 오래된 성당 중 하나로, 그 고풍스러운 외관과 아름다운 내부 장식은 방문객의 마음을 사로잡았다. 특히, 대성당 내부에 있는 성게 오르기우스와 용의 조각상은 그 정교함과 예술성으로 유명하고, 비겔란이 디자인한 스테인드글라스 창문도 매우 아름다웠다.

다음으로 방문한 곳은 노벨 박물관이었다. 이곳은 노벨상과 그 수상자들의 업적을 기리는 장소로, 과학, 문학, 평화 등 다양한 분야에서 인류의 발전에 기여한 인물들의 이야기를 만날 수 있었다. 박물관 내부에는 노벨상 수상자들의 사진과 업적이 전시되어 있어, 그들의 위대한 업적을 직접 눈으로 확인할 수 있었다.

구시가지 투어에 이어서 바사 박물관을 관람했다. 스톡홀름의 바사 박물관은 세계에서 가장 잘 보존된 17세기 전함인 바사호를 전시하고 있는 독특한 박물관이었다. 1628년 8월 10일, 바사호는 스톡홀름 항구를 떠나 첫 항해를 시작했으나 이 거대한 전함은 항구를 벗어난 지 몇 분 만에 강한 바람을 만나 기울어졌고, 결국 침몰하면서 수십 명의 승무원이 목숨을 잃었고, 스톡홀름 항구 바닥에 333년 동안 잠들게 되었다. 1956년, 해양 고고학자 안데르스 프란젠은 바사호의 위치를 발견했고, 333년 동안 해저에 잠들어 있던 바사호는 1961년 마침내 거의 완전한 상태로 물 위로 건져 올렸다.

길이 69미터, 높이 52.5미터에 이르는 이 전함은 그 규모만으로도 압도적이었다. 배의 외부와 내부는 당시의 화려한 조각과 장식들로 꾸며져 있어, 17세기 스웨덴의 예술과 문화를 엿볼 수 있었다. 또한 이 박물관은 17세기 해양 생활을 재현한 전시물들을 통해, 당시 승무원들의 생활과 그들이 사용하던 도구들을 소개하고 있었다. 식기, 의복, 무기 등 다양한 유물들이 전시되어 있어, 바사호가 항해하던 시기의 생활상을 생생하게 보여 주었다. 바사 박물관 투어를 마치고, 핀란드 헬싱키로 가기 위해 크루즈 선박에 탑승하면서 스톡홀름에서의 짧은 여정을 마무리했다.

24. 핀란드 헬싱키(22년 7월)

22년 7월 16일, 저녁 스웨덴의 스톡홀름 항구를 출발해서 밤새 이동하여 아침에 핀란드 헬싱키에 도착하는 크루즈 선박에 몸을 실었다. 배는 천천히 출항하면서 점점 멀어지는 스톡홀름의 아름다운 풍경을 뒤로했다. 크루즈의 갑판에 서서 바람을 맞으며 바다 위를 항해하는 기분은 그야말로 자유로움 그 자체였다. 밤이 되자, 선상에서 열리는 다양한 이벤트와 레스토랑에서의 식사가 크루즈 여행의 즐거움을 더했다.

다음 날 아침 크루즈는 핀란드의 헬싱키에 도착했다. 헬싱키의 항구는 크루즈를 맞이하는 사람들로 북적였고, 곧바로 대기 중이던 버스를 타고 핀란드의 수도인 헬싱키 투어를 시작했다.

헬싱키의 첫 여행지인 시벨리우스 공원에 도착했을 때, 잔잔히 내리는 비가 주변을 촉촉하게 적시고 있었다. 시벨리우스 공원은 핀란드의 국민 작곡가 장 시벨리우스를 기리기 위해 조성된 곳으로, 특히 그를 기념하는 거대한 파이프 오르간 조형물이 인상적이다. 이 조형물은 마치 파도처럼 물결치며, 음악의 선율을 시각적으로 표현한 듯했다. 비 내리는 날씨 덕분에 조형물은 더욱 신비롭게 빛났고, 공원 전체가 평화롭고 서정적인 분위기를 자아냈다.

시벨리우스 공원을 둘러본 후, 헬싱키 대성당으로 향했다. 핀란드를 소개할 때 가장 먼저 등장하는 건물로 원로원 광장의 계단 위에 있어서 그 모습이 더욱 돋보였다. 하얀 외벽과 녹색 돔으로 이루어진 이 성당은 헬싱키의 랜드마크 중 하나로, 웅장한 모습은 주변에서 쉽게 한눈에 들어왔다.

헬싱키 원로원 광장과 헬싱키 대성당

성당의 내부에 들어서니, 고요하고 경건한 분위기 속에 하얀 벽과 천장이 성당을 더욱 넓고 밝게 보이게 했고, 중앙의 제단과 아름다운 스테인드글라스는 감탄을 자아내게 했다.

헬싱키 대성당의 계단 아래 펼쳐진 원로원 광장은 헬싱키의 중심부에 위치하며, 주변에는 다양한 역사적 건축물들이 둘러싸고 있었다. 광장의 중심에는 러시아 황제 알렉산더 2세의 동상이 서 있었다.

광장의 남측으로 헬싱키 시청사 앞 골목을 지나서 바닷가에 면한 마켓 광장으로 이동했다. 이 광장은 다양한 핀란드 전통 음식과 기념품을 판매하는 상인들로 가득했다. 신선한 생선과 해산물, 다양한 야채와 핀란드식 빵 등이 진열되어 있어 보기만 해도 군침이 돌았다. 알이 크고 먹음직한 체리를 한 봉지 사서 간식으로 먹었다.

마켓 광장을 지나 우수펜스키 교회로 걸어서 이동했다. 러시아 정교회의 영향을 받은 이 교회는 붉은 벽돌과 금빛 돔으로 이루어져 있어, 독특한 아름다움을 자랑하고 있었다. 내부에 들어서니, 황금으로 장식된 성화와 정교한 목조 조각들이 눈길을 사로잡았다. 이 교회는 헬싱키에서 가장 큰 동방 정교회 교회로, 핀란드와 러시아의 복잡한 역사를 잘 보여 주고 있었다.

마지막으로 방문한 곳은 템펠리아우키오 교회였다. 암석 교회라고도 불리는 이곳은 독특하게도 자연 암석을 파서 만든 교회로, 외부는 거대한 바위처럼 보였다. 내부에 들어가니, 거친 바위벽과 현대적인 디자인이 어우러져 독특한 분위기를 자아내고 있었다. 천장은 구리판으로 덮여 있어, 자연광이 들어오며 신비로운 빛을 발산했다. 교회에서 잠시 앉아 고요한 시간을 보내며, 여행의 피로를 풀면서 기도를 올렸다.

헬싱키는 바닷가와 가까이 시벨리우스 공원 등 명소들이 원로원 광장을 중심으로 도보로도 쉽게 갈 수 있는 거리에 있어서 쉽게 여행할 수 있었다.

〈카모메 식당〉이라는 핀란드와 관련된 일본 영화를 본 적이 있다. 영화는 헬싱키의 아름다운 풍경을 배경으로 일본식 식당을 운영하는 주인공들의 이야기를 통해 문화 교류와 인간관계의 중요성을 따뜻하고 섬세하게 그려내고 있다.

또한 서양의 건축사 시간에 핀란드의 건축가 '알바 알토'에 대해 공부했다. 핀란드 디자인은 심플하고 기능적이며 자연과의 조화를 중시하는 특성을 지니며, 이러한 철학은 핀란드의 대표적인 건축가이자 디자이너인 알바 알토의 작품에서 잘 드러난다. 알토는 인간 중심의 디자인을 추구하면서 자연스러운 곡선과 유기적인 형태를 도입해 건물과 자연환경이 조화를 이루도록 하였고, 그의 대표적인 작품으로는 헬싱키의 핀란디아 홀과 파이미오 요양원이 있다. 그리고 일상에서 자주 볼 수 있는 편리한 나무 의자 '알토 스툴'은 간결하고 기능적인 디자인으로 유명하다.

헬싱키에서의 일정을 마치기 하루 전 날 코로나 백신 검사인 PCR 테스트를 받았다. 2022년 7월은 아직도 코로나 팬데믹에서 자유롭지 못한 시기라서 북유럽 여행 내내 이 검사 결과에 대한 걱정을 했다. 만약 양성이 나오면 별도의 격리 기간을 보내야 했기 때문이다. 여행 마지막 날 음성 판정 결과지를 받고 비로소 안도의 한숨을 쉬었다. 헬싱키공항 체크인 카운터에서 음성 결과지를 제출하고, 모든 절차를 마친 후 드디어 귀국 비행기에 몸을 실었다.

스위스

25. 체르마트(12년 8월)

2012년 8월, 인도 뭄바이에 근무하면서 스위스를 여행했다.

스위스의 베스트 하이킹 코스 중에서 루체른의 리기산과 필라투스산, 융프라우의 멘리헨 전망대, 체르마트의 마테호른 루트를 선택했다. 스위스 여행에서 받은 느낌은 천혜의 아름다운 자연환경 못지않게 하이킹 코스를 포함한 테마별 관광 상품들을 체계적으로 잘 개발해 놓았고, 높은 산악 지형과 호수를 연결하는 교통 체계도 완벽할 정도로 편리하게 잘 갖추어져 있었다. 특히 연착이 잦은 다른 서유럽 국가들에 비해 열차와 호수의 유람선, 산악용 푸니쿨라, 로프웨이, 케이블카 등 온갖 종류의 이동 수단들까지도 한 치의 오차 없이 미리 정해진 시간표대로 서로 연계되어 출발 시간이 지켜지고 있어서 미리 계획한 일정의 차질이 전혀 생기지 않았다. 반면에 열차 요금을 포함한 대부분의 물가가 다른 서유럽 국가들에 비해 엄청나게 비싸다는 게 흠이었다.

스위스는 '샬레'라고 부르는 전통 집들이 길가를 따라 지어져 있었는데 베란다에서 제라늄과 베고니아 꽃을 가꾸고 있는 스위스 아주머니의 소박한 모습이 정겨워 보였다. 이처럼 스위스는 나라 전체가 꽃으로 둘러싸인 아름다운 자연환경뿐만 아니라 중세의 아름다움을 그대로 간직한 나라였다.

스위스에 도착하여 열차 이동은 예약해서 구입한 '스위스 패스'를 활용했다. 여행 전체 이동 경로와 운행 시간 등을 미리 고려해서 이들 교통수단을 조합한 여행 일정표를 직접 만들어서 활용하였고, 결과적으로 이런 준비된 일정들은 거의 계획대로 다녀올 수 있었다.

2012년 8월 7일 화요일, 뭄바이에서 밤 12시 50분, 스위스 에어 항공기를 타고 9시간의 긴 비행 끝에 오전 6시 15분, 스위스 취리히공항에 도착했다. 입국 수속을 마치고 바로 취리히공항역으로 향했다. 스위스에서의 첫 목적지는 체르마트였다. 취리히공항역에서 IC 열차를 타고, 체르마트로 향하는 3시간 30분 동안 스위스의 아름다운 풍경을 즐길 수 있었다. 멀리 보이는 산봉우리는 마치 하얀 이불을 덮은 듯 눈으로 덮여 있었고, 그 사이로 구름이 천천히 흘러가는 모습은 꿈같았다. 푸른 초원 위로 점점이 박힌 듯한 소들이 여유롭게 풀을 뜯고 있었으며, 그 뒤로 펼쳐진 알프스의 산맥은 경외감을 불러일으켰다. 목가적인 풍경 속에 자리한 작은 마을들은 마치 동화 속에서 튀어나온 듯했다. 집마다 아기자기한 꽃이 가득한 정원이 있고, 지붕과 하얀 벽이 어우러져 있었다. 열차는 산과 호수를 끼고 구불구불 달렸고, 그때마다 새롭게 펼쳐지는 풍경에 감탄이 절로 나왔다. 열차가 터널을 빠져나올 때마다 완전히 새로운 세상이 눈앞에 펼쳐졌다. 거대한 호수가 갑자기 나타나 물결이 잔잔하게 일렁이는 모습을 보며 마음이 평온해졌다. 맑은 호수의 물은 마치 하늘을 담은 듯 푸르렀고, 주변의 산과 어우러져 한 폭의 수채화를 연상케 했다. 체르마트에 가까워질수록 풍경은 더욱 웅장해졌다. 끝없이 이어진 산맥과 그 사이로 흐르는 작은 계곡들, 그리고 멀리 보이는 빙하의 눈부신 흰색은 마치 시간이 멈춘 듯한 느낌을 주었다.

체르마트에 도착해서 마테호른을 향한 여정을 시작했다. 체르마트에서 로프웨이를 타고 클라인 마테호른 전망대로 이동했다. 30분간의 로프웨이 여행은 마치 하늘을 나는 기분이었다. 점점 고도가 높아질수록 아래로 보이는 풍경은 더욱 멋져졌다. 마침내 클라인 마테호른 전망대에 도착했을 때, 눈앞에 펼쳐진 알프스의 웅장한 풍경에 숨이 멎을 듯했다.

마테호른

오후 3시에 전망대에 서서 끝없이 펼쳐진 알프스의 설산과 빙하를 바라보았다. 눈부신 햇빛이 눈 위에 반사되어 온 세상이 빛나는 것처럼 보였다. 세계 3대 미봉 중 하나이면서 파라마운트 영화사의 로고이기도 한 마테호른의 뾰족한 봉우리는 그야말로 경이로웠다. 여기서 찍은 마테호른 봉우리 사진을 아직도 컴퓨터와 휴대폰의 배경 사진으로 사용하고 있다.

찬란한 햇빛 아래서 알프스의 거대한 산봉우리들이 마치 손에 닿을 듯 가까이 느껴졌다. 이곳에서는 모든 것이 멈춘 듯한 평화로움이 감돌았다. 얼음 궁전에서는 정교하게 조각된 얼음 작품들을 감상할 수 있었고, 스핑크스 전망대에서는 끝없는 하얀 설경이 펼쳐져 있었다. 이곳에서의 한 시간이 마치 꿈같이 흘러갔다. 오후 4시 다시 로프웨이를 타고 체르마트로 내려왔다. 체르마트로 돌아와 도보 투어를 시작했다. 체르마트는 도시의 공기 오염을 방지하기 위해 엔진 차량은 운행이 금지되어 있었고, 소형 전기차량들만이 운행하고 있었다. 체르마트의 작은 마을은 아기자기한 샬레와 꽃으로 장식된 발코니들이 어우러져 그림 같은 풍경을 자아냈다. 마을을 천천히 걸으며 특유의 아늑함이 느껴졌다.

오후 5시 39분, 체르마트역에서 출발하는 IC 특급열차를 타고 다시 취리히로 돌아왔다. 3시간 19분 동안의 열차 여행은 오늘 하루의 여정을 되돌아보는 시간이 되었다. 스위스의 첫날 여정은 마치 동화 속 여행 같은 느낌이 들었다. 저녁 8시 58분, 취리히역에 도착해 택시를 타고, 취리히 홀리데이 인 호텔로 이동해서 하루 일정을 마무리했다.

2012년 8월 8일, 스위스 여행의 둘째 날은 취리히에서 루체른으로 향하는 첫 열차를 타기 위해 새벽에 호텔을 나섰다. IC 열차는 1시간 30분 동안 알프스산맥과 푸른 호수를 끼고 달리며 루체른으로 데려다주었다. 이른 아침 창밖으로 보이는 풍경은 마치 살아 있는 그림처럼 아름다웠다. 루체른에 도착하자마자, 09시 6분에 출발하는 루체른 호수의 정기선을 타고 피츠나우로 향했다. 호수 위를 유유히 떠다니는 배에서 바라본 루체른의 풍경은 정말 환상적이었다. 호수의 물결은 잔잔하게 일렁였고, 주변의 산들은 위엄 있게 솟아 있었다. 호수 위를 떠다니는 동안 햇살이 물 위에 반사되어 반짝이는 모습은 너무도 평화로웠다.

10시 4분, 피츠나우에 도착하자마자 VRB 등산철도를 타고 리기산 정상역으로 향했다. 30분 동안 산을 오르는 동안 등산철도 창밖으로 펼쳐진 광경은 말로 표현할 수 없을 만큼 아름다웠다.

높은 고도에서 내려다본 풍경은 그야말로 장관이었다. 리기산 정상에 도착하자, 시원한 바람이 얼굴을 스치고, 맑은 공기가 폐 깊숙이 들어왔다. 리기산에서의 하이킹은 최고의 경험 중 하나였다. 리기슈타펠에서 리기칼트바트까지 이어지는 하이킹 코스는 아름다운 자연 속에서 마음의 평화를 찾게 해 주었다. 산길을 따라 걷는 동안 초록빛 숲과 꽃들이 만발한 들판을 지나쳤다. 하늘은 맑고 푸르렀으며, 그 아래로 펼쳐진 풍경은 너무도 아름다웠다.

리기산 정상역

낮 12시 50분, 리기칼트바트에서 로프웨이를 타고 베기스로 내려갔다. 10분 동안의 로프웨이 여행은 또 하나의 하이라이트였다. 높은 곳에서 내려다보는 스위스의 전원 풍경은 너무도 평화로웠다.

베기스에 도착하자마자, 다시 호수 정기선을 타고 루체른으로 돌아왔다. 40분 동안 배를 타고 돌아가는 길은 아침보다 더 아름다웠다. 햇살이 더욱 강렬해져 호수가 더욱 반짝였고, 주변 산들의 모습도 더욱 선명하게 다가왔다.

오수 2시 39분, 루체른에서 국철을 타고 알프나흐슈타트로 향했다.

짧은 15분 동안의 기차 여행이었지만, 창밖으로 보이는 풍경은 여전히 아름다웠다. 알프나흐슈타트에 도착해서, 등산철도를 타고 필라투스산으로 향했다. 30분 동안 산을 오르며 점점 더 높아지는 고도에 따라 기압이 낮아지는 것을 느꼈다. 필라투스산 정상에 도착했을 때, 눈앞에 펼쳐진 광경은 그야말로 장관이었다. 멀리 알프스의 눈 덮인 산봉우리들이 보였고, 루체른 호수와 시내가 한눈 아래로 보였다. 이런 풍경들을 감상하면서 필라투스산 정상에서 2시간 동안 산책을 즐기면서 신선한 공기를 마시고, 자연의 경이로움을 온몸으로 느꼈다.

오후 5시가 되어 마지막 타임의 로프웨이를 타고 크리엔스로 내려갔다. 40분 동안의 로프웨이 여행은 하늘을 나는 듯한 기분을 느끼게 해 주었다. 크리엔스에 도착한 후, 트롤리버스를 타고 루체른으로 다시 돌아왔다.

루체른에 도착한 후, 카펠교, 예수 교회, 사자 기념비, 그리고 빙하 공원을 천천히 걸으며 루체른의 아름다움을 만끽했다.

루체른의 상징인 카펠교는 14세기에 지어진 유럽에서 가장 오래된 목조 다리 중 하나로, 루체른 호수를 가로지르는 다리의 아름다움은 단연코 압도적이었다. 다리 내부에는 루체른의 역사와 관련된 그림들이 걸려 있었고, 각 그림은 마치 시간여행을 하는 듯한 느낌을 주었다. 다리 중간에 있는 팔각형의 워터 타워는 중세 시절의 모습을 그대로 간직하고 있어 더욱 인상적이었다.

루체른 가펠교

　카펠교에서 조금만 걸어가서 예수 교회를 만날 수 있었다. 이 교회는 17세기 초에 지어진 바로크 양식의 건축물로, 화려한 장식과 웅장한 돔이 인상적이었다. 내부는 금과 흰색으로 장식되어 있으며, 성화와 조각들이 교회의 신성함을 더해주었다. 특히, 제단에 있는 예수 그리스도의 모습은 경건한 분위기를 자아내고 있었다.

　다음으로 사자 기념비를 방문했다. 이 기념비는 1792년 튀르히지 사태에서 희생된 스위스 용병들을 기리기 위해 만들어졌으며, 세계에서 가장 슬픈 사자상으로 알려져 있다. 기념비는 커다란 바위에 새겨진 사자의 모습을 하고 있으며, 사자는 죽어 가는 모습으로 그려져 있었다. 사자의 눈에는 깊은 슬픔과 고통이 담겨 있어 보는 이로 하여금 숙연한 마음이 들게 했다. 기념비 주변의 고요한 연못과 울창한 숲이 이곳의 분위기를 더욱 차분하게 만들어 주었다.

마지막으로 빙하 공원을 방문했다. 이곳은 1872년에 발견된 빙하의 흔적과 자연사 박물관이 함께 있는 곳으로, 수천 년 전의 빙하기 모습을 엿볼 수 있었다. 빙하가 남긴 거대한 바위와 퇴적물들은 자연의 경이로움을 다시금 느끼게 해 주었다. 박물관 내부에는 다양한 화석과 지질학적 자료들이 전시되어 있어, 자연의 역사에 대한 흥미로운 이야기를 들을 수 있었다.

루체른의 이 모든 장소들을 돌아보며, 이 도시가 단순한 관광지가 아니라 역사와 문화, 그리고 자연이 조화롭게 어우러진 곳임을 느낄 수 있었다. 스위스에서의 둘째 날도 알찬 일정을 마무리하고, 루체른 홀리데이인 호텔로 돌아와 하루의 피로를 풀었다.

> 27. 인터라켄(12년 8월)

2012년 8월 9일, 스위스 여행의 셋째 날.

새벽 5시 38분, 루체른역에서 인터라켄 동역으로 향하는 IR 열차에 몸을 실었다. 2시간 17분 동안 달리는 기차 안에서 여전히 꿈같은 스위스의 목가적인 풍경이 펼쳐졌다. 창밖으로 보이는 풍경은 마치 살아 있는 그림 같았다. 푸른 초원과 맑은 호수, 그리고 멀리 보이는 알프스의 봉우리들이 어우러져 한 폭의 풍경화를 이루었다.

아침 7시 55분, 인터라켄 동역에 도착해서 8시 35분에 출발하는 라우터브룬넨행 열차에 올랐다. 라우터브룬넨은 알프스의 협곡 속에 자리 잡은 작은 마을로, 도착하자마자 9시 7분에 출발하는 뱅엔행 열차로 갈아탔다. 열차가 협곡을 따라 오르면서 점점 더 높은 곳으로 올라갈 때, 주변의 아름다운 자연경관이 펼쳐졌다. 9시 21분, 뱅엔에 도착하여 곧바로 멘리헨 전망대로 향하는 로프웨이를 탔다. 로프웨이는 15분 간격으로 운행되었으며, 5분 동안의 짧은 여정이었지만 그동안 공중에서 내려다보는 스위스의 마을 풍경이 매우 아름다웠다.

멘리헨 전망대에 도착하니, 눈앞에 파노라마 같은 알프스의 장관이 펼쳐졌다. 오전 9시 30분, 멘리헨 전망대에서 클라이네 샤이덱까지 하이킹을 시작했다. 2시간 동안 이어진 하이킹 코스는 그야말로 천국이었다. 푸른 초원과 야생화가 만발한 들판, 그리고 멀리 보이는 알프스의 웅장한 아이거, 묀히, 융프라우 등 봉우리들이 어우러져 환상적인 풍경을 만들어 내고 있었다. 맑고 청명한 공기를 마시며 걷는 동안, 마음은 한없이 평화로웠다.

멘리헨 트레킹 길

11시 30분, 클라이네 샤이덱에 도착해서 융프라우로 향하는 산악 열차에 올랐다. 52분 동안 열차가 점점 고도를 높여 가며 눈 덮인 산봉우리들을 가까이에서 볼 수 있었고, 주변의 풍경은 점점 더 드라마틱하게 변해 갔다.

12시 32분, 드디어 융프라우에 도착했다. 융프라우는 '유럽의 지붕'
이라 불리는 곳으로, 해발 3,454m의 높이에 있다. 먼저 스핑크스 전망
동에 올라가 보았다. 끝없이 펼쳐진 설원과 깊은 계곡, 그리고 멀리 보
이는 산봉우리들이 한눈에 들어왔다. 이어서 융프라우 설원으로 나가
눈을 밟으며 걸어 보았다. 설원의 순백색 아름다움은 숨을 멎게 할 정
도였다. 마지막으로 얼음 궁전을 방문했다. 얼음으로 조각된 다양한
작품들이 마치 동화 속 한 장면처럼 반짝이고 있었다.

 오후 2시에 다시 클라이네 샤이덱으로 돌아오는 열차를 탔다. 52
분 동안의 여정 동안 눈앞에 펼쳐진 풍경은 아까와는 또 다른 느낌으
로 다가왔다. 알프스의 산봉우리들이 조금 더 가까워진 듯한 느낌이었
다. 이어서 오후 3시 3분, 클라이네 샤이덱에서 그린델발트까지 약 40
분 동안 열차로 이동했다. 그린델발트는 알프스 산자락에 자리한 작은
마을로, 아름답고 평화로운 모습에 감탄하지 않을 수 없었다.

 오후 3시 49분, 그린델발트에서 인터라켄 동역으로 향하는 열차에
탑승했다. 30분을 이동해서 인터라켄 동역에 도착한 뒤 곧바로 루체른
으로 향하는 골든 패스 열차로 갈아탔다.

 오후 5시 4분, 루체른으로 향하는 골든 패스 열차는 2시간 동안 한
폭의 그림 같은 창밖의 풍경을 선사하였다. 호수와 산, 초원과 숲이 어
우러진 풍경은 여행의 피로를 잊게 해 주었다.

 저녁 7시 4분, 루체른에 도착해서 루체른 홀리데이인 호텔로 향했
다. 하루 종일 알프스의 아름다움을 만끽한 후 호텔에서 여유로운 저

스위스 전원 풍경

녁을 보냈다. 이렇게 스위스 여행의 셋째 날을 마무리했다.

2012년 8월 10일, 스위스 여행의 마지막 날 새벽 5시에 루체른 홀리데이인 호텔에서 체크아웃을 하고 택시를 타고 취리히공항으로 향했다. 아직 어둠이 가시지 않은 이른 아침, 거리에는 적막이 감돌았고, 호텔에서 공항으로 향하는 도로는 한산했다. 창밖으로 보이는 스위스의 새벽 풍경을 눈에 담으며, 지난 며칠간의 여행을 떠올려 보았다.

아름다웠던 루체른의 호수와 리기산의 절경, 융프라우의 장엄함과 체르마트의 맑은 공기, 그리고 필라투스산의 웅장함이 생생하게 떠올랐다.

오전 9시 30분, 스위스 에어 항공편으로 9시간 동안의 비행 후 밤 9시 40분, 인도 뭄바이공항에 도착했다.

스페인

　북유럽의 스칸디나비아 반도에 스웨덴과 노르웨이가 동서로 나뉘어 있듯이 서유럽의 최서단 이베리아 반도에는 스페인과 포르투갈이 동서로 나뉘어 있는데, 면적으로는 스페인이 훨씬 넓다. 이베리아 반도는 13년 10월 바르셀로나, 14년 10월 마드리드, 17년 4월 바르셀로나, 19년 3월에 포르투갈의 리스본과 포르투 등 모두 4차례를 여행했다.

　13년 10월 처음으로 스페인의 바르셀로나를 찾았을 때에는 호텔 대신 한인 민박집에서 묵었다. 여행을 떠나기 전에 여행지 숙소를 정하면서 호텔, 에어비엔비, 한인 민박 등을 고민하게 된다. 처음 가는 여행지에서 한인 민박집을 선택하면 공항 픽업 서비스, 현지 일일 투어 소개 등의 도움을 가장 쉽게 받을 수 있고, 그곳의 숨겨진 명소, 맛집 등을 소개받을 수 있다. 또한 혼자 다니면서 발생할 수 있는 돌발 상황 등에 대해서도 위안이 되었다. 한인 민박은 보통 아침을 한식으로 차려 주는 곳이 많고, 민박 사장님이 직접 운전과 가이드를 겸하는 경우에는 호젓하게 자유여행을 프리미엄급으로 즐길 수도 있다. 다만 호텔에 비해 프라이버시에 대한 불편한 점은 어느 정도 감수해야 한다.

　요즈음은 지구촌 어디를 가더라도 현지에 한국인 가이드가 운영하는 데일리 투어가 있어서 패키지 투어와 달리, 여유롭고 융통성 있게 여행을 즐길 수 있다. 소그룹 데일리 현지 투어는 인터넷에도 잘 소개하고 있지만 보통 현지 한인 민박집과 네트워크를 공유하고 있어서 한인 민박집에 묵으면서 데일리투어를 소개받으면 된다.

그리고 한인 민박집에 머물면서 그 나라에 터전을 잡고 살고 있는 한인들과 그들의 커뮤니티에 대해 자연스럽게 알 수 있어서 자유여행을 할 때 호텔보다는 한인 민박을 이용하는 편이다.

바르셀로나에서도 한인 민박 사장님이 현지 가이드도 소개해 주셨고, 플라멩코 춤과 저녁 식사를 함께할 곳도 알려 줘서 바로 찾아갈 수 있었다. 특히 현지의 가우디 투어와 피카소 투어, 바르셀로나 교외의 몬세라트 투어는 마치 가족처럼 4~5명이 소그룹으로 오붓하게 여행을 즐길 수 있었다. 특히 현지 가이드와 함께 사그라다 파밀리아, 카사 밀라, 카사 바트요, 구엘 공원, 구엘 저택과 전차 사고 후 죽기 전 3일 동안 묵었던 병원까지 찾아보면서 가우디의 일생에 관한 이야기들과 그의 독실한 신앙과 천재적 건축 작품 세계에 대한 숨겨진 이야기들을 상세히 보고, 들을 수 있어서 매우 유익했다.

바르셀로나는 BBC가 선정한 세계 50대 명소 중 37위에 올라 있을 정도로 스페인에서도 독자적인 역사와 문화를 지니고 있는 카탈루냐 지방의 중요 도시이며, 19세기 중반 무렵 카탈루냐 르네상스라 불리던 시대에 '모데르니스모'로 불리는 혁신적인 예술운동이 일어나시, 가우디를 비롯한 많은 건축가들의 작품을 수놓은 도시이다. 지중해 바다와 온

난한 기후 조건과 중세 고딕 성당 등 고건축물 등의 문화유산, 가우디, 피카소 등 위대한 건축가와 미술가의 고장이며, 플라멩코, 바르셀로나 축구, 하몬, 파에야 등 특색 있는 음식, 람블라스 등 테마가 있는 거리 등으로 늘 관광객의 물결로 넘쳐 나는 유럽에서 가장 활력 있고, 매력 있는 도시이다. 그러면서도 민박집 사장님이 신신당부를 하시면서 각별히 주의를 당부하던 소매치기 조심하라는 말은 옥의 티로 느껴졌다.

2013년 10월 처음 바르셀로나를 찾게 된 건 오로지 가우디와 피카소 때문이었다. 건축을 전공한 엔지니어로서 가우디의 건축물들이 있는 바르셀로나는 줄곧 여행지 중에서 가장 우선순위에 두고 있었다. 유럽 건축사의 맨 끝부분 근대 건축사에서 빠지지 않는 사그라다 파밀리아 성당 등 안토니오 가우디 건축물들과의 만남은 이집트의 피라미드, 그리스 파르테논 신전, 튀르키예의 아야 소피아, 이탈리아 콜로세움 등을 눈으로 직접 봤을 때의 벅찬 감동을 다시 느껴 보기 위한 시도였다.

그리고 바르셀로나에서 기대했던 또 한 사람으로 스페인 남부 말라가에서 태어나서 14세에 바르셀로나로 이주하여 그림 공부를 본격적으로 하게 된 피카소를 그의 작품 세계를 통해서 만났다.

14세기에 건축된 아길라르 궁전을 개조하여, 1963년에 개관한 바르셀로나의 피카소 미술관에는 피카소의 어린 시절에 그린 스케치, 습작들을 포함한 다양한 미술 작품들이 전시되어 있어서 그의 어린 시절 미술에 대한 천재성을 잘 엿볼 수가 있었고, 현지 가이드의 상세한 설명으로 피카소의 화려한 일생과 그의 작품 세계에 대해 한층 깊이 있게 이해하게 되었다.

안토니오 가우디는 해외 건설 현장에서 근무하면서 수십 번 떠올려 본 이름이다. 수많은 stake holder들과 엮여서 프로젝트와 씨름하면서 한 프로젝트에 헌신했던 가우디의 장인정신을 늘 마음에 새기고 있었다. 감히 비유할 수 없지만 23년 동안 해외 8개 현장에서 가족과 떨어져 프로젝트를 책임진 현장 소장으로 온갖 어려움이 닥쳤을 때마다 안토니오 가우디의 열정을 따라 해 보리라 다짐했었다.

가우디의 주요 작품들로는 그라시아 거리에 위치한 카사 바트요가 있다. 조셉 바트요가 그라시아 거리에 위치한 자신의 저택을 철서하고 새롭게 거리에서 가장 화려한 건물로 만들어 달라고 가우디에게 요청했으나 가우디는 철거 대신 전면 복원 방식을 제안해서 건물을 철거하지 않고, 파사드의 변경, 내부 구조의 재배치, 빛 침투 확장 등을 통해 건물 전체를 마치 새로운 건물처럼 만들어 냈다. 카사 바트요는 가우디의 자유로운 창의성이 잘 표현된 작품으로 바다, 인체, 자연 등을 형상화했다.

가우디의 또 다른 주택인 카사 밀라는 가우디가 마지막으로 설계한 바르셀로나 부자의 주택 건물이었다. 이 건물은 디자인적인 면뿐만 아니라 실용적인 면에서도 혁신적인 구조라는 평을 받고 있다. 왜냐하면, 당시에는 상상할 수 없었던 지하 주차장이나 엘리베이터를 설치했다. 건물의 옥상에서 투구를 쓴 기사의 얼굴처럼 보이는 굴뚝은 영화 〈스타워즈〉에 영감을 주었다고 한다.

카사 밀라

　자연과 곡선을 사랑했던 가우디는 이 건물을 '산'이라는 주제로 입체적인 설계를 했다. 부드러운 곡선을 이용해서 건물 외관과 내부를 구조화하여 환상적인 분위기를 연출하였고, 용도와 편의에 맞게 내부 구조를 변경할 수 있게 설계했다.

　바르셀로나의 상징물인 사그라다 파밀리아는 아직도 100여 년이 넘게 공사 중이다.

　가우디는 사그라다 파밀리아처럼 높은 건물을 짓는 데는 건축물에 작용하는 중력을 고려했다. 성당 내부에 들어가 보면 추를 거꾸로 매달아서 힘의 흐름에 대해 고심한 흔적들이 그대로 남아 있다. 가우디는 쇠사슬을 아치 형태로 거꾸로 매달아 놓고 중력과 힘의 구조에 대해 연구했다.

사그라다 파밀리아

　성당의 외벽에는 성경의 내용들이 가우디의 신념에 따라 잘 표현되어 있었다. 곳곳에서 현대 미술, 건축, 영화에 영감을 준 부분들도 찾을 수 있었다. 사그라다 파밀리아에 대한 애정과 신앙심이 돈독하였던 가우디의 유해는 현재 사그라다 파밀리아의 지하 묘지에 안장되어 있다.

　성당 외관에서 나타나는 건축물의 웅장함과 섬세함도 감동적이지만, 내부에 들어서면 마치 신비한 숲에 들어온 느낌이 들었다. 천장을 향해 곧게 뻗은 기둥들은 마치 커다란 나무들이 하늘을 향해 자라난 것처럼 보였고, 자연의 빛으로만 내부를 밝히는 자연성과 햇빛과 스테인드글라스의 만남으로 따뜻함이 연출되는 성당 내부는 신성성을 더하는 것 같았다. 그리고 푸른빛과 붉은빛의 비율적 조화로 봄, 여름, 가을, 겨울을 표현하고 있었다.

가우디의 또 다른 작품인 구엘 공원은 후원자였던 구엘 백작이 자신이 소유한 대지에 가족들이 살 만한 주택 단지를 건설하고자 가우디에게 설계를 의뢰해서 만들어진 공원이었다. 원래 생각했던 구조는 한국의 아파트 단지처럼 공원과 놀이터가 포함된 부자들의 주택 단지를 만드는 것이었지만 다른 부자들의 관심을 끌지 못해 결국 건설을 중간에 멈추고 지금의 규모로 유지되고 있었다.

구엘 공원에서는 가우디가 즐겨 사용했던 트렌카디스 기법을 이곳저곳에서 쉽게 찾아볼 수 있다. 트렌카디스 기법은 깨진 세라믹 조각들을 그대로 모아 조화롭게 표면을 장식하는 모자이크 방식이다. 가우디의 트렌카디스 기법 작품 중에서도 도마뱀상이 가장 유명하고, 현재 바르셀로나를 대표하는 상징물로 여겨지고 있다.

타일과 유리의 파편들을 모아 장식한 공원의 벤치는 동화적이고 환상적인 이미지를 연출하고 있었다. 바르셀로나 시내를 마치 한 폭의 그림처럼 감상할 수 있는 테라스에서 남녀노소 여유를 즐길 수 있는 구엘 공원은 아름다움뿐만 아니라 실용성을 고려했던 가우디는 벤치의 형태를 인간의 신체에 맞게 인체공학적으로 설계했다. 그래서 안정적이고 편안한 자세로 앉을 수 있게 하였고, 벤치 중간중간에 비가 올 것을 대비하여 구멍을 뚫어 놓았고, 빗물이 고이지 않고 아래쪽으로 흐르게 하여 그 물을 다시 사용할 수 있도록 설계했다. 부자 주택 단지를 만들려고 했던 가우디는 원래 60여 채의 주택을 설계할 계획이었지만 30채가 완성되었을 당시 부동산 매매에 내놓았고, 30채 중 3채만이 팔렸는데, 그 집들의 주인은 바로 후원자 구엘과 가우디 자신, 그리고 가우디의 변호사였다. 결국 당시 대중들에게 인정받지 못해서 3채 중 하나였던 가우디의 집은 구엘 공원에 현재까지 잘 보존되어 있으며 현재는 가우디에 관한 박물관으로 사용되고 있었다.

가우디의 또 다른 작품은 구시가지에 있는 레이알 광장에서 만날 수 있었다. 바르셀로나시의 공공사업으로 추진된 가로등 디자인 공모전에서 채택된 가우디의 가로등으로 하나의 가로등에 6개의 전구가 달렸다는 점과 투구를 쓴 모양이 혁신적이고 인상적이라는 평을 받았다. 원래는 시내 전 지역에 설치될 예정이었지만, 6개의 전구를 손으로 식접 꺼야 한다는 점 때문에 그 계획은 철회되었고 레이알 광장에만 2개의 가로등이 설치되어 있었다.

바르셀로나 민박집 사장님 내외분, 소그룹 투어를 이끌어 주면서 가우디와 피카소를 한층 더 깊이 있게 알려 준 현지 가이드님들, 그리고 함께 투어에 참가했던 분들과의 오붓했던 시간들이 즐거운 추억이 되었다.

17년 4월에는 딸아이가 바르셀로나에서 교환학생으로 나가 있어서 다시 한번 바르셀로나를 찾게 되었다. 두 번째라 그런지 바르셀로나는 아주 익숙했다. 구시가지에서 자취를 하고 있던 딸과 아내와 셋이서 모처럼 함께 잠을 자니 감회가 새로웠다. 처음으로 집을 떠나서 이곳 바르셀로나에 혼자 와서 고생은 하지만 근처 유럽 여행도 하면서 견문을 넓힐 수 있는 기회가 될 것 같았다. 모처럼 3식구가 의기투합해서 바르셀로나와 남부 프랑스를 함께 여행했다.

29. 마드리드(14년 10월)

13년 10월에 스페인을 처음 찾았지만 5일 내내 바르셀로나를 벗어나고 싶지 않아서 한곳에 머물렀었고, 14년 10월에는 다시 마드리드를 찾았다.

한국에서는 〈꽃보다 할배〉 여행 프로로 더욱 유명해진 마드리드는 400여 년 동안 스페인의 수도로 정치, 경제, 문화의 중심 역할을 담당해 온 곳으로 인기 면에서 바르셀로나에 뒤지는 듯하지만, 아직도 스페인 최고의 프라도 미술관을 비롯해 볼거리들이 많이 있었다. 다양한 문화가 융합된 거리 곳곳엔 유적이 산재해 있었고, 화려한 예술 작품들을 소장한 미술관과 박물관들이 많았다.

푸에르타 델 솔의 남쪽은 구 마드리드로 볼 것의 대부분이 밀집되어 있었다. 푸에르타 델 솔에서 그란비아까지는 대체로 백화점들과 유명 상점들이 많았고, 그란비아 북쪽은 마드리드의 신시가지로 고층 빌딩군이 형성되어 있었다.

구시가의 서쪽 끝에는 왕궁이 있었고, 동쪽 끝에는 시민들의 휴식처 레티로 공원이 있었다. 구시가와 신시가를 남북으로 잇는 대로인 카스테야나 거리를 따라 남으로 내려오면 고고학박물관, 프라도 미술관 등이 있었다.

마드리드는 스페인의 수도이지만 바르셀로나와는 약간 분위기가 다른 느낌이 들었다.

수도 마드리드에는 각 지역 요리들이 혼재되어 있어, 특징 있는 향토 음식들을 즐길 수 있었다. 스페인풍의 솥밥인 파에야, 안달루시아 지방의 차가운 스프 가스파쵸 등 스페인의 이색적인 음식들을 모두 만날 수 있었다. 특히 마드리드풍의 스튜인 코시도는 콩류와 여러 종류의 고기를 함께 먹는 전형적인 요리이다.

마드리드의 주요 명소로는 마드리드의 중심 광장인 '푸에르타 델 솔'로 마드리드 관광의 기점이 되는 곳이다. '태양의 문'이라는 뜻의 이 광장에는 16세기까지 성문이 있었지만 지금은 성문은 없고, 다만 시계탑이 설치되어 있는 경찰청과 그 앞 보도에 스페인 전국 도로의 기점이

푸에르타 델 솔

되는 이정표가 있었다.

마드리드의 또 다른 광장으로는 솔 광장에서 마요르 거리를 따라 5분 정도 걷다 보면 왼쪽에 마요르 광장이 있다.

17세기의 오래된 건물들로 둘러싸인 마요르 광장은 폭 94m, 길이 122m의 장방형으로 중앙에는 광장을 조성한 펠리페 3세의 동상이 서 있었다. 마요르 광장은 1619년에 만들어진 이래 국왕의 취임식과 종교의식, 투우와 교수형, 그리고 각종 이벤트 행사가 열렸던 곳으로, 마드리드의 중앙 광장의 역할을 담당해 왔다. 광장 북쪽 시계탑이 있는 건물 중앙에 'Plaza Mayor'라는 문장이 새겨져 있었고, 그 벽에는 세르반테스 등 마드리드 대표적 문인들의 초상화가 그려져 있었다.

마드리드의 프라도 미술관은 파리의 오르세 미술관, 미국의 메트로폴리탄 미술관과 함께 세계 3대 미술관 중의 하나로 손꼽히는 미술관으로 회화관으로는 세계 최대의 미술관이다. 마드리드 문화관광의 최고 명소로 비야누에바에 의해 1819년 신고전주의 양식으로 건축된 미술관으로 소장품은 약 6,000점으로 전시되는 것은 3,000점에 이른다. 12~18C에 이르는 다양한 작품들을 접할 수 있으며 특히 16, 17C의 작품이 주를 이루고 있었다. 이 중 스페인 작품이 다수를 차지하고 있으며, 플랑드르, 이탈리아, 프랑스, 네덜란드, 독일의 작품들도 다수 전시되어 있었다. 1층은 스페인 회화, 플랑드르 회화, 이탈리아 회화, 고야의 일부 작품, 조각이 전시되어 있으며, 2층은 이탈리아 회화, 다수의 조각 작품, 다수의 고야 작품, 스페인 회화가 전시되어 있고, 전시 작품의 위치는 수시로 바뀐다고 했다. 2층의 고야 전시실에 있는 〈옷을 입은 마야〉와 〈나체의 마야〉, 그레코와 보슈의 그리스도를 테마로 한 종교화 등이 특히 유명하다.

　마드리드 왕궁은 1738년 펠리페 5세의 지시로 이탈리아 건축가인 사케티가 파리 루브르 궁전에서 영감을 받아 1764년에 완성했다. 사방의 길이가 각각 131m의 웅장한 신고전주의 양식의 이 건물은 수도로서의 역사가 그리 길지 않은 마드리드에서 규모가 가장 크면서도 중요한 건물로 왕궁 내부 외 방은 2,800여 개로 화려한 장식으로 되어 있었다. 특히 나폴리의 예술가 마티아스 가스파리니의 이름을 딴 '가스파리니의 방'이 있는데 바닥, 벽, 천장이 특수 효과를 내며 보는 사람의 눈을 어지럽게 만들었고, 145명의 손님을 한꺼번에 영접할 수 있는 대식당도 기억에 남았다.

슬로베니아

30. 류블랴나(18년 6월)

18년 6월, 슬로베니아를 여행했다.

보스니아 헤르체고비나의 '스타리 모스트' 다리 사진을 보고 보스니아 헤르체고비나의 수도인 사라예보에 한인 민박집이 있는지를 알아보다가 우연히 연락이 닿게 된 슬로베니아 류블랴나에 살고 있는 한인 집에서 묵으면서 슬로베니아 여행을 했다. 카톡으로 숙박 및 가이드 비용을 알려 왔고, 약 한 달 뒤 슬로베니아의 류블랴나공항에서 여행 전까지 전화 통화와 카톡을 주고받았던 그 여자분을 만났다.

슬로베니아 류블랴나공항의 풍경은 아담하고 소박해 보였다. 공항에서 류블랴나 시내로 이동하는 동안 창밖의 풍경이 스위스처럼 온통 녹색의 초원과 만년설이 덮인 알프스의 산자락과 어울려 너무도 평화스러웠다. 류블랴나를 '유럽의 녹색 수도'라 칭송하는 이유가 실감이 났다.

여자분이 예약한 렌트카를 타고 그녀의 집에 도착해서 하룻밤을 묵었다. 다음 날인 일요일에 원래는 남편께서 운전과 가이드를 할 예정이었으나 교민 체육대회가 있어서 이른 아침 남편께서는 교민 행사장으로 떠났고, 여자분이 운전하는 렌트카를 타고 슬로베니아에서의 첫 여행지인 블레드 호수로 향했다. 블레드 호수 주차장 근처에는 잔디밭

나이 숫자만큼 돌아본
유럽 62 도시 산책

블레드섬 성모 승천 성당

과 공원이 펼쳐져 있었다. 먼저 호수와 블레드섬이 내려다보이는 블레드성으로 올라가서 블레드섬을 내려다보았다.

블레드 호수와 섬 한가운데 자리 잡고 있는 성모 승천 성당은 에메랄드빛 호수에 박힌 또 다른 보석 같은 자태를 뽐내고 있었고 슬로베니아를 잘 왔다는 생각이 압도했다.

블레드성을 둘러본 뒤 블레드섬으로 들어가 보기 위해 호숫가로 내려와서 '플래트나(Pletna)'라는 이름의 배를 탔다. 배는 약 15명 정도 승객을 태울 수 있는 작은 크기인데 수질 보호를 위해 동력을 사용하지 않고 뱃사공이 직접 노를 저어 배를 몰았다.

블레드섬에 도착해서 '성모 승천 성당'으로 가기 위해서는 99개의 계단을 올라야 한다. 블레드섬에서 결혼하는 신랑이 신부를 안고 이 계단을 무사히 오르면 평생 행복하게 산다는 전설 때문에 신랑이 신부를 안고 계단을 오른다고 했다.

계단을 다 오르면 나타나는 성모 승천 성당 내부의 천장에는 남편을 잃은 슬픔에 수녀가 된 여인을 대신해서 교황이 설치한 소원의 종이 달려 있다. 종소리를 들으면 소원이 이루어진다는 또 다른 전설이 있다고 가르쳐 주어서 세 번 줄을 당기면서 소원을 빌었다.

블레드 호수의 블레드성과 블레드섬의 성모 승천 성당을 둘러본 뒤 다음 여행지인 '보히니 호수 공원'으로 이동했다.

'보히니 호수 공원'과 주변의 풍경도 무척이나 아름답고 평화로워 보였다. 공원 주변을 한가로이 산책한 뒤 공원 벤치에서 여자분이 집에서 준비한 도시락을 함께 먹으면서 여러 가지 류블랴나에서 살아오는 이야기들과 이곳 교민 사회에 대한 생활 이야기를 들었다.

오후에는 다시 류블랴나 시가지로 돌아와서 류블랴나 성곽과 구시가지를 둘러보았다. 류블랴나 성곽 위에서 내려다본 구시가지의 모습은 아름답고 정겨워 보였다.

슬로베니아의 수도인 류블랴나는 슬로베니아어로 '사랑스러운'이란 뜻이다. 사랑의 도시에 사랑을 이루지 못한 안타까운 사연을 간직한 동상이 있는 광장이 이 도시의 중심에 있었다. 슬로베니아 국민 시인으로 알려진 '프레셰렌'의 동상이 세워져 있어 프레셰렌 광장이라고 불렀다. 프레셰렌은 슬로베니아 국가를 작사한 슬로베니아에서 가장 사랑받는 시인인데 그의 애틋한 사랑 이야기가 전해 오고 있었다. 그는 부유한 상인의 딸이었던 율리아를 사랑했지만 신분 차이로 그녀와의 사랑을 끝내 이루지 못했고, 죽는 순간까지 단 한순간도 그녀를 잊은 적이 없었다는 말을 남겼다고 한다. 그리고 프레셰렌은 오랜 세월이 지난 지금도 여전히 동상이 되어 광장 저편의 건물 벽에 흉상으로 있는 율리아를 하염없이 바라보고 있는 모습이 안쓰러워 보였다. 류블랴나 성곽과 시가지를 도보로 걸어서 천천히 둘러본 뒤 해가 지고 밤이 되어서야 슬로베니아에서의 둘째 날을 마무리했다.

　슬로베니아 여행 셋째 날에는 '포스토니아' 동굴과 아드리아해에 면한 도시 '피란'을 둘러보았다.

　포스토니아 석회동굴은 유럽 최대 규모로 세계에서 2번째로 긴 동굴이라고 했다. 들어갈 때 미니 기차를 타고 들어갔다. 전체 길이는 약 24km이고, 일반에게 공개된 5km 중에서 3.5km는 미니 기차로, 나머지 1.5km는 걸어서 이동하면서 관람했다.

　오후에는 류블랴나에서 약 2시간 정도 차로 이동해서 아드리아해의 해변 도시인 피란을 찾아갔다.

　배들이 정박해 있는 항구를 지나 도시 안쪽으로 걸어가니 타르티니 광장이 나왔다. 〈악마의 트릴〉을 작곡한 이탈리아 대표적 작곡가 '주세페 타르티니'의 이름에서 유래된 이 광장은 타르티니가 이곳 피란에서 태어났기 때문이라고 했다. 광장을 지나 피란의 성벽으로 올라갔다. 성벽에서 내려다보는 피란의 모습은 붉은 지붕들이 모자이크처럼 보이면서 아드리아해와 조화를 이루는 모습이 마치 크로아티아의 두브로브니크 스르지 산언덕에서 바라다보았던 도시의 모습과 매우 흡사했다.

피란 해변에서는 이탈리아의 베네치아 해변까지는 약 100km 정도 떨어져서 지중해를 사이에 두고 마주하고 있었다.

아드리아해의 숨은 보석이라 불리는 피란은 슬로베니아 남서쪽, 아드리아해 연안에 위치하면서 이탈리아와 슬로베니아의 국경과 멀지 않고, 바다를 사이에 두고 베네치아와 가깝다 보니 13세기 말부터 18세기까지 베네치아 공화국의 일부로 속해 있기도 했었다.

걸어서 1시간이면 도시를 둘러볼 수 있을 정도로 작은 도시이지만, 중세 건축과 문화유산들이 작은 도시 내에 모여 있어 천천히 걸으며 중세 시대로의 여행하는 느낌이 들었다.

이렇게 해서 3일 동안의 슬로베니아 여정을 모두 마쳤다.

피란

#영국

2011년 2월, UAE 두바이에서 근무하면서 영국의 런던을 여행했다. 두바이에서 새벽 3시 비행기로 출발해서 런던 히드로공항에는 현지 시간으로 아침 7시에 도착했다. 인터넷으로 한국인 민박을 예약하였는데 막상 런던에 와서 보니 실제로는 중국 연변 사람들이 연합으로 하는 이름만 한인 민박집이어서 여태껏 다른 나라에서 경험했던 한국인 주인의 현지에 대한 안내나 현지 한국 가이드 소개를 받는 등의 서비스를 받을 수도 없었고, 그냥 숙박 기능으로 만족해야 했다.

런던에서는 대영박물관, 국회의사당, 빅벤, 런던아이, 웨스터민스터 사원, 타워브리지, 템즈강 크루즈를 타 보았고, 버킹엄 궁전과 주변 공원 등을 여행했다.

런던에서 제일 먼저 방문한 곳은 대영박물관이었다. 대영박물관은 세계 3대 박물관으로서 영국이 제국주의 시대부터 전 세계 모든 대륙에서 수집한 방대한 유물들을 소장 및 전시하고 있었고, 인류 시작부터 현재까지의 역사, 미술, 문화와 관련된 유물 및 소장품이 대략 8백만 여 점에 달한다고 했다.

영국이 세계를 제패하던 시절 전 세계에서 수집한 각종 유물과 보물이 전시되어 있어서 그런지 원래의 나라로 돌아가지 못하는 유물들을 보면서 오히려 마음이 편하지는 않았다.

특히 이집트 전시실은 카이로 박물관을 제외하면 전 세계에서 가장 방대한 이집트 유물 컬렉션을 소장하고 있었다. 대영 박물관의 이집트 유물들은 고대 이집트 전 시기에 걸쳐 있고, 이집트와 수단 전역에서 발굴된 유물들을 모두 포함하고 있었다. 또한 고대 이집트 시대의 문화재들만 있는 것이 아니라, 콥트 정교회 관련 유물들, 오스만 제국 통치 시기 관련 유물들, 그리고 현재에 이르기까지 전 기간에 해당하는 유물들을 모두 소장하고 있었다.

대영 박물관

그리스 정부가 틈날 때마다 반환을 요구하는 엘긴 마블도 아직도 버젓이 이곳에 전시 중이었다. 이 조각품들은 그리스가 오스만 제국에게 식민 지배당하던 시절, 엘긴 경이 7만 파운드를 들여 파르테논 신전에서 뜯어온 조각상들과 부조 조각들이었다. 그리고 그리스의 아크로폴리스에 파르테논 신전과 함께 있는 에릭테이온 신전을 떠받치던 6개의 여인상 중의 하나를 통째로 뜯어다가 이곳에 전시하고 있는 모습도 안타까웠다. 또 다른 유명한 전시품인 길가메시 서판은 길가메시 서사시의 내용 중 홍수와 관련된 내용을 담은 토판으로 대략 기원전 7세기경에 만들어졌고 영생을 얻기 위해 떠나는 길가메시의 여정을 담고 있다.

저녁 무렵에는 템스강의 유람선 투어를 신청하여 유람선 상에서 템스강 변으로 보이는 런던의 야경을 감상했다.

유람선에 탑승하자 런던의 밤하늘이 어두워지기 시작하면서 도시의 불빛들이 하나둘씩 깜빡이기 시작하였다.

템스강을 따라 화려하게 조명된 런던아이와 웨스트민스터 궁전은 낮과는 또 다른 매력을 발산하고 있었고, 빅벤의 시계탑은 황금빛 조명이 반사되어 마치 반짝이는 보석처럼 보였다.

유람선상에서 런던의 랜드마크들을 배경으로 기념사진을 남겼다. 특히, 유람선 투어 중반쯤에는 타워 브리지의 장엄한 구조물이 눈앞에 펼쳐졌다. 낮에 둘러본 타워 브리지와는 또 다른 모습의 타워 브리지 두 개의 높이 솟은 탑이 황금빛 조명에 비쳐 반짝였고, 그 밑을 흐르는 템스강과의 조화가 감동적이었다. 두 탑에서 흘러내리는 보석 목걸이 같은 모습으로 조명에 빛나는 현수교가 우아하게 펼쳐진 모습은 마치 그림 속 장면처럼 아름다웠다.

타워 브리지

런던아이는 템스강 변에 위치한 대형 관람차로, 런던의 스카이라인을 360도로 감상할 수 있는 최고의 장소처럼 보였다. 135m 높이에서 런던의 아름다운 전경을 볼 수 있고, 맑은 날에는 40km까지 볼 수 있다.

버킹엄 궁전은 영국 왕실의 공식 거주지로 런던에서 가장 유명한 명소 중 하나였고, 궁전 앞에서 열리는 근위병 교대식도 흥미 있게 관람했다.

영국 왕실의 대관식과 결혼식이 열리는 고딕 양식의 건축물인 웨스트민스터 사원과 웨스트민스터 궁전의 시계탑인 빅벤도 둘러보았고, 하이드 파크에서 산책도 해 보면서 런던에서의 여정을 마무리했다.

이탈리아

2003년 11월에 이탈리아 일주 여행을 했고, 2014년 4월에는 이탈리아 베네치아를 여행했다. 이탈리아 일주 여행은 북부에서 남부로, 밀라노, 베네치아, 피사, 피렌체, 로마, 폼페이, 소렌토 등을 여행했다.

유럽의 여러 도시 중에 첫 번째로 만난 도시가 이탈리아의 밀라노이다. 이탈리아 북부 지방의 대표 도시인 밀라노는 이탈리아의 경제 중심지로서, 산업과 금융 부문에서 강력한 역할을 하고 있었다.

처음으로 마주한 유럽의 성당 건축인 밀라노 두오모는 그 규모에 압도되었다. 두오모의 외관은 흰 대리석으로 장식되어 있었고, 수많은 첨탑과 조각상이 정교하게 새겨져 있었다. 입구로 들어서자마자 내부의 크기와 화려함에 다시 한번 놀랐다. 길이 약 157m, 폭 약 92m에 달하는 두오모 내부는 상상을 초월할 정도로 넓었다. 고개를 들어 천장을 보니 높은 고딕 양식의 리브볼트 아치가 인상적이었다. 스테인드글라스 창문을 통해 들어오는 빛이 내부를 아름답게 채우고 있었는데 이 창문들은 성서의 이야기를 묘사하고 있었고, 그 색채와 세부 묘사가 경이로웠다. 외부 첨탑은 총 135개가 있었고, 그중 가장 높은 중앙 첨탑은 높이가 약 108m에 이르렀다. 특히 중앙 첨탑 위에 서 있는

4.16m 높이의 황금 마돈나 동상은 밀라노의 상징이다. 밀라노 두오모는 단순한 종교 건축물을 넘어 밀라노와 이탈리아의 역사와 문화에 깊이 뿌리내린 상징적인 장소였다. 가까이서 보면 한 개의 무게가 수백kg이나 되는 조각상들을 허공 속에 아슬아슬하게 그 무게와 중심의 균형을 잃지 않고, 수백 년 동안 지탱하고 있는 형상이 경이로울 따름이었다.

오랫동안 해외 여러 빌딩 건설 프로젝트를 경험하면서 이런 유사한 장식이나 부착물들을 건물의 내 외부에 시공하면서 접합 디테일 등에 대한 구조적인 안정성에 대해 우려와 걱정이 많았는데, 수백 년 전에 완성한 밀라노 두오모의 조각상들을 보면서 감탄을 금할 수 없었다.

밀라노 두오모

두오모 정면 앞쪽으로 두오모 광장이 조성되어 있었고, 이 광장은 시 당국의 계획으로 1862년 건축가 주세페 맨고니가 조성했다. 중앙에는 비토리오 에마누엘레 2세의 기념 동상이 서 있고, 밀라노 시민의 휴식 장소로 사랑받고 있었다.

밀라노 두오모 앞 광장과 연결된 비토리오 에마누엘레 2세 갤러리아는 두오모 광장과 스칼라 극장 앞 광장을 이어 주는 광대한 아케이드로 밀라노에서 빠질 수 없는 볼거리이다. 이곳은 이탈리아 왕국에서 최초로 왕에 올랐던 비토리오 에마누엘레 2세의 이름을 따서 지어졌는데 대형 유리 지붕이 있는 비토리오 에마누엘레 2세 갤러리아의 중심에서는 모두 4개의 거리가 모이도록 설계되었다. 이러한 아치 형상의 유리 천장으로 된 갤러리는 러시아 모스크바의 굼 백화점 갤러리나 벨기에 브뤼셀의 '생튀베르 왕립 갤러리'와도 모양이 매우 비슷했다. 이 공간과 구조물 역시 우리나라보다 훨씬 앞선 시기에 철골로 된 아치 구조물을 시공하였던 부분에서 건축을 업으로 하는 엔지니어로서 놀라움을 자아내게 하였다.

밀라노는 이탈리아 북부의 문화 중심답게 밀라노 스칼라 극장이 유명하다. 1778년에 세워졌으나 제2차 세계대전 때 파괴되어 1946년에 재건되었다. 19세기 이후 푸치니, 로시니, 베르디 등 세계적인 오페라 작곡가들의 작품이 초연되었으며 단순한 외관과 달리 3,000여 명을 수용할 수 있는 내부에는 붉은 카펫과 화려한 샹들리에가 늘어져 있어 더욱 고급스러움을 더해 주었다.

베네치아는 2003년과 2014년 두 번을 여행했다. 베네치아는 하늘에서 내려다보면 물고기 모양의 도시이다. 작은 섬들이 군락을 이루고 있으며, 주민들의 대다수는 관광업과 유리, 레이스, 직물 생산 등의 관광 관련 산업에 종사하고 있었다. 두 번째로 베네치아를 찾았을 때는 수상택시를 타고 무라노섬까지 가서 유리 세공하는 모습도 직접 보고, 유리 세공 제품도 기념으로 몇 개 사 왔다.

베네치아

베네치아의 골목들을 걷거나 운하를 따라 수상택시를 타고, 돌아다니면서 여러 다리와 만났다. 섬과 섬 사이에는 이처럼 다리로 연결이 되어 있었고, 모두 118개의 섬 사이의 운하는 수로 역할을 하고 있었다. 400여 개의 베네치아 다리들 가운데 가장 유명한 것은 베네치아 공화국의 감옥과 팔라초 두칼레 궁전 사이에 짧게 서 있는 '탄식의 다리'로 두칼레궁에서 재판을 받고 나오던 죄수들이 이 다리를 건너면 세상과 완전히 단절된다는 의미에서 한숨을 내쉬었다고 해서 '탄식의 다리'라는 이름이 붙여졌다.

탄식의 다리 말고도 '리알토 다리'는 베네치아의 대운하를 가로지르며, 도시의 심장부를 연결하는 중요한 역할을 하고 있었는데, 마치 동화 속에서 튀어나온 듯한 매력을 지니고 있었다. 16세기에 목재로 처음 건설된 이 다리는 여러 차례의 화재와 붕괴를 겪은 후, 1591년에 현재의 석조 다리로 재건되었다. 안토니오 다 폰테가 설계한 이 다리는 당시의 기술과 예술을 결합한 걸작이었다. 리알토 다리에 도착했을 때, 가장 먼저 눈에 띈 것은 다리 양쪽에 늘어선 상점들이었다. 이 상점들은 주로 기념품, 보석, 유리 공예품, 베네치아 가면 축제 때 쓰는 가면 등을 판매하고 있었다.

베네치아 건축물은 다양해서 이탈리아, 아랍, 비잔틴, 고딕, 르네상스, 바로크 양식 등을 모두 포함하고 있었다. 수 세기 동안 베네치아의 사회·정치 중심지였던 산마르코 광장은 세계에서 가장 유명한 광장으로 광장의 3면에는 아치가 이어진 회랑이 줄지어 서 있고, 높이 99m

인 캠퍼닐리 종루가 서 있는 동쪽 끝은 황금빛 산 마르코 바실리카와 팔라초 두칼레의 정면으로 막혀 있었다. 이 종루에 올라가서 산마르코 광장과 베네치아의 전경을 내려 보았다.

산마르코 광장을 3면으로 둘러싸고 있는 건물들 1층에는 카페들이 많이 들어서 있었다. 특히 1720년에 문을 연 '카페 플로리안'은 베네치아의 역사와 문화의 한 부분으로, 과거 바이런, 괴테, 디킨스와 같은 유명한 인물들이 자주 드나들었던 명소라고 알려져 있다. 문득 이 유명한 카페에서 커피를 마셔 보고 싶은 생각이 들어서 테라스에 자리를 잡고 앉아, 커피를 주문했다. 커피를 마시면서 카페 주변을 둘러보니, 고풍스러운 샹들리에와 벽에 걸린 예술 작품들이 눈에 들어왔다. 벽에는 금빛으로 장식된 거울들이 걸려 있어서 마치 18세기로 돌아간 듯한 느낌을 주었다.

베네치아는 워낙 건물들이 다양하고 많아서 솔직히 각각의 건물들을 찾아 들어가 보지는 못했지만, 건축을 전공한 엔지니어에게 많은 교훈과 영감을 주었던 여행이었다. 또한 좁은 골목길과 운하를 따라 걸으면서 예상치 못한 곳에서 마주치는 아름다운 건물들은 마치 보물찾기를 하는 듯한 기분을 주었고, 이는 건축의 아름다움이 단순히 외형적인 것뿐만 아니라 그 공간이 주는 경험과 감동도 포함된다는 중요한 깨달음을 안겨 주었다. 베네치아의 건축물들은 단순히 오래된 건물이 아니라, 그 속에 담긴 역사와 문화, 그리고 사람들의 삶이 반영된 살아 있는 유산임을 느끼게 했다.

어려서 보았던 김찬삼 교수의 10권짜리 세계 여행 화보집에서 기억
나는 사진 중의 하나가 피사의 사탑이었다.

피사 두오모와 피사의 사탑

사진으로만 보았던 피사의 사탑을 막상 가까이서 보는 감동은 말로
표현하기 어려운 황홀한 경험이었다. 피사의 사탑은 높이가 8층 정도
로 약 58.36m이며 무게는 1만 4천 453t의 긴 원통형 건물이었다. 현재

기울기의 각도는 중심축으로부터 약 5.5°이며 294개의 나선형 계단으로 꼭대기까지 연결하고 있었다.

피사의 두오모 성당은 이탈리아에서 가장 오래된 성당으로 1068년에 착공하여 50년 동안 공사한 피사 로마네스크 양식의 성당이었다.

삼성물산에 근무하면서 싱가포르에 거의 완성한 건물이 기초 파일에서 부동침하가 생겨서 기초를 보강하고, 외장 공사, 엘리베이터 공사 등을 재시공했던 아픈 경험에 비해, 이 피사의 사탑은 오히려 기울어진 모습 때문에 유명해졌다는 사실이 아이러니였다.

피사의 사탑도 원래는 단순한 종탑으로 지어졌지만, 그 독특한 기울어짐 덕분에 전 세계 관광객들이 몰려드는 명소가 되었다. 이 탑이 기울어진 이유도 건축 초기부터 지반이 불안정했기 때문인데, 오히려 그 덕분에 사람들의 관심을 끌게 되었다. 피사의 사탑도 1990년대에 대대적인 복원 작업이 진행되어, 탑이 더 이상 기울지 않도록 안정화 공사를 하였지만 만약 이 탑이 완벽하게 수직으로 서 있었다면, 지금처럼 사람들의 사랑을 받지 못했을 것이다. 탑 주변을 거닐다 보니, 전 세계에서 몰려든 관광객들이 기울어진 탑을 배경으로 재미있는 사진을 찍는 모습을 볼 수 있었다. 마치 탑을 손으로 받치고 있는 듯한 포즈를 취하는 사람들, 탑을 밀어 올리는 듯한 포즈를 취하는 사람들 등, 다양한 창의적인 사진들이 연출되고 있었다. 이 모든 게 피사의 사탑이 가진 독특한 매력 덕분이었다.

36. 피렌체(03년 11월)

피렌체는 유럽의 다녀본 여러 도시 중에 오랫동안 머물면서 천천히 다시 돌아보고 싶은 곳 중 단연 1위로 남아 있다. 특히 미켈란젤로의 생가부터 시작해서 그와 관련된 곳들을 찾아다니며 자세한 배경 설명까지 해 준 연세대 김상근 교수의 인문학 특강에 매료되어 관련 다큐와 서적들을 탐닉하면서 다시 찾아볼 기회를 기다리고 있다.

피렌체 두오모

이탈리아의 중부에 있는 피렌체는 14~15세기 메디치 가문의 후원에 힘입어 르네상스를 꽃피운 도시이다. 두오모 광장을 중심으로 산타 마리아 델 피오레와 산지오반니 세례당 그리고 지오토의 종탑, 단테의 생가와 시뇨리아 광장과 베키오궁과 베키오 다리 등 많은 유산이 가까운 거리에 있어 여행이 비교적 편리했다.

피렌체의 매력에 푹 빠져 영화 〈냉정과 열정 사이〉도 여러 차례 반복해서 보았고 절판된 『냉정과 열정 사이』 책을 부산의 중고 서적 전시대에서 발견하고, 반갑게 사서 읽었다.

피렌체 두오모는 1296년에 아르놀포 디 캄비오에 의해 처음 설계되었으나 당시의 기술로는 거대한 돔을 지탱할 수 있는 방법이 없었기 때문에, 지붕의 설계와 건설은 미뤄졌다. 이 문제를 해결하기 위해 피렌체는 1418년에 돔 설계 공모전을 열었고, 이 공모전에서 필리포 브루넬레스키가 로마의 판테온을 연구하면서 영감을 얻었고, 이를 바탕으로 두오모의 돔을 설계할 수 있었다. 두오모 돔의 건설은 1420년에 시작되어 1436년에 완성했다.

피렌체의 시뇨리아 광장은 고대 로마 시대부터 피렌체의 정치적 중심지로 사용되어 온 장소로, 수많은 역사적 사건의 무대가 되어 왔다. 오늘날 이곳은 예술적 걸작들이 가득한 야외 박물관 같은 공간으로 변모하였으며, 그중 가장 눈에 띄는 작품은 미켈란젤로의 걸작 다비드상이었다. 원작은 아카데미아 미술관에 안전하게 보관되어 있지만, 광장에 서 있는 이 거대한 복제품 역시 피렌체 시민들과 여행객들의 많은 사랑을 받고 있었다.

미켈란젤로는 이 조각상에 독창적인 원근법을 반영하여 다비드의 머리를 일반적인 비율보다 크게 조각하였으며, 이로 인해 아래에서 올려다보는 관점에서도 완벽한 비율로 보이게 했다. 다비드의 강렬한 표정과 역동적인 자세는 르네상스의 인본주의 정신을 상징하며, 여전히 사람들을 매료시키는 힘을 가지고 있었다.

시뇨리아 광장에서 또 하나 주목할 만한 작품은 기베르티의 '천국의 문'이다. 이 문은 피렌체의 산 조반니 세례당에 설치된 대형 청동문으로, 원작은 현재 다른 곳에 보관되어 있으며 세례당에 있는 문은 복제품이다. 이 문은 1401년 기베르티가 대성당의 청동문 제작을 위한 경연에서 승리하면서 작업한 걸작으로, 이후 '천국의 문'이라는 칭호를 얻게 되었다.

'천국의 문'은 10개의 패널로 구성되어 있으며, 각 패널에는 구약성서의 이야기가 생생하게 묘사되어 있다. 기베르티는 이 문에서 혁신적인 원근법을 사용하여 평면적인 조각에서 깊이감을 표현하는 데 성공했다. 이 문은 그 정교함과 아름다움으로 미켈란젤로가 '이 문은 천국으로 들어가는 문'이라 극찬한 데서 그 이름이 유래되었다.

기베르티의 '천국의 문'과 미켈란젤로의 다비드상은 르네상스 예술의 정수를 보여 주는 걸작으로, 피렌체를 찾는 모든 이들에게 깊은 인상을 남기고 있었다.. 이 작품들은 단순한 조각을 넘어, 인간의 잠재력과 창조성을 찬미하는 상징물로 자리 잡고 있었다.

다음으로 향한 곳은 피렌체에서 가장 유명한 다리 중 하나인 베키오 다리이다. 베키오 다리는 아르노 강 위에 걸쳐져 있는 아름다운 다리로, 그 위에는 보석상들이 줄지어 있어 다리 자체가 하나의 작은 마을처럼 보였다. 베키오 다리와 관련하여 이탈리아의 위대한 시인 단테는 이곳에서 그의 첫사랑이자 평생의 뮤즈인 베아트리체 여인을 만났고, 처음 본 순간 사랑에 빠져서 그의 대표작인 『신곡』에서 천국을 안내하는 성스러운 존재로 묘사했다. 단테가 느꼈을 설렘과 사랑의 감정을 떠올리며, 베아트리체가 단테에게 어떤 영감을 주었을지 상상해 보았다.

다리 건너편에는 또 다른 명소인 우피치 미술관이 있었다. 르네상스 시대의 위대한 예술 작품들이 가득한 이곳은 피렌체 여행에서 빠질 수 없는 장소로 알려졌지만 안타깝게도 직접 들어가 보지 못해서 다음 피렌체 여행 때에는 꼭 찾아갈 계획이다.

피렌체 여행을 마치고 드디어 로마로 입성했다. 로마는 이탈리아반도 중부 지역 테베레강 연안에 있는 도시로 이탈리아의 수도이자 로마 제국의 수도로서 세계 제국을 건설하고 지배한 곳으로 세계문화유산과 예술의 중심인 도시이다.

로마에는 많은 역사적 유적지가 있지만 건축을 전공한 엔지니어로서 가장 손꼽는 건축물은 단연 판테온 신전과 콜로세움이었다.

판테온

판테온은 아직도 그 공학적 경이로움에 찬사와 감탄이 절로 나왔다. 판테온의 돔은 건축 기술의 놀라운 업적으로, 당시에는 세계에서 가장 큰 돔이었다. 이 돔은 지름이 약 43.3m이며, 중앙에는 직경이 약 8.7m인 작은 구멍인 오쿨루스가 있어 하늘에서 빛을 받을 수 있게 설계되었다. 특히 아치 구조물을 원형으로 만들었고 가장 중요한 힘을 받는 중앙 부위가 허공에 원형으로 뚫려 있다는 게 공학적으로 매우 경이로운 기술이라고 생각되었다. 또한 브루넬레스키가 로마의 판테온을 본 뒤 피렌체 두오모의 돔을 완성할 수 있는 벤치마크가 되어 준 건축 기술이었다.

콜로세움은 서기 80년 티투스 황제 시대 때 완공된 원형 경기장으로 로마제국 시대에 지어진 전 세계 여러 경기장 중에 가장 큰 원형 경기장이었다. 검투사들의 시합, 공개 처형 및 전투 재연 공연 등이 펼쳐졌던 이곳은 정기적으로 5만여 명의 관중들이 모였던 곳으로 이제 환호하거나 야유를 보내는 관중은 없지만, 건물 자체는 오늘도 로마의 중심부에서 웅장하게 자리 잡고 있었다.

2002년 한일 월드컵 축구 개최국으로 선정된 뒤 전국적으로 월드컵 경기장 10곳을 신축해야 하는 상황에서 삼성물산에 근무하던 1998년, 회사 차원에서 3개 이상의 월드컵 경기장을 수주하자는 목표 아래, 운동장 수주 T/F팀 소속으로 근무하면서 월드컵 경기장과 관련된 내용들을 섭렵하던 시기가 있었다.

국제축구연맹인 FIFA는 안전 규정에 따라, 경기장은 관중의 안전을 최우선으로 요구하고 있다. 특히, 피난 시간 규정은 매우 중요하다. 모든 관중이 경기장을 안전하게 빠져나가는 데 걸리는 시간은 8분에서 10분 이내로 설정하고 있다. 긴급 상황 발생 시 신속한 대피를 보장하기 위해 모든 경기장에는 다수의 출입구와 비상구를 설치하고, 각 출입구는 명확한 표시를 해야 한다.

놀랍게도 고대 로마의 콜로세움은 약 5만 명의 관중을 수용할 수 있었던 거대한 원형 경기장으로, 그 당시에도 관중의 안전을 고려한 설계가 이루어졌다.

콜로세움

콜로세움에는 80개의 출입구가 있었으며, 이 중 76개는 일반 관중이 사용하던 출입구였다. 나머지 4개는 황제와 귀족, 검투사들이 사용하던 전용 출입구였다. 이러한 다수의 출입구는 관중이 신속하게 입장하고 퇴장할 수 있도록 설계되었다. 콜로세움의 내부 구조는 매우 효율적으로 설계되어 있어, 관중이 빠르게 이동할 수 있었다. 계단과 통로는 넓고 직선으로 배치되어 있어, 긴급 상황 시 혼잡을 최소화할 수 있었다. 고대 로마 시대에는 현대와 같은 전자 안내 시스템은 없었지만, 각 출입구와 통로에는 번호가 매겨져 있어 관중이 자신의 좌석을 쉽게 찾을 수 있었다. 콜로세움의 아치형 구조는 건물의 안정성을 높여, 지진이나 기타 자연재해에도 견딜 수 있도록 설계되었는데 이는 관중의 안전을 보장하는 중요한 요소였다.

로마의 트레비 분수는 1732년 니콜라 살비가 설계해 1762년 피에트로 브라치가 완성한 분수로 바로크 양식의 분수로는 로마에서 가장 큰 분수이다. 반인반수의 해신 트리톤 두 명이 이끄는 채리엇 위에 대양의 신 오케아노스가 서 있는 모습으로 중앙의 조각상은 포세이돈이고 말을 모는 양쪽의 두 인물은 트리톤을 표현한 것이다.

로마의 스페인 광장은 영화 〈로마의 휴일〉에서 오드리 헵번이 '젤라토'를 먹는 장면으로 유명해졌다. 이 광장 옆에 교황청 주스페인 대사관이 있어서 붙여진 이름이었다. 바르카치아 분수를 바라보면서 아래로 향하고 있는 스페인 계단에는 관광객들의 인파가 북적이고 있었다.

로마의 많은 광장 중에 개인적으로 좋아하는 광장은 캄피돌리오 광장이었다. 캄피돌리오 언덕에 자리 잡은 이 광장은, 그 자체가 하나의 예술 작품이었다. 미켈란젤로는 1538년부터 이 광장을 설계하기 시작했으며, 기존의 고대 로마 유적을 새로운 감각으로 재해석했다. 중앙에는 마르쿠스 아우렐리우스 황제의 청동 기마상이 우뚝 서 있다. 캄피돌리오 광장의 평면은 하늘에서 보면 그 독특한 아름다움이 더욱 잘 드러난다. 미켈란젤로는 광장을 타원형으로 설계하여, 중심부에서부터 외곽으로 퍼져 나가는 듯한 역동적인 형태를 만들었다. 기마상 주위로 섬세하게 배치된 돌바닥 패턴이 광장 전체를 하나의 통일된 작품으로 만들어 주며, 방문객들의 시선을 자연스럽게 중앙으로 이끌었다. 광장을 둘러싸고 있는 건물들은 카피톨리니 박물관, 팔라초 데이 콘세르바토리, 그리고 팔라초 누오보 등 이었는데, 각각의 건물들은 미켈란젤로의 디자인과 조화를 이루며, 광장의 대칭미를 완벽하게 살리고 있었다. 광장에 서서 주변을 둘러보며, 미켈란젤로의 디자인 철학과 그가 담고자 했던 메시지를 상상해 보았다. 그는 고대 로마의 영광을 되살리면서도, 르네상스의 인간 중심적 사고를 반영해 이 공간을 창조했다. 그의 설계는 단순히 건축적 아름다움에 그치지 않고, 로마의 역사와 문화적 정체성을 기리는 의미를 담고 있었다.

다음으로 향한 베네치아 광장은 로마의 또 다른 중심지로, 거대한 비토리오 에마누엘레 2세 기념관이 자리하고 있었다. 하얀 대리석으로 지어진 이 건물은 '이탈리아의 케이크'라는 별명을 가지고 있으며, 그 웅장한 규모와 아름다운 장식으로 사람들의 시선을 사로잡고 있었다.

로마 여행에서 마지막으로 찾은 '포로 로마노'는 로마 제국 시대의 정치와 문화의 중심지였던 곳이다. 로마 구도심 한복판에 자리하여 이곳을 중심으로 로마 도심이 뻗어 나갔으며, 로마 공화정 시기의 개선식, 공공 연설, 선거 발표, 즉위식 등 국가의 중대사가 열렸던 곳이었다. 율리우스 카이사르는 포로 로마노에 대대적인 개축 작업을 실시하였으며, 제정 시기에도 트라야누스 황제가 포룸을 짓는 등 몇백 년간 로마제국의 정치적 상징으로 남았다. 전성기에는 제국 전역에서 가장 호화로운 장소이자 로마 문명의 핵심이었다. 그러나 콘스탄티누스 대제에 마지막으로 대대적인 보수 공사를 거친 이후, 로마 제국이 동로마 제국과 서로마 제국으로 나누어지고, 로마가 속한 서로마 제국이 붕괴하기 시작하면서 포로 로마노도 쇠락해 가기 시작했다. 야만족들의 침입으로 한때 장려했던 신전과 포룸들은 무너져 내렸고, 로마 시민들은 자신들의 주택을 보수하기 위하여 포룸의 석재를 떼어 갔을 뿐만 아니라 카톨릭 교회에서도 성당을 짓기 위하여 포룸의 대리석 기둥들과 장식물 등을 대거 떼어 가면서 포로 로마노는 현재와 같은 폐허로 전락했다.

　로마에서의 일정을 모두 마치고 다음 날 아침, 기차를 타고 폼페이로 이동했다.

 늘 다큐멘터리 영상으로만 보았던 폼페이 유적을 직접 눈으로 접하게 되었다.

폼페이 거리

 폼페이는 이탈리아 나폴리 인근 베수비오 화산 기슭에 위치한 고대 도시로, 번영하던 로마 제국의 도시였지만 서기 79년 8월 베수비오 화산의 폭발로 도시 전체와 2만여 명의 주민이 화산재에 파묻히는 비극적인 운명을 맞았다. 이로 인해 당시 사람들의 일상생활이 고스란히 보존되었고, 오늘날 고고학적 보고로서의 가치를 지니게 되었다.

폼페이 유적지는 잘 보존된 로마식 건물과 거리들이 눈에 들어왔고, 성벽으로 둘러싸인 도시는 공공건물, 사원, 극장, 목욕탕, 상점, 주택 등으로 구성되어 있었다. 특히 포룸이라 불리는 광장은 도시의 중심지로서 정치, 상업, 종교 활동의 중심지였다.

폼페이의 도로를 따라 걷다 보면, 고대 로마의 도로 시스템이 얼마나 정교했는지 알 수 있었다. 도로는 커다란 석재로 포장되어 있었고 당시의 교통 체계와 일상생활을 엿볼 수 있게 해 주었다.

폼페이의 주택 중에서도 가장 잘 알려진 것은 '비티하우스'로, 벽화와 모자이크가 훌륭하게 보존되어 있었다. 이곳에서 당시 로마인의 생활 방식을 엿볼 수 있었다. 폼페이의 거리들을 따라 걷다 보니 마차가 지나간 흔적과 인도, 상점의 간판 등이 생생하게 남아 있어 마치 시간이 멈춘 듯한 느낌을 받았다.

특히 폼페이의 상가들은 그 당시 상업 활동의 중심지였고, 상점들은 다양한 상품을 판매했으며, 벽에 그려진 간판과 광고들이 당시의 상업 문화를 잘 보여 주고 있었다. 이러한 상점들은 오늘날의 상점과 매우 유사하게 배열되어 있어, 당시의 경제 활동이 얼마나 활발했는지를 상상해 볼 수 있었다.

폼페이의 공공 목욕탕은 로마인들의 사회적, 문화적 생활을 엿볼 수 있는 중요한 장소였다. 여기서는 당시의 난방 시스템과 물 공급 시스

템의 정교함을 확인할 수 있었다. 목욕탕은 단순히 몸을 씻는 곳이 아니라, 사회적 교류와 여가 활동의 중심지였다. 목욕탕의 벽화와 장식들은 그 시대의 미적 감각과 생활 문화를 잘 보여 주고 있었다.

흥미로운 점은 폼페이에서 발견된 성매매 장소들로, 이들은 당시 사회의 다양한 면모를 보여 주고 있었다. '루파나레'라고 불리는 이 장소들은 벽에 그려진 성적인 장면들과 서비스에 대한 요금이 적힌 표지판이 발견되어 고대 로마의 성 문화에 대한 정보를 제공하고 있었다.

폼페이의 도로 곳곳에서 발견된 사람들의 형상은 화산 폭발 당시의 끔찍한 상황을 생생하게 전해 주고 있었다. 화산재에 의해 순간적으로 매몰된 사람들은 그 순간의 자세 그대로 고스란히 보존되었고, 이는 고고학자들이 석고 주조 기법을 사용해 복원해 놓았다. 이러한 형상들은 폼페이 주민들이 화산 폭발로 인해 겪은 고통과 혼란을 그대로 전달해 주고 있었다.

폼페이는 단순한 고대 유적지가 아니라, 당시 사람들의 삶과 죽음, 그리고 그들의 문화를 생생하게 전달하는 살아 있는 역사 현장으로 화산 폭발 당시 비극적 운명과 동시에 고대 로마 문명의 위대함을 다시 한번 깊이 느낄 수 있었다.

폼페이를 둘러본 뒤 소렌토로 이동했다. 소렌토는 카프리섬으로 갈수 있는 프랑스 남부의 항구 도시로 친숙한 가곡인 〈돌아오라 소렌토로〉와 〈오! 솔레미오〉가 탄생한 곳으로 나폴리와 가까웠다.

소렌토 항구

소렌토항에서 페리를 타고, 30여 km 떨어진 곳에 하늘빛 바다 밖으로 솟아 나온 작고 아름다운 카프리섬을 여행했다. 카프리섬은 티베리우스 황제가 은거했던 빌라 요비스, 산 콘스탄초 성당과 산토 스테파노 성당 등의 건축물과 해안 절벽 등 아름다운 풍경을 가진 관광지로 유명하다.

섬에 도착하자마자 케이블카를 타고 아나카프리로 올라갔다. 아나카프리는 조용하고 고요한 분위기로, 좁은 골목길과 아름다운 정원들이 인상적이었고, 독특한 지형과 절벽 위에 자리 잡은 하얀 집들이 한 폭의 그림처럼 내려다보였다.

카프리섬에서의 짧은 시간을 보내고 다시 소렌토로 돌아오는 페리에 올랐다. 소렌토항에 도착하면서 아침에 출발할 때와는 또 다른 느낌의 평온함이 찾아왔다. 소렌토와 카프리섬에서의 여정은 이탈리아 남부의 아름다움과 여유로움을 만끽할 수 있는 특별한 시간이었고, 그 기억은 오랫동안 마음속에 남았다.

소렌토와 카프리섬 여정을 끝으로 이탈리아에서의 여러 도시 여행을 마무리했다.

코카서스 3국

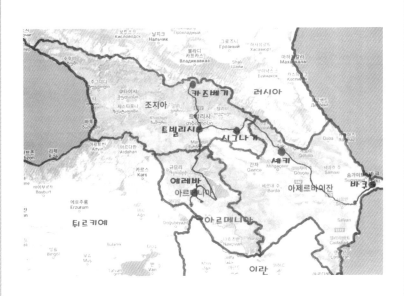

2023년 9월 30일 아침 일찍, 우즈베키스탄 타슈켄트공항에서 비행기를 타고 2시간을 날아 아제르바이잔의 수도 바쿠에 도착했다.

아제르바이잔은 불을 의미하는 '아자르'와 땅을 의미하는 '바이잔'에서 유래한 '불의 나라'라는 뜻을 담고 있다. 원래 이 나라는 고대부터 가스가 끊이지 않고 분출되어 일찍이 불을 숭배하는 조로아스터교가 발생한 곳이었다.

공항의 입국 수속을 마친 후, 버스로 옮겨 탄 뒤 '불의 나라'답게 첫 번째 목적지는 아테슈가로 향했다. 아테슈가는 신비로운 불꽃이 지하의 천연가스로 인해 수천 년 동안 계속해서 타오르고 있었으며, 이런 이유로 이곳은 오래전부터 순례자들이 많이 찾는 중요한 장소로 여겨졌다.

사원에 도착했을 때, 먼저 중앙 제단의 타오르는 불을 마주했다. 이는 조로아스터교 신자들이 신성시했던 불로서, 끊임없이 타오르는 불꽃이 주는 경이로움을 느낄 수 있었다. 사원 내부에는 조로아스터교의 예배 도구 및 의식과 관련된 다양한 유물들이 전시되어 있어, 이곳이 단순한 사원이 아닌, 종교적 중심지로서의 중요성을 느끼게 했다. 벽에 남아 있는 벽화와 비문들을 통해, 고대 종교 의식의 신비로움과 그 깊이를 체감할 수 있었다.

아테슈가

아테슈가에서 바쿠로 돌아오는 길에는 황량한 들판에 수많은 원유를 퍼 올리는 장비들이 쉴 새 없이 돌아가고 있는 모습이 매우 인상적이었다. 마치 거대하고 낡은 철제 곤충들이 땅을 물어뜯는 듯한 이 장비들의 독특한 동작은 아제르바이잔의 산업과 자연이 어우러진 풍경을 극적으로 연출하고 있었다.

사우디 리야드나 UAE의 두바이에 근무할 때에도 사실 도심에서는 이런 유전 설비를 직접 볼 기회가 없었는데 이곳은 눈에 보이는 곳마다 원유를 뽑아 올리고 있었다. 이 기계들의 일정한 리듬은 마치 대지의 맥박처럼 느껴졌으며, 주기적인 동작을 바라보며 아제르바이잔의 부와 번영의 근원이 이곳에서 시작된다는 사실을 실감할 수 있었다.

아테슈가에서 바쿠 시내로 돌아와 점심 식사를 위해 들른 FIRUJA 식당은 중동의 '만사프' 음식처럼 양념이 가미된 밥에 닭고기가 섞인 요리로 중동에서 근무할 때 먹어 보았던 입맛을 기억시켜 주었다. 식당에 들어서자마자, 아치형 천장과 고풍스러운 벽 장식이 어우러진 실내 분위기가 단번에 마음에 들었다. 아치형 천장은 고풍스러운 느낌을 자아내며, 중세의 궁전이나 고대의 사원을 연상시키는 독특한 실내 장식이었다.

식사 후, 바쿠 시내에 위치한 미니 도서 박물관을 방문했다. 이 박물관은 전 세계에서 가장 작은 책들을 모아 놓은 독특한 장소로, 전시된 책들의 정교함과 다양성에 감탄하였다. 박물관은 아담한 크기의 건물에 자리 잡고 있었으며, 외관부터 고풍스러운 분위기를 자아냈다. 박물관 내부는 미니어처 책들이 진열장에 가지런히 전시되어 있었다. 책들은 손바닥에 올려놓아도 남을 만큼 작은 크기로, 이 작은 책들이 어떻게 이렇게 정교하게 제작될 수 있었는지 궁금증을 자아냈다. 진열장마다 테마가 정해져 있어, 다양한 주제와 시대의 책들을 구경하는 재미가 있었다. 박물관에는 또한, 기네스북에 등재된 세계에서 가장 작은 책도 전시되어 있었다. 이 책은 너무 작아 현미경을 통해서만 내용을 볼 수 있다고 했다.

다음으로 방문한 '쉬르반샤' 궁전은 바쿠의 역사와 문화를 대표하는 중요한 유적지였다. 궁전은 15세기에 지어졌으며, 아름다운 건축물과 정교한 장식이 눈길을 끌었다. 궁전 내부에는 당시 왕족들의 생활을 엿볼 수 있는 유물들이 전시되어 있었고, 그중에서도 특히 정교하게 조각된 돌 문양과 벽화가 인상적이었다.

이어서 '이체리셰헤르' 구시가지로 이동했다. 이곳은 중세 도시의 매력을 고스란히 간직하고 있는 장소로, 좁은 골목과 돌담길을 따라 걷다 보니 고풍스러운 건축물과 현지 시장이 펼쳐졌다. 구시가지에서는 고대와 현대가 조화를 이루는 독특한 분위기를 느낄 수 있었다.

바쿠 시내 전경

다음으로 찾은 메이든 타워는 바쿠의 상징적인 랜드마크로, 타워의 옥상으로 올라가니 바쿠의 아름다운 전경을 한눈에 볼 수 있었다. 타워는 12세기에 건축되었다.

메이든 타워 근처의 골목을 산책하며 바쿠의 매력을 만끽했다. 좁은 골목길을 걷다 보니, 아담하고 아늑해 보이는 카페가 눈에 띄어서 안으로 들어갔다. 내부는 소박하면서도 세련되게 꾸며져 있었고, 벽에는 메이든 타워 그림과 사진들이 걸려 있었다. 커피를 마신 뒤 카페를 배경으로 카페 주인과 함께 사진을 찍었다.

메이든 타워에서 시간을 보낸 뒤 시내를 가로질러 해안가에 위치한 볼바르 공원으로 향했다. 바쿠의 해안가를 따라 조성된 이 공원은 현지인들과 관광객들 모두에게 사랑받는 장소였다. 시원한 바닷바람을 맞으며 여유로운 산책을 즐겼다. 저녁의 짙은 색조가 서서히 드리워지면서, 공원의 풍경은 평화롭고 로맨틱한 분위기로 변해 갔다. 저 멀리 보이는 불의 건물은 해 질 무렵의 황혼 속에서 더욱 두드러지게 보였다. 불의 건물은 아테슈가의 타오르는 불꽃같은 모양을 하고 있었다. 저녁의 볼바르 공원은 바쿠의 현대적인 매력과 자연의 아름다움이 어우러져 편안하고 평화로운 분위기를 제공했다.

볼바르 공원에서의 여유로운 산책을 마친 후, 바쿠 시내에 있는 Dolma 식당으로 향했다. 이 식당은 저녁에 멋진 식사를 즐기기에 완벽한 장소였다. 식당의 실내 장식도 점심에 방문했던 식당 못지않게 잘 꾸며 놓았다.

저녁 식사를 마친 후, 바쿠 시내의 야경을 감상하기 위해 불의 건물이 있는 언덕으로 향했다. 불의 건물은 바쿠의 대표적인 랜드마크로,

그 독특한 디자인과 조명 덕분에 도시의 스카이라인을 더욱 특별하게 만들어 주고 있었다. 언덕으로 오르는 길은 조금 가팔랐지만, 올라가는 동안 저녁의 시원한 공기와 함께 바쿠의 아름다운 야경이 서서히 펼쳐지기 시작했다. 언덕에 도착하자, 한눈에 바라보는 바쿠의 야경은 정말 장관이었다. 해가 지고 어두워지면서 도시 전체가 불빛으로 가득 차기 시작하였다. 특히, 불의 건물은 저녁의 어두운 하늘 속에서 더욱 뚜렷하게 빛나면서 건물의 독특한 불꽃 모양의 조명은 마치 거대한 횃불이 타오르는 장면으로 보였다.

고층 빌딩들과 도로를 따라 펼쳐진 불빛들은 마치 별들이 지구에 내려온 듯한 느낌을 주었고, 도시 전체가 하나의 거대한 빛의 작품처럼 보였다.

근처 카페로 이동해서 하루를 정리하는 시간을 가졌다. 불의 건물이 빛나는 야경 속에서 이 도시가 가진 특별한 매력을 새삼 깨달았고, 그 기억은 오래도록 간직하고 싶을 만큼 소중한 경험이 되었다. 호텔로 돌아와 바쿠에서의 하루 일정을 마무리했다.

다음 날 아침인 2023년 10월 1일 호텔에서 식사를 마치고 고부스탄의 박물관으로 향했다. 약 1시간 20분 동안 버스를 타고 이동하는 동안 창밖으로 펼쳐지는 아제르바이잔의 다양한 풍경을 감상했다. 왼쪽으로는 카스피해의 해안선이 보였고, 오른쪽으로는 원유를 생산하는 유전들이 보였다. 대체로 초목이 많지 않은 황량한 들판이 대부분이었다. 고부스탄에 도착하여 가장 먼저 방문한 곳은 이 지역에서 발견한 암각화를 전시해 놓은 고부스탄 박물관이었다. 박물관의 암각화를 보고 박물관의 입구에서 1km 정도 더 버스로 이동해서 암각화 문화경관 구역으로 이동했다. 이곳은 세계적인 문명 발상지 중의 한 곳으로 카스피해 연안 동굴에서 생활하던 인류의 조상이 새긴 암각화들이 잘 보존되어 있었다.

이곳에서는 수천 년 전 청동기 시대 예술을 직접 눈으로 볼 수 있었다. 암석에 새겨진 그림들은 고대인들의 삶과 문화를 생생하게 전해주었고, 그들의 사냥 장면과 의식 장면 등이 흥미로웠다.

고부스탄 탐방을 마친 후, 셰키로 이동했다.

    고부스탄을 떠나 약 3시간 40분 동안 셰키로 이동하는 동안 아제르바이잔의 다양한 자연경관을 즐길 수 있었다. 셰키는 동서양을 잇는 실크로드의 중요한 교차로 역할을 하던 곳이었다.

    셰키에 도착한 후, 먼저 방문한 곳은 여름 궁전이라 불리는 하는 칸 사라이 궁전이었다. 이곳은 셰키의 역사와 문화를 대표하는 중요한 유적지로, 화려한 건축물과 정교한 장식이 인상적이었다. 특히 내부의 스테인드글라스는 매우 정교하고 아름다웠다. 궁전 내부에는 목재로 마감이 되어 있었고, 당대의 예술과 공예품들이 전시되어 있어, 셰키의 역사와 문화를 깊이 이해할 수 있었다.

    다음으로 방문한 카라반사라이는 옛날 무역상들이 머물던 숙소로, 중세 시대의 분위기를 느낄 수 있는 장소였다. 중앙에 분수대가 있고, 이곳을 통과하면 직사각형의 안뜰이 있는데 이 정원을 중심으로 2층의 숙소 건물이 중정처럼 감싸고 있는 형태를 이루고 있었다.

    각 객실의 앞쪽으로는 복도가 아치를 이루고 있었다. 이 카라반은 수백 개의 객실로 현재에도 호텔로 이용되고 있었다. 이곳에서 당시의 교역이 어떻게 이루어졌는지를 배울 수 있었으며, 건축물 자체도 매우

셰키 카라반사라이

인상적이었다.

셰키에서의 일정을 마치고, 붉은 벽돌 벽에 목재 박공으로 된 천장의 고풍스러운 분위기가 있는 레스토랑에서 저녁 식사를 한 뒤 밤늦은 시간에 근처의 EL Resort 호텔에 체크인했다. 다음 날 날이 새고 바깥을 보니 널따란 잔디밭 위에 심어진 사과나무, 감나무 등의 과일나무에 과일들이 주렁주렁 달려 익어 가고 있었고, 활엽수의 낙엽들이 떨어져서 아제르바이잔의 가을 정취가 마치 한국의 추석 때쯤의 분위기와 비슷했다. 5층짜리 리조트 건물의 뒤로는 청명한 하늘 아래 단풍이 물든 코카서스의 산들이 병풍처럼 둘러져 있는 모습도 아름다웠다.

리조트에서 아침 식사를 마치고 2023년 10월 2일 셰키를 떠나 약 2시간 30분을 이동해서 아제르바이잔의 라고데키 국경을 통과해서 조지아로 이동했다.

42. 조지아 시그나기(23년 10월)

　코카서스 3국 중의 한 나라인 조지아는 흑해 동남해안을 끼고 있으며, 코카서스산맥 지대에 자리 잡고 있다. 북쪽으로 러시아, 남쪽으로 터키, 동남쪽과 남쪽으로 아제르바이잔 및 아르메니아와 국경을 접하고 있다. 면적은 6만 9천km², 인구 약 4백만 명으로 추산되고, 수도는 트빌리시이다. 조지아 대부분의 지역은 산악 지대로, 코카서스산맥에 속하는 봉우리들의 평균 높이가 4,600m 이상이다.

　코카서스 3국 여행 루트는 우즈베키스탄의 타쉬켄트를 경유해서 아제르바이잔의 바쿠까지 항공편으로 입국해서 아제르바이잔의 육로를 따라 조지아의 국경을 통과해서 서쪽으로 조지아의 시그나기를 여행하고, 조지아에서 육로로 아르메니아를 다녀온 뒤 다시 조지아의 남북 루트인 트빌리시, 므츠헤타, 아나누리, 구다우리, 카즈베기까지 왕복해서 다시 트빌리시까지 와서 트빌리시에서 우즈베키스탄의 타쉬켄트를 경유해서 인천으로 돌아오는 여정이었다.

　전체 코카서스 일정 중에 조지아는 여행 4일 차인 2023년 10월 2일에 아제르바이잔의 국경을 통과해서 조지아 와인의 본고장인 시그나기 마을과 근처에 있는 보드베 수도원을 둘러보고 조지아의 수도 트빌리시에서 1박을 했다.

여행 7일 차인 10월 5일 오후에 아르메니아 국경을 통과해 조지아의 트빌리시로 다시 돌아와서 저녁 식사를 하고, 트빌리시를 가로지르는 쿠라강 유람선으로 트빌리시 야경 투어를 마친 뒤 트빌리시에서 1박을 했다.

여행 8일 차인 10월 6일에는 므츠헤타에서 카즈베기까지 가서 트레킹과 카즈베기 마을을 거쳐 구다우리 호텔에서 1박을 하였다.

여행 9일 차인 10월 7일에는 구다우리 호텔을 출발해서 남쪽으로 므츠헤타를 경유해서 트빌리시로 돌아와서 트빌리시 시내 투어를 마친 뒤 1박을 했다.

여행 10일 차인 10월 8일은 아침에 트빌리시 호텔을 출발해서 공항으로 이동해서 오전 11시 55분에 트빌리시에서 우즈베키스탄의 타쉬켄트로 날아가서 타쉬켄트공항에서 약 6시간 30분을 대기한 뒤 밤 비행기를 타고 10월 9일 오전에 인천에 도착하면서 10박 11일간의 일정을 마무리했다.

아제르바이잔에서 조지아로 국경을 넘는 과정은 100m 이상 되는 보도블럭으로 포장된 경사진 언덕으로, 두 사람 정도 다닐 수 있는 좁은 통로 길을 캐리어를 끌고 이동해야 했다. 국경을 통과한 뒤 조지아 국경 근처에 있는 환전소에서 달러당 2.64라리로 환전을 하였다.

아제르바이잔 셰키에서 양국 국경을 지나 조지아 시그나기로 가는 도로는 2차선 도로였는데 국경으로 향하는 화물차량들과 컨테이너 차량 행렬이 긴 줄을 이루고 있었다.

조지아 국경에서 1시간 30분을 이동해 시그나기에 도착했다. 언덕에 위치한 작은 마을 시그나기는 광장을 중심으로 붉은 지붕의 집들이 옹기종기 모여 있었다. 마을의 한쪽에 있는 식당 겸 와이너리에서 조지아 와인 시음과 점심 식사를 했다.

지구상에서 최초로 와인을 만들어 먹기 시작한 조지아는 8천 년 와인 생산 역사를 갖는 명실상부한 와인의 본고장이다. 비옥한 코카서스 산맥의 토양과 흑해 연안에서 불어오는 온화하고 수분 가득한 바람은, 좋은 품질의 포도를 재배하기에 최적의 조건이었다. 전 세계 포도 품종의 6분의 1에 해당하는 많은 토착 포도 품종을 갖고 있는 조지아는 살아 있는 포도나무 종자은행이라 불릴 정도다. 현재 조지아에서 확인된 포도나무 품종은 총 526종이며, 이 중 40종이 상업적으로 활발하게 재배되고 있다. 그중에서도 '사페라비'는 조지아 와인의 왕이라 불리는 대표적인 적포도 품종이다.

조지아는 예로부터 집집마다 땅에 묻은 '크베브리'라고 불리는 도기 항아리에 일용할 와인을 만들어 즐겼다. 조지아 사람들은 일상 속에 늘 와인이 함께하고 있었다. 오죽하면 물보다 와인에 빠져 죽는 사람이 더 많다고 할 정도였다. 조지아 말로 건배를 뜻하는 '가우마르조스' 한마디면 금세 친구가 될 수 있다고 했다. 조지아 사람들은 기쁜 날에는 28잔의 와인을 마시고, 슬픈 날에는 18잔의 와인을 마신다고 했다.

'깐지'라 불리는 술잔이 이들의 와인마시는 습관을 대변했다. 양이

나 염소 등 동물의 뿔로 만들어서 한 번 와인을 받으면 다 마시기 전에는 세워 놓을 수가 없었다. 잘 여문 포도를 껍질째 혹은 줄기째 으깬 뒤 항아리 안에 넣어, 입구를 진흙으로 단단히 밀봉시킨 후 땅에 묻어 4~6개월 숙성시키면, 조지아 와인이 탄생하는데 이 방식은 전통 와인 양조법으로 유네스코 문화유산으로 지정받았고, 크베브리에서 만든 와인을 '앰버 와인'이라 불렀다.

점심 식사를 마치고, 시그나기 마을 어귀의 언덕길을 따라 산책했다. 고풍스러운 거리가 이어지면서 양털로 짠 소품들을 파는 노점, 작은 레스토랑들이 있는 골목은 동화 속 풍경처럼 평온하고 낭만적이었다.

좁다란 골목길을 좀 더 오르니 눈앞에 성벽 마을과 탁 트인 평야 뒤로 코카서스산맥이 병풍처럼 펼쳐져 있었고, 언덕의 난간을 사이에 두고 발아래 황홀한 풍경들이 내려다보이는 작은 카페에서 커피를 마시면서 〈백만송이 장미〉 노래의 배경이 되었고 이곳 시그나기가 고향이라던 조지아의 국민화가 '니코 피라스마니'를 떠올려 보았다.

피카소를 포함한 많은 화가들에게 영향을 준 조지아 국민화가 '니코 피로스마니'는 독학으로 공부를 했고, 무명으로 젊은 시절을 보내다가 가난과 질병 속에서 죽음을 맞이했다. 그의 불행은 프랑스 출신 여배우였던 '마르가리타'를 사랑하게 되면서 자신의 그림과 집까지 팔아서 그녀를 위해 백만 송이 장미를 사서 그녀의 집 앞을 꽃으로 장식했지만, 그녀는 누가 선물했는지도 모른 채 밤기차를 타고 순회공연을 떠나 버렸다. 두 사람은 이후에도 평생 만나지 못했다는 안타까운 이야

시그나기

기가 전해졌고 이는 심수봉의 번안가요 〈백만송이 장미〉와 관련된 전설 같은 이야기였다.

꽃을 보내 사랑을 고백한 슬픈 사랑 이야기는 화가가 죽은 후에 세상에 알려졌고, 라트비아 작곡가의 곡에 러시아의 시인 안드레이 보즈넨센스키가 시를 붙이고, 러시아의 국민가수 알라 푸가초바가 1980년대에 발표한 노래 〈백만 송이 장미〉로 태어났다.

시그나기 마을의 아쉬움을 뒤로한 채 약 2km 떨어져 있는 곳에 보드베 수도원으로 향했다. 이곳은 조지아에 기독교를 전파한 '성 니노'가 잠들어 있다. 포도나무 가지를 머리카락으로 엮어 만든 십자가를 들고, 므츠헤타를 시작으로 조지아 곳곳에 기독교를 전파했으며 이곳에서 숨을 거두었다. 사람들이 그녀의 관을 므츠헤타로 옮기려 하였으나 아무도 관을 들 수 없었고, 이를 하나님의 계시라 여겨 '성녀 니노'

를 이곳에 묻고 교회와 수도원을 세웠다고 했다.

　수도원 입구로 들어서서 왼쪽의 교회 내부에 줄을 섰다가 몇 계단 아래 성 니노의 무덤을 보고, 밖으로 나와서 경사진 잔디밭 언덕과 꽃밭에 둘러싸여 우뚝 서 있는 대성당을 둘러보았다. 대성당과 함께 수도원에서 내려다본 알라자니 평원은 매우 평화로워 보였다.

　아르메니아에서 2박 3일간의 여행을 마치고, 7일 차인 10월 5일 저녁에 다시 국경을 넘어 조지아 트빌리시로 돌아왔다.

　저녁 8시에 트빌리시에 있는 한국 식당 '서울정'에서 저녁식사를 한 뒤 트빌리시 쿠라강의 유람선 투어를 했다. 유람선 선상에서 나리칼라 요새의 성곽들, 케이블카, 평화의 다리 등의 야경을 감상한 뒤 호텔로 돌아와 7일째 밤을 보냈다.

　다음 날 아침 트빌리시 호텔을 출발해서 북쪽으로 20km쯤 떨어진 곳에 두 강이 만나는 므츠헤타 마을의 강 건너편 언덕 위에 있는 즈바리 교회로 이동했다. 언덕 꼭대기에 위치한 즈바리 교회는 강 건너 스베티츠호벨리 대성당을 포함한 므츠헤타 마을이 한눈에 보였다. 튀르키예 카스에서 발원한 쿠라강과 코카사스산맥에서 흘러나온 아라그비강이 만나는 두물머리 형태를 하고 있었다.

　여행 7일 차에 조지아 북쪽인 카즈베기를 향하면서 올라갈 때는 즈바리 교회를 둘러보았고, 9일 차에는 카즈베기에서 트빌리시로 돌아오면서 므츠헤타 마을과 스베티츠호벨리 대성당을 둘러보았다.

　조지아에 기독교를 전파한 성 니노가 기도한 후 포도나무로 만든 십자가를 세웠고, 그 자리에 만든 교회가 즈바리 교회이다. 성 니노는 기독교를 전파하며 작은 포도나무 가지를 교차하고 자신의 머리카락으로 묶은 작은 십자가를 처음으로 이곳에 세웠다고 전해지는데 이 십자가는 조지아정교의 상징이 되었다.

이어서 트빌리시에서 북쪽으로 70km 정도 올라가서 있는 아나누리 성채에 도착했다. 이 성채는 1200년에서 1249년 사이에 지어진 조지아에서 가장 오래된 성으로, 두 개의 성과 하나의 교회가 서로 연결되어 있었다. 건물 전체를 성벽이 에워싸고 있는 형태로 방어 목적의 네 코너에는 높게 망루를 설치하여 동시에 요새의 역할을 했던 것으로 보이는데, 성채 아래로는 아라그비강을 막아서 생긴 진발리 호수가 발아래로 내려다보였다.

아나누리 성채에서 나와 북쪽으로 가다가 구다우리 마을의 독일 풍 식당 이름이 적힌 조지아 식당에서 점심을 먹었다. 메뉴로는 야채샐러드, 빵 요리 '쿠브다리', 만두 요리 '힝깔리' 등 조지아 북부를 대표하는 요리들이었다. 조지아에서의 식사 메뉴로는 토마토와 오이, 고수풀 등이 들어간 샐러드가 우리의 김치처럼 거의 매번 공통이었다. 이곳에서는 '보르조미' 탄산수를 시음했다. '힝깔리'는 조지아식 만두로 만두 손잡이를 잡고 구멍을 내서 뜨끈한 만두피 속의 육수 국물을 먼저 먹고, 다음에 만두소를 먹는 식이었고, 조지아 전통 빵 요리인 '쿠부다리'는 약간 도톰한 피자처럼 생겨서 나누어 먹기 좋게 여러 조각으로 미리 갈라서 나왔는데 얇고 납작한 빵 속에 고기와 향신료, 고추, 양파, 마늘로 만든 소를 넣어 만든 조지아 북부 코카서스산맥 기슭에 있는 스바네티 지역 전통 고기빵 요리라고 했다.

점심 식사 후 구다우리부터 카즈베기를 향하는 길은 마치 강원도 진부령이나 미시령을 올라가는 것처럼 굽이굽이 산길이었고, 버스 창밖으로 보이는 경관이 가을을 물들이기 시작한 단풍과 함께 아름다운 경관을 보여 주었다.

카즈베기 근처 트레킹코스로 잘 알려진 '투루소 벨리' 입구까지 가는 산길은 폭이 좁아서 4륜구동의 지프차로 갈아타서 30분 정도를 더 산속으로 들어가야 했는데 비포장 산길에 한쪽은 낭떠러지라서 이동하는 동안 내내 아슬아슬했다.

조지아 카즈베기 3대 트레킹으로는 '트루소벨리', '주타', '카즈베기' 트레킹 루트가 있었는데 그중에서 '투루소벨리'를 트레킹했다. 트레킹 코스가 시작하는 길까지는 길이 좁아서 구다우리 스키 리조트의 리프트가 보이는 코비 마을에서 버스에서 하차해 4륜구동 차를 타고, 트레킹코스 입구까지 가서 트레킹을 시작하였다. 트레킹을 마치고 돌아올 때도 같은 방법으로 트루소 벨리 트레킹 코스를 빠져나와서 카즈베기로 이동했다.

조지아 코카서스 여행의 하이라이트였던 카즈베기의 게르게티 츠민다 사메바 교회와 이곳에서 내려다보이는 설산 배경의 카즈베기 마을 풍경, 그리고 구름에 가렸다 나타나길 반복하는 5,048m의 카즈베기 설산 풍경이 아르메니아의 아라라트산 못지않게 장엄하게 버티고 있었다.

가슴 뜨거웠던 카즈베기의 게르게티 츠민다 사메바 교회 언덕에서의 짧은 일정을 뒤로하고 카즈베기 마을을 떠나 E 117 산악도로를 따

카즈베기의 게르게티 츠민다 사메바 교회

라 한창 단풍이 물들어 가고 있는 험준한 코카서스산맥의 풍광들은 참으로 웅장하면서도 아름다웠다.

카즈베기와 구다우리 휴양 지역의 호텔 사이에 있는 조지아와 러시아 수교 200주년 파노라마 구조물에서 저녁노을이 지는 험준한 코카서스산맥의 풍광에 대한 남은 미련을 떨쳐 버려야 했다.

카즈베기와 구다우리 사이의 도로는 해발 2,000m~2,100m 위치에 몇 군데에 콘크리트 기둥을 받치고 있는 반쪽은 절벽 낭떠러지인 아슬아슬한 모습이고, 나머지 반쪽은 터널의 지붕과 벽면이 되는 구간도 지나가게 되고, 어떤 구간은 여름에는 오픈된 도로를 지나지만 겨울철 눈이 많이 쌓일 때는 내부 터널 쪽 도로를 이용하도록 만든 구간도 있었다.

일부 구간에서는 중국 건설 업체가 진출해서 이 산악도로의 일부를 확장하거나 곧게 펴는 건설 공사가 한창이라서 대규모 중국인 근로자 캠프시설과 콘크리트 PC 구조물 야적장들이 눈에 띄었다.

러시아 조지아 수교 200주년 파노라마 구조물의 상징성이 무색하게 중국은 이곳 코카서스 지역까지도 도로 건설 사업에 투자하면서 아프리카에서나 라오스, 베트남, 미얀마, 방글라데시 등의 아시아 여러 나라에서처럼 중국 영향력을 키우고, 실익 추구를 위해 진출하고 있는 모습들이 같은 건설인의 눈에는 매우 인상적으로 보였다.

이날 카즈베기에서 내려와 우리가 묵은 구다우리 마을은 가까운 곳에 구다우리 스키 리조트와 트레킹 코스들이 많이 있는 휴양지로 알려져 있었다. 카즈베기 일정을 마치고 묵었던 구다우리 Best Western 호텔은 산장 호텔 같은 분위기라서 로비와 식당도 좁고, 객실도 아주 작았지만 진부령의 알프스 리조트 같은 곳에서 숙박하는 듯한 느낌이 들었다.

아침에 호텔에서 조식을 마치고 출발하기 전 호텔 앞 단풍이 한창인 코카서스산맥의 풍경이 아침 햇살에 반사되어 눈부시도록 아름다웠다. 호텔 앞마당에 놓여 있는 제설용 궤도차량과 화목 난로의 모습에 이곳의 겨울철 스키 리조트의 풍경을 상상할 수 있었다.

코카서스의 가을 풍광을 내다보면서 서울에서 강원도 양양까지의 44번 국도 같은 굽이굽이 산길을 남으로 내달렸다. 전날 북쪽으로 올라가면서 즈바리 수도원에서 내려다보았던 두물머리 마을인 므츠헤타 마을로 돌아왔다.

조지아 므츠헤타 스베티츠호벨리 대성당은 시도니아가 예수의 옷과 함께 묻힌 묘소가 대성당에 보존되어 있다고 전해지는 유명한 성당이었다. 스베티츠호벨리 대성당이 있던 므츠헤타는 수도 트빌리시에서 20km 정도 떨어진 곳에 있었고, 수도를 트빌리시로 옮기기 전까지 이베리아 왕국의 수도였던 곳으로 BC 3세기부터 500년 이상 왕국의 수도로 번성을 이룬 곳이었다. 므트크바리강과 아라그리강이 합류하는 곳에 세워진 도시로 도시 전체가 세계문화유산으로 지정되어 있었다.

이 마을은 오히려 반대편인 즈바리 수도원 언덕에서 내려다보면 붉은 지붕의 도시가 마치 그림처럼 아름답게 보이며 마을 중앙에 보이는 스베티츠호벨리 대성당과 잘 어울려 보였다. 또한 므츠헤타 마을 쪽에서 두 강 너머 언덕 위로 보이는 즈바리 수도원 언덕과 그 위에 우뚝 솟아 있는 즈바리 수도원 모습도 카즈베기의 게르게티 츠민다 사메바 교회 모습처럼 아름다웠다. 므츠헤타 대성당 앞 기념품 가게와 성당 안에서도 비교적 여유 있는 시간을 보냈고, 마을 길을 따라 걷다가 코카서스산맥에서 흘러나온 아라그비 강가에 자리잡은 와이너리 겸 레스토랑에서 점심 식사를 했다.

이곳 레스토랑 한켠에 있는 지하 와인 저장소와 크베브리가 묻혀 있는 와인 숙성 공간, 그리고 레스토랑 벽면에 전시된 온갖 종류의 와인과 와인 담는 도기류, 와인 잔 등의 전시품들과 어울려 와이너리 레스토랑 분위기가 흠뻑 묻어나는 느낌이 들었다.

므츠헤타 마을에서 조지아의 수도 트빌리시로 돌아오는 길에 '조지아 연대기'가 있는 언덕에 올랐다. 이 조지아 연대기는 트빌리시가 내려다보이는 트빌리시 북서쪽의 언덕에 세워져 있었는데 작은 예배당도 있고, 트빌리시 저수지가 내려다보이는 산책길이 조성되어 있었다. 조지아 연대기는 영국의 스톤헨지의 모습을 따라한 듯한 구성으로, 35m 높이의 모두 16개의 거대한 기둥에 성경, 그루지야 왕, 성인 및 그루지야 문화에 공헌한 역사적 인물의 장면을 기록해 놓은 인공 구조물이었다. 조지아 연대기를 둘러본 뒤 본격적으로 트빌리시 여행을 시작했다.

조지아의 수도 트빌리시는 남 코카서스 지역의 중심 도시로 쿠라강과 아라그비 강이 합류하는 지점에 위치하며, 면적은 약 726km², 인구는 약 134만 명이다. 트빌리시는 기원전 4세기에 사카르트벨로 왕 바흐탄그 1세 고르가살리에 의해 세워졌다. 중세 시대에는 조지아 왕국의 수도로 번성했으며, 19세기에는 러시아 제국의 지배를 받았다. 1991년 조지아가 독립한 이후, 트빌리시는 조지아의 정치, 경제, 문화의 중심지로 성장했다.

조지아 연대기를 둘러보고 트빌리시의 랜드마크처럼 서 있는 성 삼위일체 대성당으로 향하였다. 1,000년 넘게 조지아 정교회의 중심은 므츠헤타에 있는 스베티츠호벨리 대성당이었다. 조지아가 소련연방에 속해 있던 1989년 조지아 정교회를 대표하는 새로운 성당을 세우자는 의견이 모아졌고, 국제적인 설계 공모를 거쳐 1995년 11월 트빌리시에 성 삼위일체 성당 건축이 시작되었고, 2004년 11월 23일 성 조지의 날 축성되었다. 이때부터 조지아 정교회의 총 대주교좌가 스베티츠호벨리 대성당에서 트빌리시 성 삼위일체 대성당으로 넘어오게 되었다.

성 삼위일체 대성당을 둘러보고 쿠라강의 절벽 위에 세워진 메테키 교회와 교회 앞마당에 말을 타고 도시를 내려다보는 '바흐탕 고르가살리 왕'의 청동 기마상을 지나 메테키 다리를 건너 케이블카 타는 장소로 이동했다. 오후 4시쯤 케이블카를 타고 조지아 어머니상이 있는 나리칼라 요새 언덕으로 올라가서 쿠라강이 도시를 가로질러 흐르는 조지아의 수도 트빌리시를 전망했다.

쿠라강의 양쪽 도시를 연결하는 부드러운 곡선 모양의 유리지붕이 아름다운 평화의 다리와 강 건너 우뚝 솟아 있는 트빌리시 성 삼위일체 대성당이 눈에 띄었고, 유네스코 문화유산으로 지정된 구시가지의 붉은 지붕들이 아름다워 보였다.

케이블카를 타고 내려와서 구시가지로 도보 투어를 하면서 저녁 식사를 할 식당으로 이동했다. 구시가지의 입구에는 조지아 와인 잔을 들고 건배를 제안하는 청동상이 반겨 주었다. 토요일 주말 저녁이라 구시가지 골목은 현지인들과 관광객들이 뒤엉켜서 매우 복잡했다. 구시가지를 지나면서 한군데 더 교회에 들렀다. 시오니 교회로 불리며 '성 니노'의 십자가를 보관하고 있어서 유명한 곳이다. 때마침 토요일 저녁 예배를 드리고 있어서 조지아 정교회의 예배드리는 모습을 직접 볼 수가 있었고 교회 한쪽에는 성 니노의 십자가가 있어서 사진은 찍지 못했지만 직접 볼 수 있었다.

구시가지에는 지하 바자르, 음식점, 기념품 가게들이 줄지어 있었고, 한참을 걸어가다 보니 자유 광장이 나왔다. 높이 35m의 자유 기념탑 상부에는 용을 물리치고 있는 성 게오르기의 동상이 황금빛 찬란한 모습으로 우뚝 서 있었다.

트빌리시 시내 전경

　자유 광장을 지나 조지아 트빌리시의 시내 투어 일정을 마치고 어둠
이 내린 저녁에 'Old City Wall'이라는 식당에서 저녁 식사를 했다. 이
식당은 벽돌 아치 입구를 들어가서 지하에 아치 구조의 고대 성곽처럼
보이는 곳에 메인 식당이 자리하고 있었다. 이곳에서 저녁 식사를 마
치고 호텔로 향하며, 아쉬운 마음을 뒤로한 채 조지아 여행 일정을 모
두 마무리했다.

45. 아르메니아 예레반(23년 10월)

코카서스 여행 5일째인 2023년 10월 3일, 화요일, 조지아 트빌리시를 출발해서 아르메니아와의 국경이 있는 사다클로를 향해서 약 1시간을 이동했다. 조지아 쪽 국경이 있는 사다클로에 도착해서 양국의 출입국 사무실은 200m 정도 떨어져 있어서 도보로 이동하였고, 양국 모두 비교적 간단한 출입국 수속을 마치고 아르메니아로 넘어왔다.

아르메니아는 같은 이웃 나라인 아제르바이잔과도 육로로 국경을 넘나들 수 있지만 두 나라 사이의 관계가 좋지 않을 뿐만 아니라 최근까지도 나고르노-카라바흐 지역의 독립을 둘러싼 무력 충돌이 발생하고 있었기 때문에 여행자들은 조지아 쪽 국경을 이용하는 경우가 대부분이었다.

아르메니아는 세계에서 최초로 기독교를 공인한 자부심을 갖고 있었고, 지금은 튀르키예의 영토가 된 아라라트산에 노아의 방주가 정착했던 성서의 나라이기 때문에 종교적으로 이슬람국가인 튀르키예나 아제르바이잔과는 관계가 소원한 게 당연해 보였다.

아제르바이잔과 아르메니아 역시 나고르노-카라바흐 분쟁으로 인해 매우 긴장된 상태를 유지해 왔고, 이러한 상황에서 아제르바이잔

228

나이 숫자만큼 돌아본
유럽 62 도시 산책

은 아르메니아를 거치는 대신 조지아를 통해 가스 파이프라인을 구축해서 튀르키예와 서유럽에 가스를 수출하고 있었다. 대표적인 파이프라인 중 하나인 BTC(Baku-Tbilisi-Ceyhan) 파이프라인은 아제르바이잔의 바쿠에서 시작해 조지아의 트빌리시를 거쳐 튀르키예의 제이한에 이르는데, 이 경로는 아르메니아를 우회해 아제르바이잔 가스를 안전하고 안정적으로 서유럽 시장으로 보낼 수 있게 했다. 또한 남부 가스 회랑 프로젝트는 아제르바이잔의 천연가스를 조지아를 거쳐 튀르키예와 남유럽으로 운반하고 있었다. 이는 아제르바이잔과 유럽연합 간의 에너지 협력의 일환으로, 유럽의 에너지 안보를 강화하고 러시아 가스 의존도를 줄이기 위한 전략적 중요성을 갖고 있어서 아제르바이잔의 가스 수출 경로는 지정학적 상황과 에너지 안보의 중요성을 반영하며, 아르메니아와의 갈등을 피하면서도 안정적인 수출 루트를 확보하려는 전략을 보여 주고 있었다.

이러한 여러 정황은 아르메니아가 주변 국가인 튀르키예나 아제르바이잔은 물론 유럽연합의 국가들로부터도 외면당하는 왕따 국가로 보여서 안타까운 마음이 들었다.

아르메니아 국토 면적은 2만 9천km²로 남한의 1/3정도이고, 인구도 300만으로, 북쪽에 조지아, 동쪽으로는 아제르바이잔, 서쪽은 튀르키예, 남쪽으로는 이란과 국경을 마주하고 있는 내륙 국가인데 튀르키예, 아제르바이잔 등 이웃 나라와 친하지도 못하게 지내고 있는데다가 유태인의 디아스포라 못지않게 해외에 거주하는 교민이 약 800만 명이나 되는 나라가 되었다. 그러나 아르메니아 사람들은 컬러TV, 병원의 MRI, 레미콘 트럭 등을 발명할 정도로 유능한 민족으로 알려져 있다.

국경을 넘어 아르메니아에서 처음 도착한 곳은 세계 유네스코 유산으로 지정된 아흐파트 성 십자가 수도원이었다. 이곳은 9세기에 건축되어 아르메니아 종교, 교육 기관 및 도서관의 역할을 했던 곳이다. 수도원에 도착하자, 고풍스러운 건축물이 한눈에 들어왔다. 수도원의 돌담과 고딕 양식의 아치형 문, 정교한 조각들이 새겨진 기둥들은 우리를 마법 같은 중세 시대로 이끌었다. 이 수도원은 9세기 당시의 건축 기술과 예술적 감각을 고스란히 담고 있었다. 성당 내부는 어두운 조명 아래에서도 빛나는 벽화와 모자이크로 장식되어 있었다. 특히, 성당의 중앙에는 고대 기독교의 중요한 성물들이 보존되어 있어 그 가치가 더욱 빛났다. 수도원의 한쪽 구석에는 옛 수도승들이 사용하던 작은 방들이 있었다. 그곳에서 수도승들은 묵상과 기도를 통해 영적인 삶을 살았다. 수도원 주변은 아름다운 자연경관으로 둘러싸여 있었다. 높은 언덕에서 내려다보이는 풍경은 그야말로 일품이었다. 끝없이 펼쳐진 초원과 작게 보이는 마을들이 멀리 보이는 산맥들과 어우러져 한 폭의 수채화 같은 장면을 연출했다. 수도원 주변을 산책하다가 문득 수도원 돌담 넘어 아르메니아 할아버지와 눈길이 마주쳤다. 손을 흔들어 인사를 했더니 할아버지는 천천히 손을 들어 우리의 인사에 답례해 주었다. 그 순간, 할아버지의 얼굴에 피어난 미소는 주변의 돌담과 풍경을 더욱 서정적으로 만들어 주었다. 그의 인자한 눈빛과 따뜻한 손짓은 마치 시간 속에 멈춰 있는 한 장면처럼 오래도록 잊히지 않을 아름다운 추억으로 남았다.

아흐파트 수도원

아흐파트 수도원을 떠나 이동하는 중에 아르메니아의 휴게소에 들렀다. 이 휴게소에서는 아르메니아의 여러 가지 물고기들을 판매하는 수산 시장과 생필품, 그리고 아르메니아의 전통 화덕에 빵을 굽는 다양한 풍경들을 볼 수 있었다.

아흐파트 수도원을 떠나, 아르메니아의 자연을 만끽하며 세반 호수 쪽으로 이동했다. 길을 따라 펼쳐진 풍경은 점점 더 장엄해졌고, 코카서스산맥의 험준한 절경이 눈앞에 펼쳐졌다. 점심때가 되어 멋진 코카서스 산자락을 배경으로 한 전원의 식당에 들렀다. 식당에서 멀리 보이는 산봉우리들은 코카서스산맥의 웅장함을 자랑하고 있었다. 이곳에서 아르메니아의 전통 요리인 양고기 스튜와 신선한 야채샐러드로

세반 호수

점심 식사를 한 뒤 세반 호수에 도착했다.

세반 호수는 아르메니아에서 가장 큰 호수로, 그 크기가 서울 면적의 2배나 될 정도이고 아르메니아 면적의 5%를 차지할 정도로 넓은 호수였다. 세반 호수에 도착해서 호수를 내려다보는 언덕 위에 자리 잡은 세반 수도원으로 올라갔다.

이 수도원은 9세기에 지어진 고대 아르메니아 건축의 걸작으로, 그 역사와 아름다움이 조화를 이루고 있었다. 이 수도원은 성 아라켈로츠 교회와 성 아스타바차친 교회 등 두 개의 주요 건물로 구성되어 있었는데 두 교회 모두 검은 현무암으로 지어져, 그 견고함과 중후함이 돋보였다. 수도원의 외관은 세월의 흔적을 고스란히 간직하고 있으며, 내부는 경건한 분위기로 가득 차 있었다. 수도원 주변의 정원과 뜰은 잘 가꾸어져 있으며, 다양한 야생화와 들풀이 어우러져 아름다운 풍경을 만들어 냈고, 수도원에서 바라보는 세반 호수의 전경은 한 폭의 그림처럼 잔잔한 호수와 그 너머로 펼쳐진 산맥과 마을들의 풍경이 어우러져서 호수의 고요함과 산맥의 웅장함을 동시에 느끼게 했다.

세반 호수를 떠나서 아르메니아의 수도 예레반으로 이동한 뒤 Armenia Garden 레스토랑에서 저녁 식사를 했다. 아르메니아에서 점심 때와 마찬가지로, 저녁 식사 장소도 마치 성처럼 생긴 건물과 내부의 다양한 조경이 특히 마음에 들었다. 레스토랑의 웅장한 건물은 중세의 성을 연상케 했고, 정교하게 꾸며진 정원은 다양한 식물과 꽃들로 아름답게 장식되어 있었다.

정원의 한 모퉁이에는 이 식당을 위해 전통 화덕에서 빵을 굽고 있는 후덕한 인상의 아르메니아 아주머니가 있었다. 그녀는 따뜻한 미소로 손님들을 맞이하며, 정성껏 빵을 구워내고 있었다. 인상 좋은 아주머니와 함께 기념사진을 찍으며, 그 순간을 소중하게 간직했다.

저녁 메뉴는 양고기 꼬치와 아르메니아 전통 빵, 그리고 신선한 과일로 구성되어 있었다. 양고기 꼬치는 불에 잘 구워져 부드럽고 풍미가 가득했으며, 전통 빵은 화덕에서 갓 구워내어 따뜻하고 바삭했다. 신선한 과일은 식사의 마무리를 상쾌하게 해 주었다. 저녁 식사를 마친 후, 예레반의 Ani Central Inn으로 이동하여 여장을 풀었다. 호텔에서 하루의 피로를 풀며, 아르메니아에서의 또 다른 하루를 기대하며 편안한 휴식을 취했다.

여행 6일째인 2023년 10월 4일 수요일, 이른 아침 호텔에서 식사를 마친 뒤 예레반 시내에 있는 어머니 동상을 방문했다. 이 동상은 아르메니아의 역사와 강인함을 상징하는 중요한 기념물로, 그 앞에서 아르메니아의 자부심과 역사를 느낄 수 있었다.

이후, 약 1시간을 이동하여 코르비랍 수도원에 도착했다. 코르비랍 수도원은 아르메니아와 튀르키예의 국경 부근에 위치하고 있었다. 수도원에서 멀리 바라보면 튀르키예 국경 너머로 노아의 방주가 정착한 아라라트산이 웅장하게 보였다. 그 광경은 마치 성경 속의 이야기 한 장면을 현실에서 보는 듯한 느낌을 주었다.

아라라트산

수도원의 지하 동굴과 내부를 관람하면서 이곳의 깊은 역사와 종교적 의미를 체험했다. 지하 동굴은 성 그레고리의 감금 장소로 알려져 있었다. 수도원 주변에는 아라라트산이 국경 너머에 있어서 직접 아라라트산 근처까지 가지 못하는 대신, 이곳에 공동묘지가 있는 듯했다.

코르비랍 수도원을 떠나 굽이굽이 이어진 산길을 지그재그로 한참을 달려, 마침내 가르니 주상절리가 있는 고산 마을에 도착했다. 이곳 마을에서 다시 작은 차를 타고 가르니 주상절리로 이동하였다. 가르니 주상절리는 자연의 신비로운 힘을 보여 주는 경이로운 장소였다. 마치 거대한 파이프 오르간처럼 규칙적으로 배열된 육각형의 돌기둥들이 하늘을 향해 솟아 있었다.

가리니 주상절리

자연이 빚어낸 이 신비로운 풍경 앞에서 사진을 찍으며 시간을 보냈다. 이곳의 경치는 마치 다른 세상에 와 있는 듯한 기분을 주었고, 자연의 위대함과 아름다움을 다시금 느끼게 해 주었다.

가르니 주상절리의 절경을 감상하고 다시 마을로 돌아와 아름다운 전원 식당에서 점심 식사를 했다. 메뉴는 넓적한 양갈비구이와 야채샐러드였다. 이 레스토랑의 정원은 호두나무와 포도나무 등으로 운치 있게 꾸며져 있는 모습이 매우 정겹고 포근한 느낌이 들었다. 이곳에서도 화덕에 불을 지피며 빵을 굽고 있는 소박한 노년 부부를 만났다. 그들의 따뜻한 환대에 기념사진을 함께 찍으며 소중한 추억을 남겼다.

점심 식사를 마치고 식당을 나설 때부터 비가 내리기 시작했다. 잔잔하게 내리는 비가 마을을 더욱 운치 있게 만들었다. 가르니 주상절리를 떠나 다음 목적지인 가르니 신전과 게하르트 수도원을 관람하였다. 먼저 가르니 신전은 아르메니아에서 유일하게 남아 있는 그리스-로마식 건축물로, 그 우아한 기둥들과 섬세한 조각들이 눈길을 사로잡았다. 비가 내리는 신전의 고대 돌기둥은 더욱 신비롭게 보였다. 신전 내부로 들어서니 고대의 웅장함과 역사적 깊이가 느껴졌고, 마치 수천 년 전으로 돌아간 듯한 기분이 들었다.

신전을 둘러본 후, 근처에 있는 게하르트 수도원으로 이동했다. 게하르트 수도원은 산속 깊은 곳에 자리 잡고 있어 비와 안개가 더해지면서 마치 동화 속의 한 장면처럼 보였다. 수도원 입구까지 오르는 언덕길 옆으로 옛날 십자가 문양을 새긴 부조의 석판들이 눈길을 끌었다. 수도원의 입구에 도착하니, 고요한 분위기와 함께 수도원의 웅장함이 느껴졌다. 게하르트 수도원은 유네스코 세계문화유산으로 지정된 곳으로, 암석을 깎아 만든 건축물들과 그 안에 숨겨진 보물 같은 예술 작품들이 인상적이었다. 수도원 내부에 들어서자, 어린아이의 세례식이 진행되고 있었다. 수도원의 엄숙한 분위기 속에서 신성한 의식이 이루어지고 있는 장면은 경이로움을 자아냈다. 성직자의 엄숙한 목소리로 기도문을 읊으며 아이의 이마에 성수를 뿌리고 있었다. 부모님과 가족들이 둘러싸고 있는 가운데, 세례식은 아이에게 축복을 내려주기 위해 진행되었다. 잠시 발걸음을 멈추고 이 신성한 순간을 경건하게 지켜보았다.

수도원 뒤편으로는 가을 단풍이 한창인 나무숲과 계곡의 물소리가 오묘한 조화를 이루고 있었다. 비가 점점 더 내리기 시작했지만, 우산을 쓰고 수도원의 구석구석을 탐험했다. 수도원을 내려오는 언덕길에는 세 명의 거리 악사들이 아코디언과 북 그리고 아르메니아 전통 목관 악기인 두둑으로 합주 연주를 하고 있었다. 비가 내리는 날씨에도 불구하고 악사들의 연주는 멈추지 않았다. 오히려 비의 리듬과 함께 음악은 더욱 생동감 있게 느껴졌다. 아르메니아 전통 악기 두둑의 독특한 음색은 깊고 풍부한 울림을 가지고 있어, 듣는 이들의 마음을 사로잡았다.

수도원에서 예레반 시내로 돌아온 후, 시내의 중심가로 향했다. 도심의 골목 양옆으로는 아기자기한 카페들이 줄지어 있었고, 카페에서 흘러나오는 커피향기가 발걸음을 사로잡았다. 카페 골목을 지나 예레반의 명소인 캐스케이드로 향했다. 캐스케이드는 계단식 정원과 분수, 그리고 다양한 조각품들로 유명한 장소이다. 그중에서도 뚱뚱한 고양이 조각상은 특히 인기가 많았다. 동글동글한 모습의 고양이 조각상은 귀여우면서도 독특한 매력을 뿜내며 많은 사람들의 사진 촬영 장소로 사랑받고 있었다.

예레반 캐스케이드

캐스케이드 내부로 들어가서 에스컬레이터를 타고 꼭대기까지 올라
갔다. 에스컬레이터는 여러 층으로 나뉘어 있었고, 각 층마다 예술 작
품들과 전시물들이 배치되어 있었다. 특히, 현대적인 예술 작품들과
고전적인 조각들이 조화를 이루고 있어 마치 미술관을 탐방하는 기분
이 들었다. 꼭대기에 도착해서 건물 밖으로 나오자 예레반 시내가 한
눈에 내려다보였다. 넓게 펼쳐진 도시의 전경은 정말 아름다웠다.

꼭대기에서의 멋진 경치를 감상한 후, 천천히 계단을 따라 다시 지
상 광장으로 내려왔다. 계단을 내려오는 동안에도 곳곳에 배치된 예술
작품들을 감상할 수 있었다. 지상 광장에 도착하니, 분수와 함께 사람
들이 여유롭게 시간을 보내고 있었다.

캐스케이드에서의 즐거운 오후 시간을 보낸 후, 예레반 시내에 있는

SINTRA 레스토랑에서 야채샐러드와 두 겹의 얇은 밀가루 반죽 속에 달걀과 치즈, 요구르트 등을 섞어 넣어 화덕에 구운 전통 요리, 양고기 구이 등으로 맛있게 저녁 식사를 했다

식사를 마친 후, 예레반의 비 오는 밤거리를 산책했다. 예레반 시내 거리를 걷다가 한 슈퍼마켓에 들러 아르메니아에서 유명한 코냑을 한 병 구입했다. 아르메니아 코냑은 그 명성이 자자해 스탈린이 윈스턴 처칠에게 매년 400병을 선물하기로 약속한 일화가 있을 정도라고 알려졌다. 또한 프랑스에서 코냑 블라인드 테스트를 했을 때, 그 맛이 프랑스 코냑보다 더 좋았다는 평가를 받은 이야기까지 전해지고 있을 정도였다.

시내를 더 걷다가 예레반 공화국 광장 앞에 있는 한 카페로 들어가서 차를 마셨다. 카페 내부는 따뜻하고 아늑한 분위기로 꾸며져 있었고, 창밖으로 보이는 비 오는 광장의 풍경이 매우 인상적이었다.

다시 빗속을 걸어 ANI CENTRAL INN으로 돌아와 여장을 풀고, 예레반에서의 두 번째 밤을 보냈다.

여행 7일째인 2023년 10월 4일 수요일, 아침 일찍 호텔에서 아침 식사를 마친 후 체크아웃을 하고, 예레반에서 서쪽으로 약 20km 떨어진 에치미아진 대성당으로 향했다. 이동하는 도중, 도로에서 아라라트산이 아주 잘 보이는 곳이 있어 잠시 차를 멈추어 아라라트산을 배경으로 기념사진을 찍었다. 아라라트산은 맑은 날씨 덕분에 선명하게 보였고, 그 웅장한 모습은 눈을 사로잡았다.

에치미아진 대성당은 아르메니아의 중요한 종교적 중심지로, 그 역사적 가치와 아름다움이 곳곳에 묻어났다.

에치미아진 대성당

에치미아진 대성당은 사각형의 비잔틴 양식이지만, 로마 가톨릭의 로마네스크 양식도 혼용되어 있다. 길이가 33m, 폭이 30m, 돔의 높이가 34m에 이르는 웅장한 건물로, 돔과 종탑이 지붕 위로 돌출되어 있다.

이곳에는 예수 그리스도의 옆구리를 찌른 로마 병사의 롱기누스 창과 노아의 방주 파편이 있었다. 후대에 노아의 방주 파편을 십자가 한가운데 넣어 역사성과 종교성을 가진 십자가로 만들었다고 했다.

대성당과 박물관 내부를 꼼꼼히 둘러본 후, 성당 지하에 있는 특별한 식당으로 향했다. 이곳은 코카서스 지역을 여행하며 만난 식당 중가장 인상 깊은 장소로 기억될 만했다.

예치미아진 대성당 지하 식당

아치형 천장과 석조 벽으로 둘러싸인 고즈넉한 분위기에 압도되었다. 마치 중세 시대의 향기를 간직한 채, 오늘날의 여행객들에게 특별한 경험을 선사하는 듯한 분위기 속에서 메인 메뉴로 나온 양꼬치 요리도 일품이었다. 이 고풍스러운 성당 지하 식당에서의 식사를 끝으로 오랫동안 기억에 남을 아르메니아에서 2박 3일간의 여정을 마무리했다.

크로아티아

크로아티아는 2차례 여행했다. 15년에는 아내와 함께 여행하였고, 18년에는 혼자서 슬로베니아를 여행하면서 특별히 크로아티아의 라스토케 마을을 다시 찾았다.

15년 9월 인도의 뭄바이에서 근무하면서 한국에서 출발한 아내와는 중간 지점인 튀르키예의 이스탄불공항에서 만나 크로아티아의 자그레브로 들어갔다.

수도인 자그레브에서 여행을 시작해서 플리트비체, 스플리트, 흐바르섬, 두브로브니크를 여행하고, 두브로브니크에서 국내선 항공편으로 자그레브로 와서 다시 이스탄불로 돌아가는 여정이었다.

특히 자그레브공항은 공항 청사 뒤로 곧바로 드넓은 공원과 전원마을이 연결되어 있어서 자그레브를 떠나던 날 공항에 일찍 도착해서 이 공원을 산책하면서 시간을 보냈다.

자그레브에서의 시간은 다채롭고 매 순간이 특별했다. 도시의 중심부에 위치한 반 옐라치치 광장은 자그레브의 심장과도 같은 곳으로, 현지인들과 관광객들로 활기가 넘쳤다. 광장 주변에는 다양한 카페와 상점들이 늘어서 있어 도시의 일상적인 분위기를 느낄 수 있었다. 특히, 이곳에서는 자그레브의 대표적인 랜드마크인 요셉 옐라치치 총독 기마상이 세워져 있었다.

자그레브 반 옐라치치 광장

반 옐라치치 광장을 지나 근처의 돌라치 시장을 둘러보았다. 이곳은 자그레브의 일상적인 모습을 엿볼 수 있는 장소로, 현지 농산물과 공예품, 그리고 다양한 먹거리를 만날 수 있었다. 신선한 과일과 채소, 꽃들로 가득한 시장을 거닐며 자그레브 사람들의 일상적인 삶을 가까이에서 느껴 보았다.

다음으로 찾은 곳은 약간 언덕 위에 있는 자그레브 대성당이었다. 성당의 높은 첨탑은 도시 어디서든 쉽게 볼 수 있었다. 이 성당은 화려한 고딕 양식으로 지어졌으며, 내부의 웅장한 스테인드글라스와 섬세한 장식들로 꾸며져 있었다. 또한, 성당 인근에는 중세 시대의 성벽과 탑들이 남아 있어, 자그레브의 오랜 역사와 문화를 체감할 수 있었다.

자그레브 구시가지의 좁고 구불구불한 골목을 따라 언덕길을 오르다가 돌의 문(Kamenita Vrata)을 만났다. 이 문은 몽골의 침략을 막기 위해 중세도시 그라데츠 주변에 쌓았던 외벽에 4개의 출입구 중에 유일하게 남아 있는 문이었다. 돌의 문을 지나면 마치 시간이 멈춘 듯한 중세의 골목길이 이어지며, 이곳을 거니는 동안 자그레브의 오랜 역사가 살아 숨 쉬는 듯한 느낌을 받을 수 있었다. 돌의 문 근처에는 오래된 주택들과 작은 상점들이 자리하고 있어, 이곳에서 자그레브의 전통적인 생활 방식을 엿볼 수 있었다. 돌의 문을 중심으로 펼쳐진 거리들은 과거와 현재가 조화롭게 어우러진 모습을 보여 주었고, 자그레브의 독특한 매력을 한층 더 느낄 수 있게 해 주었다.

자그레브 구시가지의 좁은 골목길을 따라 언덕을 더 오르니 성 마르크 교회(Saint Mark's Church)가 그 모습을 드러냈다. 이 교회는 자그레브의 상징적인 랜드마크 중 하나로, 그 독특하고 화려한 지붕이 멀리서도 쉽게 눈에 띄었다.

성 마르크 교회의 지붕은 단순한 건축물이 아니라, 마치 거대한 모자이크 작품을 연상케 했다. 이 지붕의 왼쪽에는 크로아티아 문장이, 오른쪽에는 자그레브시의 고유 문장이 선명하게 그려져 있었다. 각기 다른 색의 타일들이 정교하게 배열되어, 지붕 전체를 마치 거대한 캔버스처럼 화려하게 장식하고 있었다.

이곳에서 주변을 둘러보면서 성 마르크 교회와 함께 그라데츠 언덕의 중세 건축물들이 자그레브의 오랜 역사를 중언하고 있음을 느낄 수 있었다.

자그레브에서 플리트비체로 떠나기 전 종합 버스터미널을 미리 알아보기 위해 반 옐라치치 광장에서 트램을 타고 터미널까지 왕복해 보았다. 자그레브의 트램은 도심과 주요 장소들을 쉽게 이동할 수 있는 최고의 방법이었다. 트램은 도심의 번화한 거리와 구시가지의 고풍스러운 건물들을 지나며 자그레브의 다양한 모습을 보여 주었다. 점차 도심을 벗어나면서 더 현대적인 건물들과 함께, 한적한 지역과 녹지가 어우러진 풍경이 눈에 들어왔다. 트램 내부는 쾌적하고 여유로웠으며, 현지인들과 함께 자그레브의 일상을 가까이에서 느낄 수 있었다.

종합 버스터미널에 도착하자, 그 규모와 활기찬 분위기에 놀랐다. 터미널은 자그레브와 크로아티아의 다른 지역들을 연결하는 중요한 교통의 허브로, 많은 버스들이 출발과 도착을 반복하고 있었다. 터미널 내부를 둘러보며, 티켓 구매 창구와 버스 출발 시간표, 대기실 등을 확인했다.

터미널을 꼼꼼히 살펴본 후, 다시 트램에 올라 도심으로 돌아왔다. 자그레브에서의 도보여행과 트램여행을 마치고, 밤이 되면서 자그레브 시외버스터미널로 이동해서 예약된 버스 시간에 맞춰 시외버스를 타고 플리트비체로 이동했다.

47. 플리트비체(15년 9월)

플리트비체는 처음 가는 길인 데다가 깜깜한 차창 밖으로 전혀 공간 구분이 되지 않아서 전적으로 버스 기사가 알려줘야 하는 곳에서 내릴 수밖에 없는 상황이었다. 버스에 오르면서 버스 기사에게 여러 번 플리트비체 정류장에서 세워 달라고 했고, 외국인의 부탁이었으니 만큼 특별하게 기억을 해 주리라는 믿음은 있었지만 버스를 타고 있는 동안 내내 마음이 불안했다. 버스 기사가 플리트비체라고 내려준 곳은 인적이 끊어진 산속의 어두운 숲속이라서 게스트하우스를 찾느라 애를 먹었다. 캐리어를 끌고 한밤중에 숲속 길에서 무서운 생각도 들었지만 가까스로 찾아서 크로아티아의 첫날을 보내게 되었다. 아침에 일어나보니 이 게스트하우스는 저택처럼 지어진 건물 2채 사이에 수영장이 있는 아주 아기자기한 모습으로 매우 예쁜 느낌이 들어서 잘 선택했다는 생각이 들었고, 플리트비체에서 2박을 하는 동안 시설들도 모두 마음에 들었다.

플리트비체는 2개의 출입구가 있었는데 게스트하우스에서 가까운 2번 출입구를 통해서 플리트비체로 들어가서 하루 종일 공원의 아름다움을 감상하고 게스트하우스로 돌아와서 플리트비체에서의 두 번째 밤을 보냈다.

플리트비체 국립공원은 크로아티아 북서부에 있는 자연보호 지역으로 세계문화유산으로 등재되어 있었다. 국립공원 내에는 다양한 하이킹 코스가 있어서, 산책하며 아름다운 자연경관을 감상할 수 있었고, 작은 보트나 유리 바닥 보트를 이용해 호수를 건너며, 물속 생태계도 관찰할 수 있었다.

플리트비체

계단식으로 펼쳐지는 16개의 호수가 있었고, 그 위로 크고 작은 90여 개의 폭포가 흘러내려 아름다운 절경을 이루고 있는 플리트비체 국립 호수 공원은 처음에는 하나였던 강물이 탄산칼슘과 염화마그네슘으로 분리되는 과정에서 생긴 석회 침전물이 나무와 돌에 쌓이면서 자연스럽게 지금처럼 아름다운 계단식 호수와 폭포로 자리 잡게 되었다. 플리트비체의 호수가 아름다운 에메랄드빛을 띠는 이유도 바로 이 석회 성분이 호수 바닥에 깔려 있기 때문이라고 했다.

크로아티아는 이런 아름다운 호수 공원을 최대한 자연의 상태로 유지하면서, 보호할 가치가 높은 동식물의 서식지로서의 보호에도 심혈을 기울이고 있었다. 그래서 공원 내의 표지판도 나무로 되어 있으며, 공원 내에 있는 산책로 역시 흙으로 되어 있거나 나무로만 이루어져 있었다. 덕분에 숲속을 탐험하듯, 공원을 둘러볼 수 있었다.

플리트비체 공원에서 2박을 하고 다음 날 중부 해안 도시 스플리트로 이동해서 스플리트 구시가지와 디오클레티아누스 궁전을 둘러보고 오후에 배를 타고 1시간 정도 거리의 흐바르섬으로 향했다.

스플리트 항구

아드리아해에 면하고 있는 스플리트는 크로아티아에서 가장 큰 도시 중 하나이며, 역사적인 성지와 문화유산으로 유명하고, 아름다운 해안선을 가지고 있어서 해변과 비치에서 일광욕을 즐길 수 있는 곳이었다. 또한 스플리트의 디오클레티아누스 궁전은 로마 시대 말기 디오클레티아누스 황제가 자신의 퇴임 후 건립한 것으로, 1700년 이상의 역사를 지닌 궁전 내부에는 다양한 박물관과 미술관이 있어서, 역사와 문화를 감상할 수 있었다.

스플리트에서 배로 1시간 거리에 있는 흐바르섬은 크로아티아의 대표적인 관광지 중 하나로 지중해의 아름다운 자연경관과 함께 역사적인 건물, 문화유산 등 다양한 매력을 가지고 있었다. 흐바르섬에 도착하니 항구는 여러 명의 섬 주민들이 나와서 자신의 숙소로 손님을 맞기 위한 호객 행위를 하고 있었다. 그중에서 한 아주머니의 숙소를 선택했고, 그분의 안내로 몇 군데 전망 포인트까지 직접 차를 태워다 주어서 섬 전체를 조망한 뒤 집까지 차로 태워다 주었다. 취사 시설까지 있어서 동네 슈퍼에서 식품을 사다가 이 집에서 마치 평상시처럼 저녁 식사를 했다. 저녁 식사 후 해안가를 따라 산책을 하다가 맞이한 아드리아해의 일몰은 환상적이었다. 흐바르섬의 중심에는 16세기에 지어진 성벽과, 17세기에 지어진 성당이 있었다.

흐바르섬에서 1박을 하고 새벽 시간에 출발하는 첫 배로 다시 스플리트로 나와서 오전에 스플리트 구시가지를 둘러보고 오후에 두브로브니크로 이동했다.

49. 두브로브니크(15년 9월)

두브로브니크는 크로아티아의 남쪽에 위치한 아드리아해의 동쪽 해안에 있다. 이 도시는 성벽으로 둘러싸인 중세 시대의 건축물과 고대 로마의 유적지가 혼재되어 있어서, 역사적인 매력과 아름다움을 동시에 느낄 수 있었다. 두브로브니크는 흔히 성벽의 도시로도 불리며, 크로아티아에서 가장 아름다운 중세 시대의 도시 중 하나로 평가받고 있다. 이 도시는 UNESCO 세계문화유산에 등재되어 있으며, 성벽, 관문, 광장, 다리, 사원, 수도원, 성당 등 다양한 건축물이 현존하고 있었다. 특히, 성벽은 아드리아해와 지중해 지역에서 가장 아름다운 명소로 꼽히고 있었다.

두브로브니크 건축의 대표적인 특징 중 하나는 빨간색 지붕이다. 이 지붕은 타일로 만들어지며, 지붕의 색깔이 빨간색인 이유는 이 지방의 대표적인 재료 중 하나인 진흙과 함께 사용되면서 생긴 결과이다. 이러한 빨간색 지붕은 크로아티아의 전통적인 마을과 도시의 경치를 이루고 있었다.

또한, 두브로브니크는 세계적인 문화적 이벤트인 두브로브니크 여름 축제가 열리는 곳으로도 유명하다. 이 축제는 7월부터 8월 말까지

6주간에 걸쳐서 진행되며, 오페라, 바이올린, 국악 등 다양한 음악과 연극, 무용 등의 공연이 열리는 큰 축제이다.

두브로브니크

두브로브니크는 아름다운 해안과 선착장을 가지고 있어서, 유람선 여행의 중요한 중심지로도 인기가 있다.

두브로브니크의 에어비앤비는 구시가지 내에 위치한 수백 년 된 건물의 내부를 깨끗하게 현대식 인테리어로 리모델링하여서 내부의 시설과 외부의 모습은 전혀 다른 모습이었지만 창문 너머로 보이는 중세 건물들의 지붕들이 코앞에 있어서 아주 색다른 느낌이 들었다.

두브로브니크에서 2박을 하고, 국내선 항공편으로 자그레브로 이동한 뒤 5박 6일 동안의 크로아티아 자유여행을 마무리했다.

2018년 6월, 크로아티아의 숨은 보석, 라스토케 마을을 특별히 찾아
가 보았다. 이곳은 〈꽃보다 누나〉에서 인상적으로 본 적이 있어서 일
부러 시간을 내어 천천히 마을을 둘러보았다. 플리트비체 국립공원과
가까운 곳에 위치한 라스토케 마을은, 수많은 작은 폭포와 녹색으로
둘러싸인 호수, 그리고 전통적인 나무집들로 유명하여 자연과 역사가
어우러진 아름다운 풍경을 지니고 있었다.

라스토케 마을

라스토케에 도착해서의 마을에 대한 첫인상은 마치 동화 속에 들어온 듯한 느낌이었다. 마을 곳곳에서 들리는 폭포 소리와 맑고 깨끗한 물이 흐르는 작은 강들은 신비로운 분위기를 자아냈다. 여기저기 자리 잡은 오래된 물레방아집과 나무다리 등 전통적인 건축물들은 이 마을이 오랜 세월을 거쳐 보존되어 온 역사적인 장소임을 느끼게 했다.

특히 라스토케에서 가장 인상 깊었던 것은 수많은 작은 폭포들이었다. 이 폭포들은 마치 작은 연못과 같은 모습을 하고 있었고, 폭포 사이로 흐르는 물줄기들은 하나하나가 작은 보석처럼 빛나고 있었다. 마을의 좁은 골목길을 따라 걷다 보면, 어디서든 이런 아름다운 폭포들을 만날 수 있었다. 폭포 주변에는 초록의 이끼와 식물들이 가득해 자연의 싱그러움을 더해 주었다.

마을을 둘러보던 중, 작은 카페에서 잠시 휴식을 취했다. 카페는 작은 폭포가 보이는 테라스에 자리 잡고 있었고, 시원한 음료와 함께 폭포의 물소리를 들으며 한적한 시간을 보낼 수 있었다. 이런 작은 순간들이 라스토케 여행의 매력을 더해 주었다.

라스토케에서의 하루는 너무나 빨리 지나갔다. 라스토케는 자연의 아름다움과 역사적인 가치가 어우러져, 크로아티아 여행 중 가장 기억에 남는 장소 중 하나가 되었다.

#튀르키예

51. 이스탄불(07년 12월, 15년 9월, 18년 6월, 23년 8월)

　이스탄불은 2007년 12월, 2015년 9월, 2018년 6월, 23년 8월까지 모두 4차례 여행했다.

　2023년 8월의 튀르키예 여행은 이스탄불, 앙카라, 카파도키아. 안탈리아, 에페소, 파묵칼레 등의 주요 도시를 일주하는 약 3,000km에 달하는 여정으로 튀르키예 전국에 흩어져 있는 많은 유적지들과 지평선 끝이 안 보일 정도의 드넓은 평야를 몇 시간 동안 지나치면서 튀르키예의 옛 명성과 현재의 여유 있는 국토 면적과 광활한 스케일에 대해서 새로운 생각을 하게 되는 또 한 번의 계기가 되었다.

　최근까지는 나라 이름을 '터키'로 부르다가 튀르키예로 바꾸었다. 튀르키예 사람들은 자국의 영문 표기가 '터키'인 것을 좋아하지 않았다. 영어로 칠면조를 가리키는 어휘와 철자까지 정확히 겹치며, 속어로는 '겁쟁이'라는 뜻으로도 쓰이기 때문이었다. 정작 '터키'의 유래가 된 '튀르크'는 튀르키예어로 '용감한 민족'이라는 뜻이다.

　2007년 2월부터 2011년 1월까지 만 4년 동안, UAE의 두바이 현장에서 튀르키예 BAYTUR사와 JV로 함께 일하면서 아랍 사람들보다 오히려 먼저 대면하고 사귀게 된 사람들이 튀르키예 사람들이었다.

튀르키예 사람들의 국민성은 오스만 제국의 후예로서의 영광에 대해 자부심이 대단히 크며, 한국동란 시 참전으로 맺은 인연으로 인하여 한국인을 코렐리라고 부르고 우호적인 태도를 보였다. 지금까지도 함께 일했던 Mr 카딜 내외와 Mr 톨가 등 몇몇 사람들과는 페북으로 연락을 주고받고 있다.

이스탄불은 유럽으로 들어가는 허브공항이라서, 아내와 여행할 때 만남의 장소로도 활용했다.

여러 번 이스탄불을 여행하면서 매번 제일 먼저 찾은 곳은 아야소피아와 블루 모스크 사이의 광장이었다. 이곳은 전 세계에서 이스탄불을 찾는 여행객들에게는 일종의 교차로 같은 곳이었다.

이스탄불

이스탄불에는 서울의 명동 거리와 비슷한 이스티그랄 거리, 술탄 아흐메드 지구의 아야 소피아, 블루 모스크, 바실리카 시스테른이라 불리는 지하 저수조, 히포드롬 광장, 보스포러스해, 갈라타 다리 앞에서 골든혼을 바라보며 먹는 고등어 케밥, 구시가지 인사동 같은 골동품 파는 골목길에서 손님들과 장난기 섞인 재주를 부리며 파는 쫄깃하고 달콤한 튀르키예 아이스크림, 오르타쾨이에서 보스포러스 대교를 바라보며 마시는 튀르키예 차이, 튀르키예 식당의 길다란 케밥, 에페스 맥주, 튀르키예 전통술 라키 등이 유명하다.

개인적으로 이스탄불 지점장이 알려 준 '세븐힐즈 레스토랑 루프탑 라운지'는 작은 규모의 레스토랑인데 특히 옥상 광장에 올라가서 음식을 주문하면, 아야소피아의 전경을 가장 잘 내려다보면서 식사를 할 수 있는 아주 좋은 장소였다.

튀르키예를 점령한 오스만 제국은 기독교 성당이던 아야소피아를 이슬람 사원으로 개조하고도 바로 건너편에 아주 비슷하게 생긴 아름다운 사원 하나를 더 지었다. 그것이 바로 '블루 모스크'라는 별명을 가진 술탄 아흐메드 모스크인데 사원 안쪽을 2만 개의 푸른색과 녹색 타일로 장식했기 때문이다. 블루 모스크는 튀르키예 이슬람 사원으로는 유일하게 6개의 첨탑이 세워져 있는데 첨탑의 개수는 사원의 레벨을 결정하는 요소이기 때문에 건설 당시 논란이 일기도 했었다.

이스탄불의 상징 아야소피아에서 걸어서 몇 분 걸리지 않는 거리에 한때 세계 최강국이었던 오스만투르크 제국의 영광과 힘을 확인할 수 있는 경이로운 궁전인 톱카프 궁전이 있었다. 돌마바흐체 궁전이 생길 때까지 약 400년 동안 터키의 정궁 역할을 해 왔으며 한때 궁전에 거주하는 인구가 5만 명이 넘었을 정도로 어마어마한 규모를 자랑한다. 4개의 정원과 각 정원에 딸린 건물들로 구성되어 있다. 금남 구역 하렘이 있던 제2 정원에는 모두 400여 개의 방이 있었는데 여성들과 황제, 환관들만 출입할 수 있었다.

아흐메드 지구의 또 다른 광장인 히포드롬 광장의 북적이는 관광객들 모습과 여전히 우뚝 솟아 있는 이정표 같은 오벨리스크는 낯설지 않고 반가웠다. 원래 이 오벨리스크는 기원전 15세기경 이집트 신왕국 시대의 투트모세 3세에 의해 제작되어 이집트의 카르나크 신전에 설치되어 있던 것을 4세기 말 로마 황제 테오도시우스 1세가 당시의 콘스탄티노플(이스탄불의 옛 이름)로 가져오도록 명령해서 390년경 히포드롬 광장에 세워졌다.

혼자서 여행할 때는 이곳에서 많은 시간을 보내면서 오벨리스크며, 뱀기둥 등을 찬찬히 훑어보았다.

이스탄불의 또 다른 명소인 보스포루스 해협의 해안가에 있는 '돌마바흐체 궁전'은 바다를 메워서 간척한 곳에 세워진 궁전으로 원래는 술탄 아흐멧 1세가 휴식처로 쓰던 건물이 있었는데, 오스만튀르크 제국의 제31대 술탄 압둘 마지드가 1853년에 대리석으로 새로 궁전을 지었다.

프랑스의 베르사유 궁전을 본떠 지은 유럽풍 건축물로 영국 빅토리아 여왕에게 선사 받은 750개의 전구로 장식된 샹들리에가 '황제의 방' 천장에 매달려 있었다. 또한 튀르키예 건국의 아버지인 케말 아타튀르크가 1938년 서거할 때까지 사용했던 방도 그대로 남아 있었는데, 방의 시계는 케말 아타튀르크를 기리기 위하여 지금도 그가 사망한 시각인 9시 5분을 가리키고 있었다.

돌마바흐체 궁전

이스탄불의 그랜드바자르는 세계에서 가장 큰 재래시장으로 이집트 카이로의 '칸 엘 칼릴리' 바자르와 느낌이 비슷하면서도 카이로 시장보다는 훨씬 정돈된 느낌이 들었다. 15세기 실크로드를 타고 건너온 동서양의 문물이 교환되었던 시장에서 출발했기 때문에 그 역사도 600년이 넘는 시장으로 들어가는 입구의 수만 20개가 넘고 미로 같은 60

개의 시장길에 모두 5천여 개의 상점이 밀집해 있었다. 튀르키예의 대표적 특산품인 카펫부터 각종 장신구와 향신료, 식료품뿐만 아니라 보석, 수공예품 등 다양한 제품을 구입할 수 있었다. 이곳에서 구입한 아라비아 무늬가 새겨진 도자기를 아직도 책장 모서리에 장식으로 걸어 두고 있다.

 서울의 명동거리와 비슷한 이스탄불의 '이스티그랄 거리'도 이스탄불을 여행할 때마다 찾았던 장소이다. 이 거리에서는 다양한 전통 식품과 간식을 맛볼 수 있는 활기찬 중심지로, 이 중 가장 유명한 터키 전통 식품은 단연 '로쿰'이다. 이 달콤한 간식은 오스만 제국 시대에 기원하여 18세기경부터 인기를 끌기 시작했으며, 하즈 베키르가 이스탄불에서 처음 개발한 것으로 전해졌다. 유명한 맛으로는 장미, 피스타치오, 레몬, 호두, 오렌지가 있었으며, 이스티그랄 거리의 제과점에서 다양한 종류를 맛보고 구입할 수 있다. 특히 'Hafız Mustafa 1864'와 같은 전통 디저트 가게에서 신선한 로쿰을 시식할 수 있었으며, 상인들이 친절하게 각 맛을 설명해 주었다. 아름답게 포장된 로쿰은 기념품이나 선물로도 인기가 많아서 이스탄불을 여행할 때마다 꽤 많은 양의 로쿰을 사 갔었다. 이 '로쿰'은 튀르키예의 풍부한 문화와 전통을 대표하며, 결혼식, 축제, 명절 등 특별한 행사에서 나눠 먹는 중요한 음식이라고 하였고, 두바이에서 함께 근무하였던 튀르키예 직원들이 휴가를 다녀올 때마다 사 와서 나눠 주던 그런 익숙한 음식이었다.

 이스탄불 구시가지와 신시가지를 연결해 주는 보스프러스 갈라타 다리가 있는 에미노뉴 해변가에는 시민들의 바다 낚시하는 모습이 정겨워 보였고, 고등어 케밥이 여행 중 허기진 시장기를 달래 주었다.

　18년 6월에는 슬로베니아로 여행을 떠나면서 일부러 이스탄불에 스톱오버로 들러 '피에르 로티 언덕'을 찾아가 보았다. '피에르 로티 언덕'은 이스탄불의 보스프러스 해협을 내려다보는 언덕의 공동묘지가 있는 곳에 위치하고 있다. 이 언덕은 프랑스의 장교이면서 작가였던 '피에르 로티'가 이스탄불에서 상무관으로 근무하는 동안 터키 여인인 '아지데야'와 사랑에 빠지게 되고, 미망인인 그녀와 공동묘지인 이곳 '피에르 로티 언덕'에서 사랑을 나누다가 프랑스로 돌아간 후 그녀는 불륜을 저지른 대가로 가족들에게 살해당하게 되었다. 그녀를 못 잊은 '피에르 로티'는 이스탄불로 돌아왔지만 그녀가 죽었다는 사실을 알고는 이 언덕을 찾아와 그녀를 그리워하며 세월을 보냈다고 전해진다. 훗날 사람들은 그의 이름을 따서 '피에르 로티 언덕'이라 부르게 되었고, 이런 말들이 전해지면서 이 '피에르 로티' 언덕과 카페는 연인들의 사랑을 나누는 장소가 되었다.

52. 앙카라(23년 8월)

23년 8월의 튀르키예 일주 여행은 이스탄불을 시작으로 튀르키예 전 국토의 절반 정도를 시계방향으로 돌면서 여행했다. 그래서 이스탄불 다음으로 찾은 곳이 잉카라였다. 앙카라는 튀르키예의 수도이자 두 번째로 큰 도시로, 정치, 문화, 역사적 중심지로서, 중부 아나톨리아 고원에 위치해 있으며, 1923년 터키 공화국이 수립되면서 수도로 지정되어 급격히 발전했다.

앙카라의 역사적 뿌리는 고대 프리지아, 리디아, 로마, 비잔틴, 오스만 제국을 거치며 많은 문화와 역사의 흔적을 남겼다. 앙카라에는 튀르키예의 창시자 무스타파 케말 아타튀르크의 무덤이자 기념관이 유명하고, 튀르키예 정부의 주요 기관과 대사관들이 위치해 있다.

앙카라에 있는 한국 공원은 한국전쟁에서 목숨 바쳐 평화를 지킨 튀르키예 군인들의 숭고한 희생정신을 기리기 위해 튀르키예 건국 50주년인 지난 1973년 조성되었다.

그리스 아테네 국회의사당 앞에서 한국전쟁 참전용사들에 대해 감사와 위로의 마음으로 참배를 올렸던 것처럼, 튀르키예 앙카라의 한국 공원에서도 극동의 잘 알지 못하는 한국까지 찾아와서 전쟁에 참전했다가 희생한 튀르키예 용사들의 숭고한 희생에 대해 감사하는 마음으로 참배를 드린 후 다시 버스에 올라 다음 목적지인 카파도키아로 이동했다.

앙카라 한국 공원

53. 카파도키아(23년 8월)

2007년부터 4년 동안 UAE 두바이에서 튀르키예 직원들과 함께 일하면서 그들의 책상 주변 벽에 걸려 있던 카파도키아 열기구 사진을 보면서 이곳을 꼭 찾아가 보리라 마음먹은 지 15년이 지난 2023년 8월에서야 카파도키아를 직접 눈으로 볼 수 있게 되었다.

튀르키예의 한가운데 아나톨리아라는 이름의 고원이 아주 넓게 펼쳐져 있었는데 해발 고도 1천 미터가 넘는 이 고원의 중앙부 화산 지대를 카파도키아 지역이라 부른다.

겉으로 보기에는 사람이 살 수 없는 황량한 땅처럼 보이지만 튀르키예 사람들은 아주 오래전부터 이곳에 동굴 속 지하도시를 만들어 살아왔다. 로마 지배하의 비잔틴 제국 시절, 종교 탄압을 피해 이곳으로 숨어 들어온 기독교인들은 괴레메 계곡 근처 바위산 여러 곳에 동굴을 뚫고 그 안에 놀라운 수도원과 성당을 건설했다. 기독교인들이 이곳을 은신처로 택한 이유는 지상에는 존재하지 않을 것만 같은 계곡 전체의 신비로운 풍경 때문이다.

카파도키아는 멀리서 보면 그냥 뾰족한 바위산들이 모여 있는 것 같지만, 가까이 다가갈수록 점점 놀라게 했다. 평범한 바위산들에 뚫린 수많은 구멍들과 그 구멍들 안으로 펼쳐지는 동굴 속 도시 때문이었다. '우치사르'는 카파도키아에서 가장 높은 곳에 자리한 동굴 도시로 마을 한가운데 자리한 거대한 우치사르성 역시 사람이 쌓은 성이 아니라, 사람이 '파낸' 성이었다. 이곳을 터전으로 삼은 카파도키아 사람들은 가장 커다란 화산 바위에 수십 개의 구멍을 뚫어 평지의 대성당 부럽지 않은 위대한 건축물을 만들어 냈다.

카파도키아에서 하룻밤을 보낸 뒤 동이 트기 전인 이른 새벽, 열기구 체험을 위해 호텔로 픽업 나온 봉고 버스를 타고 열기구 타는 곳으로 이동했다. 우리가 탈 열기구가 있는 곳에 도착해 보니 이미 떠오른 열기구들이 많이 보였고, 열기구에 더운 공기를 불어 넣고 있느라 분주했다. 이집트 룩소르에서도 열기구 체험을 이미 해 본 경험이 있었지만 여전히 약간은 불안한 마음이 들었다.

열기구가 너무 커서 뜨거운 열기를 채우는 데에도 시간이 많이 걸렸다. 드디어 열기구가 천천히 부풀어 오르기 시작하였고, 열기구 파일럿과 도우미들의 지시대로 조심스럽게 바구니에 올라탔다. 파일럿이 조작하는 가스 불의 열기와 불을 내뿜는 소리가 굉음처럼 들렸다. 열기구가 서서히 떠오르자, 카파도키아의 신비로운 풍경이 점차 눈앞에 펼쳐졌다. 수십 개의 알록달록한 열기구들이 카파도키아 하늘을 뒤덮고 있었다.

바위산과 계곡, 그리고 그 사이사이에 자리 잡은 작은 마을들이 마치 동화 속의 한 장면처럼 보였다. 그리고 마침내, 해가 지평선 너머로 얼굴을 내밀기 시작했다. 처음에는 붉은빛이 하늘을 물들이더니, 점점 주황색으로 변해갔다. 그 빛이 카파도키아의 바위산과 계곡을 비추자, 마치 황금빛 물결이 일렁이는 듯한 장관이 연출되었다. 그 순간, 자연이 만들어 낸 이 경이로운 풍경에 완전히 매료되었다. 열기구는 천천히 하늘을 떠다니며, 카파도키아의 경이로운 풍경들을 마음껏 감상할 수 있도록 해 주었다. 해가 완전히 떠오르자, 카파도키아는 새로운 하루를 맞이하며 더욱 빛나기 시작했다. 카파도키아에서의 열기구 체험을 마치고 사륜구동 차량을 타고 카파도키아의 구석구석을 직접 돌아다니면서 가까운 거리에서 기암괴석들의 기기묘묘한 형상들을 감상했다. 카파도키아에서의 여정을 마무리하고 다음 여행지인 안탈리아로 이동해서 하루의 일정을 마무리했다.

카파도키아

아직 해가 떠오르기 전인 이른 아침에 안탈리아 호텔을 나섰다. 안탈리아 해변으로 향하는 길은 고요하고 평화로웠다. 안탈리아 해변에 도착하니, 잔잔한 파도 소리와 함께 유람선이 기다리고 있었다.

유람선에 올라타자마자, 안탈리아 주변의 아름다운 풍경에 매료되었다. 푸른 바다와 하늘이 맞닿은 수평선, 그리고 멀리 보이는 산맥들이 한 폭의 그림처럼 펼쳐져 있었다. 유람선은 천천히 출발하며 안탈리아의 해안선을 따라 항해를 시작하였고, 안탈리아의 해변을 따라가며, 다양한 명소들을 구경할 수 있었다. 마음씨 좋은 튀르키예 선장 아저씨에게 부탁해서 방향키를 대신 잡고 잠시 포즈를 취하면서 사진을 찍었다. 안탈리아 해안은 고대 유적지와 현대적인 건축물이 조화를 이루며 독특한 매력을 뽐내고 있었고 중간중간 작은 어촌 마을들이 나타나며, 그곳의 주민들이 일상생활을 하는 모습도 볼 수 있었다.

튀르키예는 위로는 흑해, 서쪽으로는 에게해, 남쪽으로는 지중해를 끼고 있는데 안탈리아는 튀르키예의 가장 남쪽 이집트를 바라보는 지중해 연안의 완벽한 휴양 도시로 잘 알려져 있다.

안탈리아는 태생부터 낙원이었다. 기원전 2세기, 페르가몬 왕국 시

안탈리아

대에 "땅 위에 천국을 건설하라."는 명령에 따라 지어진 도시이다. 튀르키예의 역사가 그러하듯 안탈리아도 여러 차례 권력의 교체가 이루어지면서 고대 헬레니즘과 비잔틴 문화, 셀주크 왕조의 이슬람 사원들이 남아 있다. 하지만 안탈리아의 가치는 이런 유적보다는 지중해가 선물한 천혜의 자연환경에서 더 빛을 발하고 있었다. 직접 찾아본 안탈리아는 1년 중 300일 넘게 따뜻한 태양이 내리쬐는 해변과 마을을 병풍처럼 두르고 있는 토로스산맥의 여유로움과 포근함이 느껴지는 완벽한 지상낙원의 모습 그 자체처럼 보였다.

안탈리아 다음 여행지로 찾은 파묵칼레 역시 UAE 두바이에서 튀르키예 직원들과 함께 일하면서 그들의 책상 주변 벽에서 사진으로 익히 보아 왔던 곳이었다.

튀르키예 대표 여행 사진 중에서 꼭 만나게 되는 곳이 바로 '목화의 성'이라 불리는 파묵칼레 온천이다. 계단식 논처럼 끝없이 이어진 흰색의 웅덩이에 푸르른 온천수가 담겨 있는 환상적인 풍경을 만날 수 있는 곳이다. 산 위에서 솟아난 온천수가 수백 년 동안 산을 타고 흘러, 그 석회석 성분이 바위를 탄산칼슘의 결정체로 만들어 이런 자연의 예술품을 만들어 내었다.

석회로 이루어진 파묵칼레 온천 체험은 신발을 벗고 맨발로 걸어야 했는데 바닥이 날카롭고 미끄러워서 한 걸음 한 걸음이 조심스러웠다. 아쿠아 슈즈를 신었더라면 훨씬 편했을 텐데, 감시원들이 물속에서는 신발 착용을 엄격히 금지하도록 지키고 있어서 이곳을 찾은 여행객들은 신발을 벗어 놓거나 손에 들고 어렵게 내부를 탐험할 수밖에 없었다.

석회 바닥의 독특한 감촉을 발로 느끼며 파묵칼레의 자연이 만들어 낸 경이로움을 직접 체험한 후, 다음 날 새벽에는 카파도키아에서처럼 열기구를 타고 하늘에서 파묵칼레의 장관을 내려다보았다.

하늘 높이 떠오르며 바라본 파묵칼레는 마치 하얀 눈이 덮인 언덕처럼 보였고, 그 아래로 펼쳐진 풍경은 마치 동화 속의 한 장면처럼 보였다. 열기구에서 내려다보는 파묵칼레의 모습은 지상에서 느낀 것과는 또 다른 감동을 선사했다. 파일럿은 카파도키아에서와 마찬가지로 하늘에서 기류와 속도 고도 등을 잘 조정해서 열기구를 싣고 온 트럭의 대차 위에 안착시키는 묘기를 볼 수 있었다. 하늘과 땅, 두 곳에서 만난 파묵칼레는 잊지 못할 추억을 남겼다.

파묵칼레

온천 부근에는 고대 도시가 있었는데 기원전부터 사람이 살기 시작해서 로마 시대에는 '성스러운 도시'라는 의미로 '히에라 폴리스'라 불렸고, 11세기 후반 셀주크 왕조가 파묵칼레라는 지금의 이름을 붙였다. 1만 5천 명을 수용할 수 있는 원형극장의 유적과 신전, 1천여 기의 무덤이 아직 남아 있는 공동묘지도 함께 있었다.

튀르키예의 남부 해안 도시 안탈리아에서 190km를 서쪽으로 이동해서 성경에 '에베소서'로 나오는 도시인 에페소로 이동했다. 로마 문명의 꽃으로 불리는 에페소는 2,500년보다도 훨씬 전, 고대 그리스의 식민도시로 건설된 튀르키예 최대의 고대 도시였다. 사도 바울이 로마의 감옥에서 2년간 수형생활을 하며 쓴 에페소 사람들에게 보내는 편지, 이것이 성경의 '에베소서'인데 사도 바울은 선교 여행을 하며 에페소에 교회를 세우고 3년간 거주했다. 특히 기원전 6세기에 세워진 아르테미스 신전은 현재는 세계 7대 불가사의에 이름을 올려놓고 있으며, 오래도록 인근 나라들과 그리스로부터도 수많은 순례자들이 찾아오는 성지 역할을 해 왔다. 도시 전체가 유적이라 해도 과언이 아닐 만큼 그리스, 로마 시기에 세워진 유적들이 도시 곳곳에 자리하고 있었다.

다음으로 찾아간 튀르키예 5대 도시 중 하나인 '부르사'는 이스탄불과 느낌이 조금 달랐다. 마르마르해 연안에서 약 30km 내륙에 있는 북쪽 산기슭에 위치하며 융단, 견직물 등 섬유공업과 온천 휴양지로 잘 알려져 있었다. BC 3세기에는 로마, 비잔틴 시대에 번영하였던 곳으로 1,326년 오스만투르크 제2대 군주 요르한 베이가 취득한 1,361년까지 이 나라 수도였던 관계로, 군주의 분묘, 사당 등 역사적인 기념물이 많이 있는 곳이며 울르자미, 예스일 자미, 푸라디에 자미 등이 유명하다.

에페소와 부르사를 거쳐 다시 이스탄불로 돌아오는 길에서 버스 차창 밖으로 바라다보는 튀르키예의 중부 평원은 그야말로 광활했다. 미국 서부 캘리포니아를 여행하면서 보았던 광대한 평원이나 뉴질랜드에서 스프링클러가 돌아가던 드넓은 초원의 모습과는 또 다른 느낌의 광대한 모습이었다. 차창 밖으로 보이는 전원 풍경은 튀르키예의 풍부한 농수산물 자급자족의 근원이 되는 느낌이 전해졌다. 가이드의 설명에 따르면 튀르키예는 거의 모든 농산물을 자급자족할 수 있을 만큼 풍부한 농토를 보유하고 있다고 했다. 그 넓고 비옥한 땅에서 자라는 다양한 작물들은 이 나라의 풍요로움을 상징하고, 올리브, 밀, 옥수수, 해바라기, 포도 등 다양한 작물들이 계절마다 색다른 풍경을 만들어 낸다고 설명해 주었다. 튀르키예 일주 여행을 모두 마치고 다시 돌아온 이스탄불이 문득 반갑게 느껴졌다. 이스탄불에서 여행의 마지막 날을 보내고, 다음 날 아침에 지하 저수조를 둘러본 뒤 공항으로 이동해서 튀르키예 여행의 아쉬움을 뒤로한 채 귀국 길에 올랐다

포르투갈

56. 리스본(19년 3월)

2019년 3월 25일부터 4월 1일까지 7박 8일 일정으로 포르투갈을 여행했다. 오전 10시 30분 뭄바이발 두바이까지 가는 에미레이트 항공보잉777 비행기는 손님이 덜 차서 가운데 옆자리가 모두 빈 상태로 편안히 여행할 수 있었다. 3시간 만에 두바이에 도착해서, 다시 공항 내 P.P 라운지에서 2시간을 보냈다. 모처럼 뭄바이와 두바이 모두 P.P 라운지에서 편히 쉬면서 음식까지 해결했다. 두바이에서 리스본까지도에미레이트 항공의 보잉777 여객기였는데 이 비행 편은 뭄바이~두바이보다 훨씬 손님이 적어서 가운데 4자리를 모두 차지하고 비교적 편안히 누워서 갈 수 있었다.

리스본공항에 도착해서 1시간 정도 줄을 서서 입국심사를 마치고, 공항 안내 창구에서 3일짜리 '리스본 카드'를 샀다. 뭄바이에서 미리구매한 포르투갈 유심칩은 잘 작동했다. 공항에서 지하철을 타고 3 정거장을 가서 포르투로 향하는 '오리엔트역'으로 가서 28일과 30일 리스본~포르투 왕복 열차표를 예매하고, 다시 택시를 타고, 공항 근처의 '홀리데이 인 익스프레스 호텔'로 가서 첫날 여장을 풀었다.

홀리데이 인 익스프레스 호텔은 IFG 마일리지를 활용해서회원 무료

숙박권을 사용했다. 여행지에서의 호텔에 넓은 욕조와 더운물이 잘 나오는 걸 우선순위로 꼽는데 두 가지 조건을 모두 만족하였고, 와이파이가 잘되어 첫날의 긴 여정은 대체로 순조로웠다.

포르투갈에서의 둘째 날은 뭄바이와 5시간 30분의 시차 때문인지 장시간의 비행에도 불구하고, 새벽에 잠 깨서 뒤척이다가 아침 일찍 짐을 챙겨 호텔 식사를 하고, 호시우 광장으로 이동했다.

리스본 호시우 광장

리스본 두 번째 날부터 묵기로 예약했던 호시우 광장에 면한 서비스 아파트는 혹시나 하는 마음으로 아침 일찍 체크인을 하게 되면 주요 짐은 맡기고, 가볍게 움직이려 했으나 이른 시간이라 아무도 전화를 받지 않아서 일단은 배낭을 맨 채로 리스본 투어를 시작했다.

먼저 리스본에서 가장 유명한 28번 트램을 타고 왕복을 하면서 리스본 시내 익히기를 한 후에 '리스본 대성당'과 '상 조르제 성'을 둘러보았다. 상 조르제 성에서 내려다본 리스본의 시가지 모습은 역시 기대 이상이었다. 특히 프라하나 두브로브니크에서 내려다본 붉은색 지붕의 모습과 매우 유사해 보였고, 지붕의 붉은색과 하늘의 푸른색이 아름다운 대조를 이루었다.

걱정했던 에어비앤비 '호시우 서비스 아파트' 관리자와는 11시에 연락이 되었고, 내부로 들어가 보니 실내도 넓고, 주방 시설도 있고, 방향이 호시우 광장을 향하고 있어서 매우 마음에 들었다. 짐을 풀고, 여권과 신용카드 등은 금고에 보관하고, 현금과 가벼운 차림으로 호시우 광장과 코메르시우 광장 주변의 리스본 구시가지 분위기를 느껴보면서 오후의 밍 가이드와의 만남을 기다렸다.

오후 1시 30분 '호시우 광장'에서 미리 나와 기다리고 있던 밍 가이드와 만났다. 두 달 전 카톡으로 연락을 하다 보니 남성 가이드로 생각했는데 직접 만나 보니 여성 가이드였다.

오후 반나절 투어의 한 팀으로 만난 미식&워킹 투어 그룹은 밍 가이드와 한국에서 여행 온 두 분의 자매 분, 엄마와 남매, 영국 에든버러에서 근무하는 웹 디자인하는 남성 한 분, 그리고 혼자 휴가 여행을 하시는 여성 한 분까지 8명으로 아주 기분 좋은 만남 그 자체였다.

'바이샤 지구'를 출발해서 '바이어 알투 지구', '알파마 지구'의 골목골목의 언덕길을 오르내리면서 적당한 간격으로 현지의 맛집을 찾아 와인과 맛있는 먹거리를 찾아 가면서 밍 가이드의 상큼하고, 시원시원한 설명으로 시간이 어떻게 갔는지도 모를 정도로 아쉽게 휙 하고 지나가 버렸다.

리스본 28번 트램

포르투갈만의 독특한 '아줄레주' 타일로 장식된 건물의 외벽들, 소박한 삶의 흔적들이 묻어나 정겹게 보이는 빨래들, 건물의 그림자까지 반영해서 하얀 돌과 검은 돌로 잘 섞어 깔아 놓은 '칼사다 포르투게사', 여러 차례 지진과 화재의 시련 속에도 잘 복원해 놓은 비극의 성 도밍고 성당, 지나가는 차들과 건물들 사이로 간신히 빠져 나가는 노란색의 예쁜 트램의 커브 길에 긁혀 나는 쇳소리가 정겹게 느껴졌다.

'알파마 지구'의 파두 음악이 금방이라도 그들의 그리움과 한이 묻어나는 듯한 파두 가수들의 사진들과 골목골목을 지키고 있던 동네 어르

신들의 평상시 사진들은 동네의 사연들을 옆에서 직접 말해 주는 듯 다정해 보였다.

'코메르시우 광장' 앞의 테조강과 '4월 25일 다리'는 리스본이 매혹적인 항구라는 포르투갈 말이라는 게 실감이 났다. 화려하거나 세련된 건물들은 별로 없지만 오래되고, 때 묻은 건물들로 높이를 가지런하게 해서 인간의 척도에 맞도록 잘 가꿔 놓은 예쁜 정원들처럼 아기자기한 리스본의 스카이라인은 매우 인간적으로 느껴졌다. 함께했던 동반 여행자들에게도 감사하였고 특히 밍 가이드에게는 머나먼 타지에서 꿋꿋하고, 명랑하고, 늘 건강하기를 기원했다.

나이 먹으면서 기동력도 떨어지고, 여행 전에 공부한 것들을 제대로 활용하지 못하지만 서비스 아파트 위치가 시내 중심에 있어서 리스본을 여행하기에 매우 편리했다. 아내의 추천으로 한국에서 가져온 간단한 반찬과 누룽지탕으로 아침 식사를 하는 것도 좋은 방법이었다.

셋째 날 오전 8시 30분 호시우 광장 근처의 '문디알' 호텔 로비에서 리스본 근교 일일 투어를 신청해서 현지인 가이드 '안토니오'를 만났고, 8인승 코치 버스로 하루 여정을 시작했다. 함께한 일행은 오스트리아 여성, 이탈리아 여성, 일본 여성, 독일 청년, 프랑스 중년 남성 등 6명이었고, 가이드 안토니오는 영어와 프랑스어를 사용하였는데 매우 친절하고, 설명도 자세히 해 주어 모두가 즐거워했다.

리스본에서 약 40분 거리에 있던 '페나성'을 둘러보았다. 오스트리아 합스부르크 왕가의 마리아 테레지아 여제의 궁전에 비하면 소박해 보이는 실내장식과 가구들이었지만 안토니오의 상세한 설명으로 포르투갈의 왕가에 대한 이해를 넓힐 수 있었다. 오전에 '페나성'을 느긋하게 둘러보고, 오후에는 '신트라'로 가서 골목의 상점들을 둘러보았다. 신트라의 좁은 골목 상점들은 캐나다 퀘벡의 '쁘띠샹플렝' 거리와 비슷한 분위기였다.

신트라에서 '카스 카이스'로 이동해서 해변 마을을 둘러보았다. 대서양에 면한 '카스 카이스 해변'은 백사장과 요트 그리고 언덕의 시타델을 배경으로 대서양 푸른 물과 잘 어울리는 한 폭의 그림 같았다. 골목의 골동품 판매 거리도 꽤나 많은 옛 물건들을 전시하고 있었는데 사거나 관심을 갖는 사람들은 많지 않아 보였지만 풍경은 매우 정겨웠다. 카스 카이스 골목 카페거리에서 문어와 감자로 된 해산물을 시켜서 점심으로 먹었다, 삶은 문어의 식감은 생각보다 훨씬 부드러웠고, 감자와도 잘 어울렸다. 카스 카이스에서 낭만적인 점심과 한가로운 해변 산책을 하고, 유럽의 서북단 끝인 '카보 다 호카'로 향했다.

안토니오 가이드는 차로 이동하면서도 여러 가지 포르투갈의 역사와 자연환경 등에 대해 자세한 설명을 계속하였고, 한 곳에 도착하면 충분한 시간을 주어서 여행을 각자의 리듬에 맞추려 노력하는 모습이 좋았다. 유럽의 최서단 '카보 다 호카'는 절벽의 아름다운 풍광과 함께 유럽 대륙의 서쪽 땅끝이라는 상징성 때문에 더욱 의미가 컸다.

안내소에서 땅끝마을에 왔다는 여행증명서를 발급해 주어서 기념으로 받아 왔다. 아프리카 최남단이라는 상징성 때문에 남아공의 희망봉을 갔을 때도 팻말 앞에서 사진 찍기 위해 오랜 줄을 감수해야 했듯이 이곳에서도 한참 만에야 사진을 찍을 수가 있었지만 의미 있는 방문이 라고 생각되었다. 다국적 사람들과 함께 친절하고 잘생긴 안토니오와 의 오늘 하루 여정도 행복한 시간을 보냈다.

유럽 최서단 카보 다 호카 여행증명서

여행 4일 차가 되는 날 정오에 서비스 아파트 체크아웃을 해야 해서 이른 새벽부터 왠지 마음이 바빴다. 오후 4시 9분에는 리스본의 오리 엔트역으로 가서 포르투갈의 제2 도시인 포르투로 가는 기차를 타야 했기 때문에 큰 짐을 정리해서 문간에 남겨 두고, 누룽지탕으로 아침을 챙겨 먹고, 6시 30분에 호시우 집을 나섰다. '호시우 광장'에서 '코메르시우 광장'까지는 도보로 5분 거리이고, 이곳에서 '벨름 지구' 가는 15E 번 트램을 탔다. 가는 동안 내내 리스본의 테주 강변과 강 건너편의 풍경을 바라보면서 벨름 지구에 도착했다. 너무 이른 시간이라 그런지 아침에 강변을 조깅하는 현지인들만 보이고, 관광객들은 거의 없었다.

'제로니무스 수도원'은 외관이 300m의 길이가 되는 건물이 압도하였고, 전체적인 조화 속에 각 부분의 디테일도 마누엘 양식의 걸작이며, 세계문화유산으로 지정될 만한 모습이었다. 바다처럼 넓은 테주강 하구에 우뚝 서 있는 '발견기념비'가 아침 햇살을 받아 눈부시게 빛을 발하며 엔리케 왕을 필두로 서부 아프리카를 개척한 질 이아네스, 카보 다 호카의 석비에 "여기 육지가 끝나고, 바다가 시작된다."는 유명한 글을 남긴 시인 '루이스 카몽이스', 그리고 반대편에는 아프리카 남부를 지나 인도 항로를 개척한 '바스쿠 다 가마' 등의 부조가 특색 있게 조각되어 있었다.

테주 강변을 따라 한참을 더 걸어가니 드레스를 입은 귀부인처럼 보인다고 '테주강의 귀부인'으로 불린다는 '벨렝탑'이 있었다. 1층은 정치범 수용소, 2층은 포대, 3층은 망루로 사용했다고 하는데 특히 1층 감옥은 만조 때는 강물에 잠기어, 작은 구멍으로 숨을 쉬어야 했다고 했다.

주변에 잘 가꾸어진 조경 야드를 한가로이 산책하다가 수도원에서 만들던 에그타르트의 비법을 전수받아 현재도 3명만이 알고 있다는 유명세를 타고 있는 수도원 동측 인근 대로변에 위치한 '파스테이스 지 벨렝'에서 '에그타르타'와 커피를 시켜서 제로니무스 수도원 오픈 시간 전까지 보냈다.

오전 10시에 맨 앞줄에서 약 10분을 기다렸다가 제일 먼저 입장을 해서, 2층의 '수도원'과 그 옆에 있는 '산타 마리아 성당'을 둘러보았다. 동물, 식물, 항해 시대의 밧줄, 산호 등으로 장식되어 마누엘 1세의 이름을 딴 마누엘 양식을 잘 표현한 회랑이며, 성당을 받치고 있는 6개의 기둥은 마치 나뭇가지가 하늘로 뻗어 있는 느낌이 들었다.

수도원 관람을 마치고, 근처의 '마차 박물관'에 들러 왕들과 귀족들이 사용했던 전차들을 관람했다.

벨름 지구를 갈 때는 15E번 트램을 타고 갔지만 호시우 광장으로 다시 돌아올 때는 15E번 버스를 이용했다. 2박을 했던 호시우 아파트를 체크아웃하고, 밍 가이드가 소개해 준 언덕 위의 맛집 'Bairro do Avillez'에서 해물 밥을 주문해서 먹었다. 약간은 짠맛이었지만 맛이 괜찮았고 특히 식당 내부 천창의 된 인테리어가 특색이 있어 보였다.

언덕 위에 있어서 무거운 배낭을 메고 호시우 광장에서 한참을 올라가느라 힘이 들었지만 바로 옆에 '산타 주스타 엘리베이터'가 있어서 곧바로 엘리베이터 옥상으로 올라갈 수가 있었고, 덕분에 전혀 뜻하지 않게 리스본의 시내 전경을 상 조르제 성의 반대편에서 관망할 수 있었다. 오후 햇살을 받아서 리스본의 시가지 풍경이 더욱 화사하게 빛을 받아 강렬한 느낌을 주었다. 리스본 시내를 더 둘러보다가 지하철을 타고 오리엔트역으로 이동해서 리스본~포르투를 운행하는 열차를 타고 포르투로 이동했다.

57. 포르투(19년 3월)

약 2시간 40분 동안 창밖의 포르투갈 풍경은 한창 녹음이 올라와 푸르름이 완연한 목가적이고 한가한 풍경들이 보기 좋았다. 어둠이 깔린 7시경에 '캄파냐역'에서 기차를 갈아타고 한 정거장을 더 가서 포르투의 중심인 '상벤투역'에 도착했다. 약 2만 개의 '아줄레주' 타일로 상식된 화려한 역사의 내부는 마치 미술관의 내부에 온 것처럼 착각하게 만들었다. 이 역은 벽면의 대형 '아줄레주' 그림 덕분에 늘 세계에서 가장 아름다운 기차역에 꼽히고 있을 정도였다.

상벤투역에서 도보로 5분 거리에 있는 '머큐어 포르토 센트로 호텔'에서 체크인을 하고 포르투에서의 첫 번째 날 밤을 맞이했다. 널찍한 욕실과 욕조, 그리고 창밖의 야경이 매우 맘에 들었다.

포르투갈 5일 차가 되는 날 오전 10시 30분에 리스본의 밍 가이드가 소개해 준 포르투의 '제나' 가이드와 약 3시간 동안 포르투 시내 걷기 투어를 예약했다.

호텔에서 아침 식사를 마치고, 투어 예약 시간인 10시 30분 전까지는 아침 7시 반부터 호텔 근처를 우선 둘러보았다. 일부러 도심의 '샹벤투역'에서 5분 거리에 호텔을 잡았기 때문에 지도상으로도 주변에

포르투 동 루이스 1세 다리와 도오루강

대부분의 명소들이 위치하고 있었다.

먼저 '동루이스 다리' 상단으로 가서 아침 햇살에 빛나는 '도오루강'과 '히베이라강' 건너편의 '빌라노바 드 가이아' 풍경 사진을 찍었다.

상벤투역 근처의 포르투 성당은 이른 시간이라 아직 문을 열지 않아서 외관만을 둘러보고, 렐루 서점이 있는 '클레리구스 성당' 주변을 둘러보고, 호텔로 돌아와서 잠시 휴식을 취했다. 제나 가이드와의 약속 장소인 천주교 성당으로 가는 길이 서울의 명동거리처럼 유명한 거리이고, 그 중간에 실내장식이 매우 화려하기로 유명한 'Majestic Café'에 들러 오렌지 주스를 한 잔 주문하고, 내부 사진도 찍으면서 시간 맞춰 약속 장소로 나갔다.

포르투 도보 투어 그룹은 리스본 일일 투어에서 만났던 두 자매 분이 합류해서 제나 가이드 외 3명인데 엊그제 이미 만났던 터라서 더 반가웠다. 제나 가이드는 여행이 좋아 포르투에 정착해서 현재 2년째 개인 투어를 진행하고 있다고 하는데 명쾌하고 야무지게 설명을 잘해 주었다.

포르투는 도시 규모가 매우 작아서 3시간 정도 함께 걸으면 거리의 형상이 감이 잡히고, 또한 다녀볼 만한 대부분의 명소들을 둘러볼 수 있었다. 천주교 성당을 시작으로, 시청사, 포르투 대학 본관 광장, '카르모 성당', '렐루 서점', '클레리구스 성당', 샹벤투역, 꽃의 거리, '벨사궁'을 거쳐 '히베이라 광장'에서 투어를 모두 마쳤다.

1시 30분경에 투어를 마치고 곧바로 '도우루강의 유람선'을 탔다. 약 1시간 동안 '동 루이스 1세 다리'에서 상류까지 올라갔다가 돌아서 '도오루강'과 대서양이 만나는 강 하구까지 가서 다시 '히베이라'로 돌아오는 코스인데 오며 가며 강변의 '히베이라' 풍경, 대서양과 만나는 하구의 풍경, 포토 와인 와이너리가 밀집해 있는 '빌라노바 드 가이아'의 풍경을 배에 앉아서 감상도 하면서 사진도 담았다.

배에서 내려서 히베이라의 상가 거리 풍경을 둘러보고, '클레리구스 성당'의 탑 꼭대기로 올라서 포르투의 도심 전경을 내려다보았다. 높이 76m인 '클레리구스 성당 전망대'는 도오루 강변은 물론 포르투 시내를 한눈에 내려다볼 수 있었다. 클레리구스 성당에서 멀지 않은 곳에 헤리포터 서점으로 널리 알려진 '렐루 서점'을 둘러보았다. 대부분

관광객들이 책을 사기보다는 내부 사진 촬영에 몰두하다 보니 언제부턴가 아예 5유로씩 입장료를 받기 시작했다고 하는데, 티켓을 파는 곳과 입구가 분리되어 있음에도 두 곳 모두 줄을 서서 기다려야 할 정도로 사람들로 붐볐다. 실내장식이 매우 아름다웠고, 특히 2층으로 올라가는 계단은 부드러운 곡선으로 감탄을 자아내게 했다. 아침에 시내 한 바퀴 둘러보고, 제니 가이드와의 도보 투어, 도오루강 유람선 투어, 클레리구스 성당 전망대, 렐루서점 등을 돌아보고 난 시간이 이미 오후 5시가 넘어서 렐루서점 옆에 있는 아이스크림 집에서 아이스크림을 하나 사 먹고, 호텔로 돌아왔다.

하루 종일 너무 많이 걸은 탓에 피곤이 몰려와서 잠시 침대에 누웠는데 눈을 떠 보니 새벽 1시 30분이었다. 다른 여행 블로그 사진에서 본 '동 루이스 1세 다리'와 '히베이라' 강변의 야경 사진이 멋이 있어서 사진을 직접 담고 싶었었기 때문에 새벽 시간임에도 불구하고 서둘러 호텔을 빠져나와 '히베이라 강변'으로 갔더니 모든 상점은 이미 문을 닫은 뒤라서 낮에 북적이던 인파는 온데간데없고, 적막감만이 흐르고 있었다. 아쉽지만 인적이 끊긴 야경 사진을 몇 장 담고, 발길을 돌렸다. 인적이 끊긴 새벽 시간이라 은근히 불안하였지만 다행이 주말이라서 골목에 젊은이들이 많이 돌아다니고 있어서 오히려 위안이 되었다.

여행 6일 차가 되는 날 오후 4시 40분에 포르투 캄파냐역을 출발해서 리스본으로 이동해야 했기 때문에 '볼사궁'이 문을 여는 시간에 맞춰 느긋하게 아침 8시 40분쯤 호텔을 나와 오후 2시에 호텔로 돌아오는 일정으로 남은 포르투 여행 계획을 세웠다.

이미 포르투의 웬만한 곳은 거의 다 돌아보았기 때문에 오전에 '벨사궁'과 '상 프란시스쿠 성당'을 둘러보았다. 스페인의 알함브라궁을 따라서 만들었다는 아라비아방은 정말로 화려하고 인상적이었다. '상 프란시스쿠 성당' 역시 어제 '카르모 성당'에서처럼 화려한 나무 조각들이 매우 인상적이었고, 제나 가이드가 설명해 준대로 포르투갈의 내부 실내장식의 모습들은 비슷했다.

역시 제나 가이드가 추천해 준 포르투 도심에서 출발해서 도오루강의 하구와 대서양이 만나는 곳이 종점인 1번 트램을 타고 왕복으로 다녀왔다. 어제 '히베이라'에서 출발했던 유람선 코스와 비슷했지만 트램을 타고 왕복하면서 강변과 하구에 있는 시민들의 삶을 엿볼 수 있었다.

낮 12시에 호텔 체크아웃을 먼저하고, 큰 짐은 후론트에 맡기고, 호텔에서 택시를 타고 동루이스 1세 다리를 건너 빌라노바 드 가이아에서 가장 규모가 큰 '테일러 포트 와이너리'를 찾았다. 한국말로 된 오디오 설명기가 있어서 와이너리 내부를 돌아보면서 설명을 들을 수 있고, 입장료 15유로를 낸 뒤 와이너리 내부의 시설을 둘러본 후에 부속 정원에서 2병의 서로 다른 와인을 시음했다.

언덕 위에 있는 이 '테일러 포트 와이너리'에서 나와서 '빌라노바 드 가이라' 강변에 늘어선 와인 오크통을 실어 둔 보트들의 모습이 무척이나 낭만적으로 보였고, 이곳의 대표적인 풍물처럼 보였다. 또한 도우로강 건너로 보이는 '히베이라' 전경과 '동 루이스 1세 다리'의 풍경은 이곳이 포르투에서 가장 좋은 사진 촬영 포인트라는 것이 확실하게 느껴졌다. 특히 오후의 햇살을 받은 '빌라노바 드 가이아'의 포트와인 오크통을 실은 보트들과 유람선이 오가는 '도오루강', 강 너머의 '히베이라 지구', 수많은 인파와 차량, 트램 등이 오가는 '동 루이스 1세 다리' 등이 서로 조화를 이루면서 환상의 그림을 만들고 있었다.

'빌라노바 드 가이아'에서 툭툭이를 타고 포르투 구도심 골목으로 와서 '프랑세지냐'와 문어 샐러드를 시켜 늦은 점심을 먹고, 호텔로 가서 짐을 찾아 샹벤투역으로 향했다.

'샹벤투역'에서 한 정거장을 가면 포르투발 리스본으로 가는 '캄파냐역'이 있었다. 오후 4시 40분에 출발한 포르투갈 초고속 열차는 빠를 때 약 220km/hr의 속도가 화면에 표시되었고, 약 2시간 40분을 달려 다시 리스본 '오리엔트역'에 도착했다. 공항 근처의 호텔로 예약해서 체크인하면서 리스본과 포르투 여행을 모두 마무리했다.

여행 7일 차는 오전에 호텔 체크아웃 후 리스본 공항을 출발해서 인도 뭄바이로 복귀했다.

포르투갈의 리스본과 포르투 두 도시만을 둘러본 여행이었지만 유럽의 최서단인 '카보 다 호카 곶'을 다녀올 수 있었던 의미 있는 여행이었다.

폴란드

24년 8월 폴란드와 발트 3국을 여행했다.

8월 11일, 일요일 오전 11시 20분, 폴란드 항공편으로 인천을 출발하여 약 13시간을 날아 현지 시간 오후 5시 30분 폴란드의 수도 바르샤바에 도착했다. 공항에서 곧바로 호텔로 이동해서 장시간 비행의 피로를 풀었다.

8월 12일, 월요일 아침 식사 후 체크아웃을 한 뒤, 버스를 타고 바르샤바의 와지엔키 공원으로 향했다. 공원에서 제일 먼저 마주했던 쇼팽 동상 앞에서 기념사진을 찍었다.

이어서 숲속 공원 길을 따라 걸으며 영빈관이 보이는 곳에서 머물면서 사진을 남기고 '물의 궁전' 쪽으로 이동했다.

와지엔키 공원을 둘러본 후, 바르샤바의 구시가지로 향했다. 이곳은 제2차 세계대전 당시 폐허가 되었지만, 이후 원형 그대로 복구된 거리들이 이어져 있었다. 구시가지를 걷는 동안, 과거와 현재가 어우러진 이 도시의 역사를 깊이 있게 체험할 수 있었다.

먼저, 쇼팽의 심장이 묻혀 있는 성십자가 성당을 방문했다. 쇼팽은 1849년에 파리에서 사망했지만, 그의 유언에 따라 심장은 고향 폴란드

바르샤바 쇼팽 공원

로 운반되었다. 그의 여동생 루도비카는 쇼팽의 심장을 바르샤바로 가져와서, 성십자가 성당에 묻었고, 이 성당은 그의 유산을 기리는 성스러운 장소로서 많은 신자들과 방문객들이 찾는 명소가 되었다.

거리 곳곳에는 쇼팽과 관련된 장소마다 쇼팽의 의자가 놓여 있었고, 버튼을 누르면 그의 피아노 음악이 흘러나왔다.

이어서 코페르니쿠스 동상이 있는 광장으로 이동했다. 이 동상은 폴란드의 위대한 과학자, 니콜라우스 코페르니쿠스를 기리기 위해 세워진 상징적 조각이었다. 코페르니쿠스는 천문학의 역사에서 중요한 위치를 차지하는 인물로, 지구 중심설을 무너뜨리고 태양 중심설을 제안함으로써 과학 혁명을 이끌었다. 이 동상은 코페르니쿠스가 손에 지구본을 들고 하늘을 바라보는 모습으로 조각되어 있으며, 그의 지적 호기심과 과학적 혁신을 상징적으로 표현하고 있었다.

길을 따라가면서 몇 개의 청동상을 더 지나쳤고, 바르샤바 대성당의 내부를 둘러보았다. 대성당은 웅장하면서도 성스러운 분위기가 물씬 풍겨, 잠시나마 경건한 마음으로 그곳을 거닐었다. 대성당의 성화 속 성모 마리아는 어두운 피부 톤으로 그려져 있으며, 이는 성모 마리아의 피부 톤이 원래 중동 지역 사람들의 피부색과 유사하다는 점에서 기인했다. 중동 출신의 사람들은 대체로 피부 톤이 어두운 편이며, 이 성화는 당시의 문화적 배경과 예술적 표현을 반영하고 있으며, 다양한 민족과 인종의 사람들을 포용하는 상징으로, 신의 신성함과 축복을 담고 있었다.

이어서 대통령 궁 앞 광장을 지나, 구시가지의 상징인 인어상 앞에서 기념사진을 찍고, 근처의 상점에서 기념품을 사고, 느긋한 시간을 보낸 뒤 성곽을 빠져나와 바르샤바의 잘 정돈된 거리를 걸었다.

성곽을 지나면서 퀴리 부인의 생가를 보게 되었다. 안타깝게도 월요일이라 내부에 들어가지는 못했지만, 퀴리 부인과 남편, 자녀들까지 노벨상을 수상하였으나, 퀴리 부인은 방사능 물질인 라돈을 연구하다가 결국 그 영향으로 사망했다. 잠시나마 그녀의 과학적 업적과 그로 인한 희생에 경의를 표했다.

마지막으로 대법관 건물을 지나, 바르샤바의 초고층 건물들이 있는 번화가에 도착했다. 그곳에 위치한 한국 식당에서 부대찌개로 저녁 식사를 마치고, 다음 여정인 비아위스토크로 향했다. 바르샤바에서의 하루는 그렇게 지나갔다. 바르샤바에서의 일정을 뒤로하고 다시 버스에 올라 2시간 30분 여정의 비아위스토크로 향했다.

바르샤바에서 비아위스토크로 향하는 길은 폴란드 전원의 진정한 매력을 탐험하는 여정이었다. 차창 밖으로 펼쳐진 풍경은 단조롭지 않고 매 순간 새로운 모습으로 다가왔다. 평야를 가로지르며, 드넓게 펼쳐진 나무숲이 특히 눈길을 사로잡았는데, 이는 한국에서 흔히 볼 수 있는 산지의 숲과는 확연히 달랐다. 평지에서 나무들이 빼곡히 자라는 광경은 사연의 경이로움을 그대로 담고 있었다.

길을 따라가며 가장 먼저 만난 것은 곧고 푸르른 소나무 숲이었다. 이 나무들은 그 자체로 강인함을 상징하며, 폴란드의 오랜 역사 속에서 꿋꿋이 버텨온 이 나라 사람들의 정신을 떠올리게 했다. 그런데 이 소나무 숲 사이사이로 자작나무들이 모습을 드러냈다. 이 나무들은 햇빛을 받아 빛나는 하얀 줄기로 인해 숲속에 밝은 생기를 불어넣고 있었다. 자작나무들은 소나무의 어두운 녹색과 대조를 이루며, 마치 자연이 빚어낸 완벽한 색채 조화를 연출하는 듯했다. 이 나무들이 자생적인지 아니면 계획적으로 심어진 것인지는 알 수 없었지만, 그들이 만들어 내는 숲의 풍경은 한 편의 예술 작품과 같았다.

나무숲이 펼쳐진 이 풍경 속에는 또한 풀을 베어낸 드넓은 초원과 수확이 끝난 옥수수밭이 간간이 나타났다. 들판에는 풀을 베어 둥글게 말아 놓은 풀단들이 가지런히 놓여 있었고, 이는 분명 농부들의 손길이 닿은 곳이었음을 알려 주었다. 하지만, 그곳에서 일하는 농부들이나 농기계는 거의 보이지 않았고, 오직 그들의 노동의 흔적만이 조용히 남아 있었다. 자연과 인간이 만들어 낸 이 풍경 속에서, 사람들은 그저 자연의 일부로 존재하는 듯, 그들의 흔적을 과시하지 않고도 자연에 스며들어 있었다.

바르샤바에서 비아위스토크로 향하는 이 여정은 그저 두 도시를 연결하는 길이 아니었다. 그 속에서 폴란드의 자연과 사람들의 삶이 어떻게 어우러져 있는지를 느낄 수 있었다. 평지에 펼쳐진 나무숲과 그 속에서 나타나는 다양한 전원 풍경들은, 이 나라가 지닌 깊이와 복잡성을 상징하며, 폴란드 전원의 소박하면서도 강렬한 아름다움을 그대로 담고 있었다.

숲길을 지나 드디어 비아위스토크 시내로 들어섰을 때, 도시의 활기찬 분위기가 차창 밖으로 느껴졌다. 도시의 중심에 자리한 대형 할인점 Auchan에 들러 쇼핑을 했다. 주류 코너에서 코카서스 여행 때 알게 된 조지아의 사파베리 와인을 발견한 순간, 반가운 마음이 들었다. 그 와인을 두 병 구입하면서, 조지아 여행의 추억이 다시금 떠올랐다.

쇼핑을 마친 뒤, 시내의 현지 식당에서 햄버거 스테이크와 양배추 절임 요리를 맛보며, 비교적 라이트하게 식사를 하고, 디저트인 케이크로 마무리했다. 식사를 마친 후 Mercure 호텔에서 체크인한 후, 하루 여정을 마무리했다.

8월 13일, 화요일 호텔에서 조식을 마치고, 체크아웃 후 비아위스토크의 도시 경관을 대표하는 '성 로코 성당'을 방문했다. 성 로코 성당은 비아위스토크 중심부에 자리 잡고 있으며, 고딕 양식의 아름다움이 돋보이는 건축물로 유명하다. 성당에 도착하자마자 그 웅장함에 감탄했다. 높이 솟은 첨탑과 정교하게 조각된 외벽은 마치 시간의 흐름을 초월한 듯한 신비로운 분위기를 자아냈다.

이른 시간이라 성당 문이 닫혀 있어 내부를 둘러볼 수 없었던 점은 아쉬웠지만, 대신 성 로코 성당의 가장 높은 곳에 위치한 첨탑에 올라가 보았다. 좁고 가파른 계단을 따라 한 걸음 한 걸음 올라가면서 성당의 구조와 건축적인 아름다움을 더욱 가까이에서 느낄 수 있었다. 오래된 벽과 고풍스러운 창문을 지나 첨탑 꼭대기에 도착하자, 비아위스토크의 전경이 한눈에 내려다보였다.

도시의 붉은 지붕들과 푸른 나무들이 어우러진 풍경은 마치 한 폭의 그림처럼 아름다웠다. 저 멀리 펼쳐진 풍경들을 사진에 담으며 순간을 마음속에 깊이 담았다. 동쪽으로 시선을 돌리자, 멀리 벨라루스가 보일 것만 같았다. 비아위스토크에서 벨라루스 국경까지는 약 50킬로미터 정도의 거리로, 이곳 첨탑에서 바라보니 날씨가 쾌청해 벨라루스가 저 너머 어딘가에 있을 것이라고 추측하게 되었다.

성당을 둘러본 후, 조금 더 걷다 보니, 예술적 감각이 넘치는 벽화들로 채워진 거리가 나타났고, 이 거리를 천천히 산책하듯이 걸었다. 이 거리에는 다양한 색채와 섬세한 터치로 그려진 벽화들이 구석구석에 자리하고 있어, 보는 이로 하여금 걸음을 멈추고 감상하게 만들었다. 벽화들은 각기 다른 주제와 스타일을 가지고 있어, 거리 전체가 마치한 편의 야외 미술관처럼 느껴졌다. 거리를 걸으면서 현실과 환상이 공존하는 듯한 분위기에 빠져들게 했다. 그중에서도 거리 중간쯤에 위치한 '물 주는 소녀' 벽화는 특히 눈길을 끌었다. 이 벽화는 거리를 대표하는 작품으로, 섬세한 붓 터치와 생동감 있는 표현이 돋보였다. 물을 조심스럽게 따라 주는 소녀의 모습이 마치 살아 움직이는 듯한 느낌을 주며, 주변의 건물들과 조화를 이루어 더욱 완벽한 예술 작품으로 완성되었다. 소녀의 눈빛과 물줄기의 섬세한 표현은 그림이었고 그 앞에는 실제로 나무가 한 그루 자라고 있어서 마치 실제 나무에 물을 주고 있는 것처럼 보이도록 그린 그림이었다. 소녀의 물을 주는 눈빛이 너무도 예쁘고 진지해 보였다. 벽화 앞에서 기념사진을 남기고 벽화의 거리를 따라 천천히 걸으며 각 벽화가 전하는 의미를 잘 알 수는 없었지만 그들의 숨은 이야기들을 상상하면서 대성당이 있는 광장 쪽으로 이동했다.

광장에는 '비아위스토크'라고 적힌 대형 글자들이 세워져 있어, 많은 사람들이 사진을 찍는 인기 포인트가 되어 주었다. 요즘은 전 세계적으로 대부분의 도시가 이처럼 도시의 이름을 큰 글자로 광장에 세워 놓아, 관광객들이 기억에 남을 사진을 찍을 수 있도록 하고 있다. 이 글자 조형물은 단순한 장식이 아니라, 여행객들에게 도시를 홍보하는 효과적인 수단으로 자리 잡았다. 많은 여행객들이 이 앞에서 사진을 찍으며, 그 도시를 방문했다는 증거를 남기고, 이를 통해 자연스럽게 도시는 더 많은 사람들에게 알려지게 된다. 비아위스토크에서도 이 광장을 배경으로 한 인증샷을 남기며, 여행의 추억을 한층 더 특별하게 했다.

광장에서의 즐거운 시간을 보낸 뒤 근처에 있는 브라니키 궁전으로 이동했다. 이 궁전 앞에도 넓은 광장이 있었다. 브라니키 궁전은 바로크 양식으로 지어졌으며, 대리석으로 된 계단과 장식적인 문양들이 궁전의 고귀함을 더욱 돋보이게 하고 있었다. 화려한 외관은 폴란드 귀족들의 삶과 권위를 상징하는 듯했다.

궁전 내부는 들어가 보지 않았지만, 궁정 뒤편에 펼쳐진 정원은 마치 베르사유 공원을 연상케 할 정도로 넓고 화려했다. 온갖 나무들과 화초, 그리고 조각상들이 어우러져 조화를 이루고 있었다. 브라니키 궁전의 정원은 바로크식 정원의 전형으로, 잘 가꾸어진 나무와 꽃들, 대칭적인 디자인이 돋보였다. 정원 중앙에는 아름다운 분수가 있었고, 그 주변에는 다양한 조각상들이 놓여 있어 정원의 품격을 한층 높여 주었다.

정원을 벗어나 다시 광장의 한쪽에 있던 대성당으로 향했다. 대성당으로 이어지는 계단 오른쪽에는 교황 요한 바오르 2세의 동상이 우뚝 서 있었다. 동상은 교황의 온화한 표정과 겸손한 자세를 잘 표현하고 있었으며, 이곳을 방문하는 이들에게 깊은 존경심을 불러일으켰다.

성당 내부로 들어서자, 장엄한 분위기가 감돌았다. 고딕 양식의 높은 천장은 성당 전체에 웅장함을 더했고, 화려하게 장식된 스테인드글라스 창문에서는 다채로운 빛이 쏟아져 들어와 내부를 환상적인 분위기로 물들였다. 성당 전체는 섬세한 디테일로 가득했으며, 각각의 기둥과 벽면에는 성경 속 장면들이 정교하게 새겨져 있어, 마치 그 시대의 이야기가 살아 숨 쉬는 듯한 느낌을 주었다.

성당의 건축 양식은 고딕과 바로크의 혼합으로, 높이 솟은 첨탑과 화려한 장식들이 특징적이었다. 고딕 양식의 뾰족한 아치와 날카로운 선들이 성당의 위엄을 강조했고, 바로크 양식의 장식들은 부드럽고 화려한 느낌을 더해주었다. 이 두 양식의 조화는 성당을 더욱 특별하고 독특하게 만들었으며, 그 아름다움에 감탄을 자아내게 했다.

비아위스토크 시내의 현지 식당에서 카레 소스를 얹은 닭요리와 감자, 비트, 당근과 양배추 절인 요리로 점심 식사를 마치면서 폴란드에서의 여정을 마무리하고 비아위스토크를 떠나 리투아니아 국경 쪽으로 장거리 버스 여정을 시작했다.

프랑스

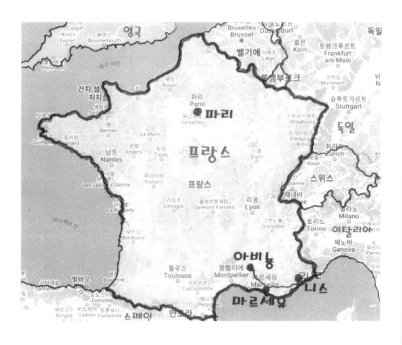

프랑스는 2012년 2월에 파리를 여행하였고, 17년 4월에는 남부 프랑스의 니스, 마르세유, 아비뇽 등을 여행했다.

2012년 2월, 3일 동안 파리에 머물면서 퐁피두 센터, 루브르 박물관, 오랑주리 미술관, 콩코드 광장, 오르세 미술관, 몽테 파르나스 빌딩 전망대, 라데팡스, 개선문, 샹젤리제 거리, 몽마르트 언덕, 사크르 쾨레 사원, 노트르담 대성당, 뤽상브르 공원, 에펠탑 등을 둘러보았다.

루브르 박물관

파리 여행 중에는 지하철을 몇 번 탔을 뿐 대부분은 센강을 따라 걸어 다니면서 명소를 둘러보았고, 몽파르나스 빌딩에 가기 위해 택시를 한 번 탔다. 파리를 좌우로 양분하는 센강은 서울의 한강과 달리 작고 아담한 강이었다. 파리에서 흥미진진하고 역사적인 명소 대부분이 센강 강둑을 따라 있었다. 루브르 박물관, 오르세 미술관, 오랑주리 미술관, 콩코드 광장, 노트르담 성당, 에펠탑 등이 양쪽으로 펼쳐져 있어서 강변을 따라 걸으면서 차례대로 들를 수 있었다.

파리는 건축물 고도 제한이 있어서 어느 도심처럼 높은 건물들이 많지 않아 여행하면서 에펠탑과 몽파르나스 빌딩 전망대, 그리고 몽마르트 언덕에 올라가서 파리의 전경을 내려다볼 수 있었다.

파리는 고전 같은 건축물들이 대부분이지만 현대의 건축 설계 작품을 보기 위해 퐁피두 센터와 라데팡스를 찾았다. 파리는 면적이 좁고 고전적인 건물들로 가득하여 현대적인 업무 지구나 관공서 건물을 건설할 만한 땅이 없었다. 프랑스 정부는 오드센의 일부를 신도시 건축 지역으로 지정해 개발을 시작해서 초고층 건물로 가득 찬 현재의 라데팡스를 완성했다. 라데팡스의 신개선문은 미테랑 대통령이 루브르의 피라미드와 함께 공동으로 추진시킨 프로젝트였다.

파리의 도시 구조는 루브르 피라미드에서 일직선으로 출발하면 콩코드 광장, 엘리제 궁전, 샹젤리제, 에투알 개선문, 라데팡스를 거쳐 신개선문으로 도달할 수 있었다.

건축을 전공한 엔지니어로서 파리의 퐁피두 센터를 관심을 갖고 찾아보았다. 이 건물은 퐁피두 대통령이 문화센터를 설립하기 위해 국제 설계공모를 실시하여 이탈리아의 건축가 렌초 피아노와 영국의 건축가 리처드 로저스가 맡았던 프로젝트로 특히 외관이 특이하다. 철골 구조물이 그대로 드러난 외관과 배선, 냉난방, 배관 등의 기능적인 설비들이 밖으로 도드라진 모습을 한 퐁피두 센터는 안으로 들어가야 하는 것들을 밖으로 내보내 내부를 최대한 활용하는 발상의 전환이 전시장으로서의 기능성과 실용성, 독창적인 디자인 측면에서 높은 평가를 받기 시작했고 파리를 대표하는 예술작품으로서, 문화와 예술의 전당으로 세계인의 사랑을 받는 명소가 되었다. 그리고 퐁피두 센터는 거대한 공공정보도서관, 피카소, 마티스, 칸딘스키, 뒤샹, 샤갈, 미로 등 20세기 거장들의 중요 미술작품이 전시되어 있는 국립현대미술관, 영화관, 강연장, 서점, 레스토랑, 카페 복합문화예술 공간이 알차게 들어차 있었다.

파리에서도 민박을 했다. 민박집에서 일찍 아침밥을 먹고, 지하철을 타고 루브르 박물관을 찾았는데 입장하기도 전에 너무 오랫동안 줄을 서서 기다리느라 진이 빠져 버렸다.

세계 3대 박물관으로 당당히 불리는 루브르 박물관은 솔직히 하루 동안 다 보기에 너무 넓고 힘이 들었다. 이곳저곳 발길 닿는 대로 돌아다니다가 지쳐서 관람을 마치고 박물관을 빠져나가서 쉬고 싶었는데 한국어 해설이 녹음된 '오디오설명기'를 반환하기 위해 다시 빌렸던 곳을 찾느라 탈진 상태에 빠져 버렸다. 특히 모나리자 그림 앞에 모여 있던 인파를 뚫고 가까이 보기가 너무 힘이 들었다.

다음 날 파리 시내를 내려다볼 수 있는 파리의 몽마르트르언덕을 올라갔다. 이 언덕은 파리 시내에서 가장 높은 자연 언덕으로 해발 약 130미터의 높이로 예술가들의 마을로 잘 알려져 있었다. 19세기 말부터 20세기 초에 걸쳐, 이 지역은 많은 예술가들이 찾는 곳이 되었는데 피카소, 반 고흐, 툴루즈 로트렉, 모딜리아니 등 세계적으로 유명한 예술가들이 몽마르트에서 작업하고 생활했다. 지금도 몽마르트르 테르트르 광장은 예술가들이 그림을 그리고 판매하는 곳으로 유명하며 전통적인 파리의 분위기를 느낄 수 있었다.

　몽마르트르 언덕의 정상에 위치한 사크레쾨르 대성당은 파리의 상징적인 건축물 중 하나로 백색의 돔이 특징이었고, 내부에는 아름다운 모자이크 작품과 함께 파리 시내의 환상적인 전망을 제공하는 전망대가 있었다.

사크레쾨르 대성당

파리에서 묵었던 민박집이 노트르담 성당과 가까이 있어서 오며 가며 자주 보기도 했지만 일부러 찾아가서도 노트르담 사원을 안과 밖에서 오랫동안 넋을 잃고 관람했었는데 2019년 4월 지붕이 불타면서 바닥으로 쓰러져 내리는 처참한 모습을 보고 안타까운 마음을 금할 길이 없었다.

프랑스의 두 번째 여행으로 2017년 4월 스페인 바르셀로나에서 교환학생을 하던 딸아이와 2주 먼저 바르셀로나로 가서 포르투갈과 스페인 여행을 마친 아내와 만났다. 함께 바르셀로나에서 출발해서 남부 프랑스의 니스, 에즈 빌리지, 모나코, 마르세이유, 퐁텐 드 보클뤼즈, 아비뇽 등을 돌아보고, 다시 바르셀로나로 돌아오는 여행을 했다.

지도상으로는 바르셀로나에서 기차를 타면, 지중해 해안을 따라가다가 프랑스 국경을 넘어서면, 프랑스의 몽펠리에, 아를, 마르세유, 칸, 니스를 거쳐 모나코까지 갈 수 있고, 마르세유 근처에는 고흐가 말년을 보냈던 아를과, 아비뇽, 액상 프로방스 등의 작은 도시들이 모여 있었다.

이 도시들이 있는 프랑스 남부 프로방스 지방은 대자연 피레네 산맥에서 지중해에 이르는 다채로운 풍경, 중세 마을 사이로 자연과 예술과 역사가 하나가 된 찬란한 유산, 6월과 7월이면 라벤더꽃으로 보랏빛 물결을 이루며 남쪽으로 지중해에 면하고 있었다.

바르셀로나에서 니스까지 기차 대신 비행기를 타고 이동했기 때문에 니스에 도착한 뒤부터 기차를 타고 이동하면서 마르세유와 아비뇽을 둘러보았다.

니스공항에 도착해서, 택시를 타고 먼저 니스 근교의 작은 마을인 '에즈 빌리지'로 향했다. 니스에서 11km 떨어져 있다고 해서 택시를 탔는데 공항에서는 20km 정도 떨어져 있었고, 택시로도 30분 이상 시간이 걸렸다. 프랑스 남부의 니스와 모나코 사이에 있는 에즈 빌리지는 '바다 위 독수리 둥지'라는 별명을 갖고 있었는데 바닷가의 높은 절벽에 있는 미 을이 마치 독수리가 둥지를 튼 모습처럼 보이기 때문이라고 했다.

프랑스 중세의 분위기가 물씬한 가파른 언덕의 골목길을 걸어 올라가다 보면 나타나는 아기자기한 미술품 상점과 예술가들의 아틀리에가 앙증맞으면서도 매력적이었다. 노란 외벽의 소박한 성당과 곳곳에 자리 잡은 카페, 와이너리까지 남부 프랑스의 낯선 풍경을 선사했다. 이곳에는 '니체의 산책로'라는 이름의 길이 있었다. 걷기를 좋아했던 니체는 이곳에 머무는 동안에도 산책을 즐겼고, 이곳에서 『차라투스트라는 이렇게 말했다』를 탈고했다.

에즈 빌리지 언덕에서 내려다보았던 바닷가까지를 직접 걸어서 내려가 보았다. 생각보다 훨씬 오랫동안 걸어서야 바닷가에 도착했고, 바닷가 근처에는 마침 모나코로 향하는 애즈 기차역이 있어서 기차를 타고 모나코로 가서 모나코를 반나절 정도 둘러본 뒤 니스로 돌아와서 남부 프랑스에서의 첫날을 보냈다.

 프랑스 최대의 휴양 도시 니스는 모나코와 아주 가까운 지중해의 항만 도시이다. 마티스, 샤갈 등 많은 화가들이 사랑한 도시이자 '리비에라' 혹은 '코트다쥐르'라고 불리는 지중해 해안 지역의 거점이었다. 특히 3.5km에 걸쳐 이어지는 검은색의 몽돌 해변과 그 주위의 화려한 거리는 니스를 유명한 휴양 도시로 만들어 준 장소였고, 마르세유와 함께 스페인, 이탈리아를 연결해 주는 교통의 요지였다.

 니스의 도시 규모는 크지 않아서 쉽게 걸어서 돌아볼 수 있었다. 플라스 마세나 즉 분수 광장은 이 도시의 상징적인 장소로, 도시 중심부를 차지하고 있었다. 분수의 물줄기가 다양한 높이와 패턴으로 뿜어져 나와, 시원하고 화려한 시각적 효과를 만들어 내며, 낮에는 햇빛에 반짝이고, 밤에는 조명에 의해 더욱 환상적인 장면을 연출했다.

 광장의 주변은 고전적인 건축물들로 둘러싸여 있었고, 특히 광장의 북쪽과 동쪽에는 아름다운 아케이드와 건축물이 줄지어 있어, 역사적이고 세련된 분위기를 자아내었다. 이러한 건축물들은 19세기 중반에 지어진 것으로, 당시 니스의 번영과 예술적 감각을 상징하고 있었다. 분수의 물줄기와 조명, 그리고 주변의 아름다운 건축물들이 어우러져

니스

니스만의 낭만적인 분위기를 만끽할 수 있는 특별한 경험이 되었다.

니스 시내를 둘러본 뒤 니스 해변으로 향했다. 이 해변은 프랑스 리비에라를 대표하는 아름다운 해변 중 하나로, 백사장이 아닌 몽돌로 이루어져 있어 독특한 매력을 지니고 있었다. 이러한 몽돌 해변은 니스의 특징 중 하나로, 따뜻한 햇볕을 받으며 반짝이는 몽돌들이 지중해의 청명한 물빛과 어우러져 한 폭의 그림 같은 풍경을 만들어 내고 있었다.

니스 해변의 수변 산책로인 '프롬나드 데 장글레'는 해변을 따라 길게 뻗어 있어 산책이나 조깅, 자전거 타기에 안성맞춤으로 보였다. 이 산책로는 18세기 후반부터 우기를 피해 니스로 휴양을 왔던 영국인들이 조성하는 데 많은 돈을 기부한 덕분에 '영국 산책로'라는 이름을 갖게 되었다.

프롬나드 데 장글레를 걸어가면서 해변을 배경으로 한 고풍스러운 건물들과 현대적인 시설들이 조화를 이루고 있는 모습을 볼 수 있었다. 또한, 다양한 카페와 레스토랑이 자리하고 있었다. 니스 해변은 일몰 때 특히 아름답기 때문에 저녁 무렵에 케슬 힐 전망대로 올라갔다. 이 언덕에서는 니스 시내는 물론이고 니스 해변을 한눈에 바라볼 수 있었다. 청량한 지중해부터 몽돌 니스 해변과 영국인 산책로, 니스 시가지와 그 뒤로는 도시를 감싸고 있는 코트다쥐르의 산이 병풍처럼 펼쳐진 풍경이 그야말로 장관이었다.

따뜻한 햇살, 청명한 바다, 독특한 몽돌 해변, 그리고 프롬나드 데 장글레의 산책로까지, 니스 해변은 단순한 휴양지를 넘어 프랑스 리비에라의 매력을 한껏 느낄 수 있는 곳이었다.

니스 여정을 마치고 기차를 타고 마르세유로 이동했다.

61. 마르세유(17년 4월)

마르세유는 지중해 최대의 항구 도시이자, 프랑스 제2의 도시로서 그 풍부한 역사와 활기 넘치는 분위기로 유명하다. 호텔이 마르세유역 근처였는데 마르세유도 도시가 크지 않아서 마르세유 항구, 뮤셈, 마르세유 마조르 대성당 등을 걸어서 둘러볼 수 있었다.

마르세유

마르세유의 올드 포트는 마르세유의 심장부로, 오래된 항구와 현대적인 상업 중심지가 조화를 이루는 매력적인 장소였다. 이곳은 도시의 역사를 느낄 수 있는 공간으로, 항구를 둘러싼 역사적인 건축물들과 함께 활기 넘치는 분위기를 자아냈다. 항구의 물결은 지중해의 푸른 색깔을 반사하며, 수많은 배들과 요트들이 정박해 있어 바다와 도시가 잘 어우러진 풍경을 만들어 주었다.

항구 주변에는 다양한 식당과 카페들이 즐비해 있었는데, 특히 신선한 해산물을 제공하는 레스토랑들이 인상적이었고 우리도 항구의 식당에서 현지의 해산물 요리를 주문해서 점심 식사를 했다.

항구의 활기 넘치는 시장에서는 지역 주민들이 신선한 해산물과 다양한 식료품을 판매하고 있었고, 시장의 분위기는 마르세유 여행의 재미를 더해 주었다. 활기찬 상점과 레스토랑들이 늘어선 거리를 걸으며, 바다의 시원한 바람과 함께 도시의 활기를 느낄 수 있었다.

직접 타 보지는 않았지만 마르세유 항구에 우뚝 솟아 있는 대형 관람차는 항구와 도시 전경을 한눈에 내려다볼 수 있는 훌륭한 위치에 세워져 있었다.

이어서 셔틀버스를 타고 '노트르담 드 라 가르드 성당'을 향해 마르세유에서 가장 높은 언덕으로 올라갔다. 바닷가의 높은 언덕이라서 그런지 지중해의 바닷바람이 엄청나게 세게 불어서 사진을 찍기조차 불편할 정도였다. 성당이 자리 잡은 이 언덕에서는 마르세유 도시 전체를 한눈에 내려다볼 수 있었다. 마르세유 항구와 도시 전경이 넓게 펼쳐져, 해안선과 바다, 그리고 도시의 붐비는 거리들이 마치 그림 속의 펼쳐진 풍경처럼 보였다. 성당의 내부는 화려한 모자이크와 세련된 장식들로 가득 차 있었으며, 경이로운 아름다움에 감탄했다.

　다시 셔틀버스를 타고 올드 포트 근처로 내려와서 다음으로 방문한 곳은 성모 마리아 대성당이었다. 이 성당 역시 마르세유의 중요한 랜드마크이자 프랑스에서 가장 큰 성당 중 하나로, 위엄 있는 비잔틴 로마 양식이 눈길을 끌었다. 성당의 외관은 녹색과 흰색의 석재를 수평 줄무늬의 형태가 강조되도록 장식되어 있었고, 그 거대한 규모와 세련된 디자인은 피렌체의 두오모를 떠올리게 했다. 내부는 넓고 웅장하며, 최대 3,000명을 수용할 수 있는 대성당답게 높은 천장과 아름다운 제단이 방문객들을 압도하였다. 성당의 정교한 조각들과 화려한 스테인드글라스 창들은 마르세유의 종교적 유산을 잘 보여 주고 있었다.

　마르세유는 단순히 역사적인 건축물뿐만 아니라, 다양한 문화와 활기 넘치는 거리, 그리고 아름다운 바다 경관이 어우러져 독특한 매력을 제공하는 도시였다. 도시를 탐방하면서 느낀 활력과 여유로움은 오래도록 기억에 남을 것이며, 마르세유의 풍경과 문화는 여행의 특별한 순간을 만들어 주었다.

　다음 날 아침 마르세유에서 아비뇽으로 향하는 기차를 탔다.

마르세유에서 아비뇽행 기차를 탔다. 남부 프랑스 여행을 준비하면서 여행 블로그에서 '퐁텐드보퀄리즈(Fontaine-de-Vaucluse)'를 너무 예쁜 마을로 소개하는 것을 보고, 남부 프랑스 여행 리스트에 포함했다. '퐁텐드보퀄리즈'를 가기 위해서는 마르세유와 아비뇽 사이에 있는 '리슬 쉬르 라 소르그-퐁텐드보퀄리즈(L'Isle-sur-la-Sorgue-Fontaine-de-Vaucluse)'역에서 내려야 했다. 막상 이 역에 내려 보니 역 주변의 모든 길이 동네 축제로 차가 다니지 않을 뿐 아니라 온갖 바자회 물품들로 가득 메워 있었다.

일요일이라서 그런지 역 주변에는 아예 택시 같은 건 구경도 할 수 없었다. 더 심각한 건 동네 사람들은 모두가 친절해 보였지만 영어를 할 줄 아는 사람들이 없었다. 그렇다고 걸어서 찾아가기에는 너무 엄두가 나지 않아 보였다.

마을도 너무 예쁘고, 골동품에서부터 온갖 특산품까지 볼거리가 많아서 그냥 이 마을의 풍경만 둘러보고 아비뇽으로 갈까 하는 생각도 들었다. 여러 궁리를 하던 중에 마침 파리에 유학 중인 두 여학생이 우연히도 이 역에 함께 내렸는데 영어가 되어 동네 사람들과 통역을 해 주었다.

동네에 몇 대 없는 그리고 온 동네가 바자회 축제라서 운행도 안 하는 택시 기사와 연락이 닿았고, 30분 후에 동네 밖 어구의 우체국에서 기다리면 택시가 온다고 했다.

그늘도 없는 우체국 앞 공터에서 20여 분을 기다리고 있는데, 정말 기적처럼 기다리던 택시가 나타났다. 다행이 택시 기사는 영어 소통이 잘되었다. 그래서 이 택시를 타고 '퐁텐 드 보클뤼즈'까지 찾아갔다. 택시 기사에게 오후에 다시 픽업을 요청했더니 흔쾌히 승낙하였고, 택시 기사는 마을로 다시 돌아갔다.

블로그에서 소개했던 대로 '퐁뗀 드 보클뤼즈' 마을은 동화 속의 마을처럼 예뻤다. 엄청난 맑은 물이 솟아나 소르강의 수원이 되는 '퐁뗀 드 보클뤼즈'라는 이 작은 마을은 입구부터 산책로를 따라 물의 근원지인 샘까지 가는 주변의 풍경이 너무 아름다웠다.

남프랑스의 따뜻한 햇살과 병풍처럼 둘러선 바위산, 프로방스 느낌이 물씬 나는 기념품 가게들, 야외 간편 의자에 기대 한가로이 휴식을 취하고 있는 여행객들, 뭐라 형용할 수 없는 신비한 색깔로 바다의 파란 수초까지 훤히 비치는 물 위를 반쯤 담그고 한가로이 노닐고 있는 청둥오리들, 종이를 만드는 공방 앞의 오래된 세월을 가늠케 하는 물레방아, 어느 것 하나도 그림엽서에 나오는 동화의 한 장면처럼 보였다. 이 꿈속 같은 아름다운 풍경을 돌아보고, 마을 입구 카페에서 점심을 먹었다.

'퐁뗀 드 보클뤼즈'에서 아비뇽까지 정기적으로 다니는 노선버스 정류장이 있었지만 일요일이라서 그런지 적혀진 시간에 버스는 나타나지 않았다. 어차피 택시 기사와 픽업 약속을 했기 때문에 마음이 놓였고, 약속된 시간에 택시 기사가 와서 출발했던 역으로 다시 돌아가서 기차를 타고 아비뇽으로 향했다.

아비뇽역에 도착하여 교황청이 있는 곳까지 걸어가면서 마주한 풍경은 아비뇽의 독특한 매력을 점차적으로 드러냈다. 역을 나서자마자 먼저 눈에 들어온 것은 넓고 정돈된 광장이었다. 현대적 감각이 반영된 이 광장은 아비뇽의 교통 중심지처럼 보였으나 일요일이라서 그런지 사람들이 그렇게 많지는 않았다. 주변에는 상점과 카페가 늘어서 있었다.

광장을 지나 도심으로 접어들면서, 길은 점차 좁아지고 분위기는 조금씩 달라지기 시작했다. 현대적인 건물들이 줄어들고, 점점 더 중세적인 분위기가 짙어졌다. 아비뇽의 성벽 도시를 둘러싸고 있는 중요한 역사적 유산으로, 높은 돌담이 중세 시대의 요새 도시였던 아비뇽의 옛 모습을 그대로 보여 주었다. 성벽을 따라 걷다 보면, 아비뇽의 중심가로 이어지는 길이 나타났다. 이 길은 자갈이 깔린 도로와 중세 건축물들로 이루어져 있었고, 양옆으로는 고풍스러운 상점과 카페들이 자리하고 있었다. 창문마다 걸린 꽃 화분과 각양각색의 간판들이 거리의 활기를 더해 주었고, 상점 앞에는 지역 특산물과 수공예품을 진열한 모습이 눈길을 끌었다. 도심을 지나 조금 더 걸어가면, 아비뇽의 역사적 중심부에 가까워지면서 거리의 분위기는 더욱 중세적으로 변모했다. 좁은 골목길이 이어지며, 건물들은 더욱 고풍스러운 모습으로 변해 갔다.

골목길을 따라가다 보니 드디어 교황청의 위엄 있는 모습이 눈앞에 나타났다.

아비뇽 교황청

교황청에 다가갈수록 그 규모와 웅장함이 더욱 실감나게 다가왔다. 높이 솟은 탑과 두터운 석조 벽은 과거 이곳이 중세 유럽의 종교적 중심지였음을 강하게 인식하게 해 주었다. 교황청 광장에 들어서면, 넓고 탁 트인 공간이 교황청의 웅장함을 더욱 돋보이게 하며, 마치 시간을 거슬러 과거로 돌아간 듯한 느낌을 주었다.

교황청은 14세기 교황들이 거주했던 곳으로, 그 거대한 규모와 화려한 건축 양식은 방문객들을 압도했다. 이곳은 단순한 건축물이 아니라, 중세 유럽의 정치와 종교의 중심지로서 중요한 역할을 했던 장소였다.

교황청의 옥상에 올라가니 아비뇽 시내와 론강의 아름다운 전경이 한눈에 들어왔다. 멀리 보이는 아비뇽 다리와 중세 성벽은 도시의 역사적 중요성을 다시 한번 느끼게 했다. 아비뇽 교황청을 둘러본 뒤 다시 걸어서 아비뇽 기차역으로 돌아왔다.

아비뇽에서 기차를 타고 마르세유로 돌아와서 남부 프랑스 여행을 마치고 유럽의 저가 항공을 이용해서 암스테르담으로 이동하면서 남부 프랑스에서의 여정을 모두 마무리했다.

나이 숫자만큼 돌아본

유럽 62 도시 산책

ⓒ 박홍섭, 2024

초판 1쇄 발행 2024년 10월 9일

지은이   박홍섭
펴낸이   이기봉
편집   좋은땅 편집팀
펴낸곳   도서출판 좋은땅
주소   서울특별시 마포구 양화로12길 26 지월드빌딩 (서교동 395-7)
전화   02)374-8616~7
팩스   02)374-8614
이메일   gworldbook@naver.com
홈페이지   www.g-world.co.kr

ISBN   979-11-388-3621-0 (03810)